草泽群龙·铁马银旗

民国武侠小说典藏文库·徐春羽卷

徐春羽◎著

中国文史出版社

"京味武侠" 徐春羽（代序）

顾　臻

　　徐春羽，民国北派武侠作家，活跃在上个世纪三四十年代，作品常见诸京津两地的报纸杂志，尤其受到北京本地读者的喜爱。

　　1941 年出版的第 161 期《立言画刊》上有一则广告，内容是："武侠小说家徐春羽君著《铁观音》、还珠楼主著《边塞英雄谱》、白羽著《大泽龙蛇传》，三君均为第一流武侠小说家……"文中徐春羽排第一位，以次是还珠楼主和白羽。或许排名并非有意，但徐春羽的名气可见一斑。

　　六年后，北京有家叫《游艺报》的杂志刊登了一篇名为《本报作家介绍：徐春羽》的文章，里面有这样一段话："提起武侠小说家来，在十几年前，有'南有不肖生（向恺然），北有赵焕亭'之谚。曾几何时，向、赵二位的作品，我们已读不到了，而华北的武侠作家，却又分成了三派：一派是还珠楼主的'剑侠神仙派'，一派是郑证因先生、白羽先生的'江湖异闻派'，另一派就是徐春羽先生的'技击评话派'。现在还珠楼主在上海，白羽在天津，北平就仅有郑、徐两位了！于是这两位的文债，也就忙得不可开交。"

　　此时的徐春羽，不仅名气不减，而且居然自成一派，与还珠楼主、白羽和郑证因分庭抗礼，其小说显然相当受欢迎。笔者翻查民国旧报纸时曾经粗略统计了一下，1946—1948 两年时间里，徐春羽在四家北京本地小报上先后连载过八部武侠小说，在其他如《游艺报》《艺威画报》等杂志或画报这类刊物上也连载过武侠小说，前文提到的《游艺报》上那篇文章还写着这样一句话："打开报纸，若没有他（郑证因、徐春羽）两位的小说，真有'那个'之感。"

老北京的百姓看不到徐春羽的小说会觉得"那个"，武侠小说研究人员看到徐春羽的生平时却也有"那个"之感，因为名声如此响亮的徐春羽，竟仅在1991年出版的《民国通俗小说论稿》（作者张赣生）中有一点少得可怜的介绍：

"徐春羽（约1905—?），北京人。据说是旗人。他通医术，曾开业以中医应诊；四十年代至天津，自办《天津新小报》；五十年代初，曾在北京西直门一家百货商店当售货员。其余不详。"连标点符号在内不过八十余字。

除了台湾武侠研究专家叶洪生先生曾在《武侠小说谈艺录》（1994年出版）一书中对徐春羽略提两句外，再无关于其人其作的只言片语，更谈不上研究了。

近年，随着武侠小说逐渐为更多研究者所重视，关于民国武侠小说的研究也获得不少新进展，天津学者王振良撰写了《徐春羽家世生平初探》一文，内容系采访徐家后人与亲友，获得颇多第一手新资料。尽管因为年代久远，受访人年纪偏大，记忆减退，以及这样或那样的原因，徐春羽生平中仍留下不少空白，但较之以往已有很大改观，而张赣生先生留下的徐春羽简介也由此得到了修正和补充。

现在可以确定的是，徐春羽是江苏武进（即今江苏常州）人，并非北京人，也不在旗。他的出生时间是清光绪三十一年乙巳十月二十一日（1905年11月17日），属蛇。

关于徐春羽的生平，青少年时期是空白，据其妹徐帼英女士说，抗战前徐春羽在天津教育局工作，按时间推算差不多三十岁。在津期间，徐春羽还应邀主持周孝怀创办的《天津新小报》，并经常撰写评论。笔者据此推测，1935年6月有一位署名"春羽"的人在北京的《新北平报》副刊上开了一个评论专栏，写下了诸如《抽烟卷

2

儿》《扯淡·说媒》《扯淡·牛皮税》等一批"豆腐块"大小的杂评，嬉笑调侃，京腔京味十足，此人或许就是徐春羽。同在 1935年，北平《益世报》上刊登了一篇署名"春羽"的武侠小说连载，篇名是《英雄本色》，遗憾的是仅连载了几十期就不见了踪迹。目前没有发现更早的关于徐春羽写作武侠小说的资料，此"春羽"若是徐本人，或许这篇无疾而终的连载可以视为他的武侠小说处女作。

抗战开始，华北沦陷长达八年，徐春羽在这一时期应该就居住在北京或天津，是否有正当职业尚不清楚，所能够知道的就是他写了几部武侠小说在北平的落水报纸上连载，并以此知名。另在《新民半月刊》杂志上发表过一部十一幕的历史旧剧剧本《林则徐》。

抗战胜利后，徐春羽似乎显得相当活跃，频频在京津各报刊上发表武侠小说，数量远超抗战期间，但半途而废者较多，也许是文债太多之故，也许本是玩票心态，终有为德不卒之憾，这一点后面还要谈到。

1949 年后，他似乎与过去的生活做了彻底的切割，小说和文章不写了，大半时间在家行医。他也曾经短暂地打过零工，一次是在西直门一家商店做售货员，结果被一位通俗作家耿小的（本名郁溪）偶然发现，然后就没了人影；另一次是在新成立的中国科学院待过一段时间，1952 年因故离开。

徐春羽的父亲做过伪满洲国"御医"。从能够找到的信息来看，做父亲的比做儿子的要多得多，也清楚得多。

徐父名思允，字裕斋（又作豫斋、愈斋），号苕雪，又号裕家，生于 1876 年 2 月 13 日。青少年时期情况不详，1906 年（三十岁）入张之洞幕府，任两湖师范学堂文学教员。次年初，调充学部书记并在编译局任职。1911 年，徐思允被京师大学堂聘为法政科教员，主讲《大清会典》。据徐春羽之妹徐帼英所述，其父于 1912 年任北京政府铨叙局勋章科科长，后又外放任安徽省宿县县长等职。

1919 年，徐思允拜杨氏太极传人杨澄甫为师，习练太极拳，后又拜师李景林，学习武当剑法。徐思允的武功练得如何不得而知，以四十几岁的年纪学武，该是以健身、养生为目的。不过他所拜的均是当时的名家，与武术圈中人定有不少往来，其人文化水平在武术圈里大约也无人能比，杨澄甫门下陈微明曾撰《太极拳术》一书，就是请同门徐思允作的序。徐春羽小说中有不少武术功夫和江湖切口的描写与介绍，或许与其父的这段经历不无关系。

大约在二十世纪二十年代中后期，经周孝怀介绍，徐思允成为溥仪的随身医生。1931 年溥仪出逃东北，徐思允也追随前往"新京"（今长春市），任伪满宫廷"御医"，并教授皇族子弟国文。

1945 年苏军进入东北，徐思允随伪满皇后婉容等流亡至临江县大果子沟（今吉林省临江市大果子街道），婉容临终前，他就在其身边。他后来被苏军俘虏，送至伯力（今俄罗斯哈巴罗夫斯克），1949 年获释回到长春，同年 5 月被接回北京，次年 12 月病逝。

徐思允国学功底很好，工诗，与陈衍、陈曾寿、郑孝胥、许宝蘅等人有长期的交游，彼此间屡有唱和。陈衍眼界很高，一般瞧不上什么人，而其《石遗室诗话》中收有徐诗数首，评价是"有古意无俗艳"，可谓相当不低。徐去世后，其儿女亲家许宝蘅（前清进士，曾任袁世凯秘书处秘书，解放后任中央文史馆馆员）整理其遗稿，编有《茗雪诗》二卷。

写诗之外，徐思允还会下围棋，水平应该不低。1935 年，吴清源访问长春，与当时的日本名手木谷实在溥仪"御前"对局，连下三天，吴清源胜。对局结束的那天下午，溥仪要求吴让徐思允五子，再下一盘。他给吴的要求是使劲吃子，越多越好，结果徐思允死命求活，吴未能完成任务。徐可谓虽败犹荣，他的这段经历肯定让今天的围棋迷们羡慕得要死。

根据徐思允的经历再看他儿子徐春羽，其中隐有脉络可循。做父亲的偏重与社会上层人士——清末官宦和民国遗老往来，做儿子的则更钟情于市民阶层。从已知资料看，徐春羽确实颇为混得开，没有几把刷子肯定不行。

1947 年，北京的《一四七画报》上刊登了一篇文章，报道徐春羽受聘于北洋大学北平部讲授国文，说一周要上十几个钟点的课，标题中称他为"教授"。虽然看起来像玩笑话，但徐春羽的旧学根底已可见一斑，这一点在他的武侠小说里也能看得出来。这一方面应得力于家学渊源，正应"有其父必有其子"那句俗话，另一方面则是徐春羽确有天赋。其表舅父巢章甫在《海天楼艺话》中说他"少即聪颖好弄，未尝力学，而自然通顺"。由此看来他可能上过私塾，也许进过西式学堂，但不是一个肯吃苦念书的老实学生。

徐春羽显然赋性聪慧跳脱，某消闲画刊上曾有文章介绍其人绝顶聪明，多才多艺，"刻骨治印、唱戏说书，无不能之，且尤擅'岐黄之术'"，据说他还精通随园食谱，喜欢邀人到家里，亲自下厨。

"岐黄之术"是徐春羽世代家传的本事。前文已言及其父给溥仪当"御医"十多年，水平可想而知。他自己在这方面也肯定下过功夫，所以造诣不浅。据当时的报纸报道，徐氏经常主动为人诊病，且不取分文，还联合北京的药铺搞过义诊。

唱戏是徐春羽的一大爱好，自二十世纪三十年代在天津期间就喜欢票戏。据说他工丑角，常请艺人到家中交流，也多次粉墨登台。天津报人沙大风、北京名报人景孤血与编剧家翁偶虹等人曾在北京长安戏院合演《群英会》，分派给徐春羽的角色是扮后部的蒋干。

评书则是他的又一大爱好。1947年3月1日，他开始在北平广播电台播讲其小说《琥珀连环》，播出时间是每天下午二时至三时。目前尚不清楚他是否拜过师正式进入评书界，但他的说书水平已见诸当时的报刊。《戏世界》杂志曾刊出专文，称其"口才便给，笔下生花，舌底翻莲，寓庄于谐，寄警于讽，当非一般低级趣味所能比拟也"。

应当说，唱戏和评书这两大爱好对于徐春羽的武侠小说创作，显然有着非常直接的影响。

张赣生先生在《民国通俗小说论稿》中，以徐春羽《铁观音》第一回中一个小兵官出场的一段描写为例，指出："这个人物的衣着、神态，以及出场后那几句话的口气，活生生是戏曲舞台上的一个丑角，尤其是最后一段，小兵官冲红船里头喊：'哥儿们，先别斗了，出来瞧瞧吧！'随后四个兵上场，更活像戏台上的景象。徐氏无论是直接将自戏曲还是经评书间接将自戏曲，总之是戏曲味很浓。"

民国武侠作家中精通戏曲、喜欢戏曲的人很多，但这样直接把戏台场面搬入小说里的，倒也少见。评书特色的化用也是如此。北派作家如赵焕亭、朱贞木等人，有时也用一下"说书口吻"或者流露出一些"说书意识"，而没有人像徐春羽那样，大部分小说的叙事风格如同演说评书一般。他在很多小说开头，都爱用说书人的口吻讲一段引子，譬如《草泽群龙》的开篇：

> 写刀枪架子的小说，不杀不砍，看的主儿说太瘟，大杀大砍，又说太乱。嘴损的主儿，还得说两句俏皮话儿："他写着不累，也不管打的主儿受得了受不了？"稍涉神怪，就说提倡迷信；偶写男女，就说妨碍风化。其实神仙传、述异记又何尝不是满纸荒唐，但是并没列入禁书。《红楼梦》《金瓶梅》不但粉红而且近于猩红，反被称为才子选当课本，这又应做如何解释？据在下想，小说一道先不管在学术上有无地位，最低限度总要能够帮助国家社会刑、政教法之不足，而使人人略有警惕去取。尽管文笔拙笨，立意总不应当离开本旨。不过看书同听戏一样，看马思远他就注意调情那一场，到了骑驴游街，他骂编戏的煞风景，那就是他生有劣根性，纵然每天您拿道德真经把他裹起来，他也要杀人放火抢男霸女，不挨刽子手那一刀他绝改不了。在下写的虽是武侠小说，宗旨仍在讽劝社会，敬忠教孝福善祸淫，连带着提倡一点儿尚武精神。至于有效无效，既属无法证明，更不敢乱下考语，只有抄袭药铺两句成语"修合无人见，存心有天知"，聊以解嘲吧。

再随便从《宝马神枪》中拎出一段报字号：

你这小子，也不用大话欺人，我要不告诉你名儿姓儿，你还觉乎谁怕了你。现在你把耳朵伸长着点儿，我告诉完了你，你死了也好明白，下辈子转世为人，也好找我报仇。你家小太爷姓黎，单名一个金字，江湖道儿上送你家小太爷外号叫插翅熊。至于我师父他老人家，早就嘱咐过我，不叫我在外头说出他老人家名姓，现在你既一定要问，我告诉你就告诉你，你可站稳了，省得吓破了你的苦胆。我师父他老人家住家在安徽凤阳府，双姓"闻人"，单名一个喜字，江湖人称神砂手就是他老人家。你问我的，我告诉你了，你要听着害怕，赶紧走道儿，我也不能跟你过不去，你要觉乎着非得找死不可，你也说个名儿姓儿，还是那句话，等我把你弄死之后，等你转世投生，也好找我报仇。

　　这样的内容，喜欢评书的读者当不陌生。类似这样的江湖声口，在徐春羽武侠小说中俯拾即是，其人物的外貌描写、语言也是演说江湖草莽类型评书中的常用套路和用语。值得一说的是，徐春羽使用的语言基本是轻快流利的京白，尤其带点老北京说话时常有那点"假招子"的劲头，这可算是他的独家特色。他虽然是江苏人，但对北京的热爱却是发自内心的，这从他的小说中经常可以体会到，其绝大部分武侠小说的开头，都要说上一段老北京的风土人情，内容也大多涉及北京，比如《屠沽英雄》的开头：

　　讲究吃喝，真得让北京。不怕住家在雍和宫，为吃两块臭豆腐，可以出趟顺治门，不是王致和的地道货，宁可不吃。住家在德胜门，为喝一包茶叶末，可以到趟大栅栏，不是东鸿记的好双熏，宁可不喝。再往细里一考究，什么字号鼻烟好？什么字号酱菜好？水葡萄得吃哪块地长的？旱香瓜得吃谁家园的？应时当令，年糕、月饼、粽子、花糕、腊八粥、关东糖、春饼烤肉煮饽饽，不怕从身上现往下扒，当二钱银子，也不能不应个景儿。因为"要谱儿"的爷们儿一多，做买卖的自然就得迎合主顾心理，除去将本图利之外，还得搭上一副脑子，没有特别另样的，干脆这买卖就不用打算长里做。所以，久住北京的主儿谁都知道，北京城里的买卖，没有一家没"绝活儿"的。

这是说的老北京人讲究吃喝的劲头。还有赞扬北京人性格的，比如《龙凤侠》开头说：

"无风三尺土，有雨一街泥"，凡是久住这北京的哥们儿差不离都有这么一点印象。可是事实适得其反，不怕在屋里四六句骂着狂风，在街上三七成蹚着烂泥，破口骂着天地时利，恨不得当时脱离这块黄天黑地，只要风一住，水一干，就算您给他买好了飞机票，请他到西湖去住洋楼儿，他准能跟您摇头表示不去。

其实并非出乎反乎说了不算，说真的，北京这个城圈里，除去这两样有点小包涵之外，其他好的地方太多，两下一比较，还是北京城强似他处。

第一中国是个礼教之邦，北京是建都之地，风俗淳朴，人情忠厚，虽说为了窝头有时候要切菜刀，但仍然没有离开"以直报怨"的美德。至于说到挖心思用脑子，上头说好话，底下使绊子，不能说是绝对一个没有，总在少数。

尤其讲究义气，路见不平，就能拍胸脯子加入战团，上刀山下油锅到死绝不含糊。轻财重脸，舍身任侠。"朋友谱"，"虚子论"，别瞧土地文章，那一腔子鲜血，满肚子热气，荆轲聂政不过如此。"为朋友两肋插刀"，的确可以夸一句是响当当硬绷绷好汉子！古称燕赵多慷慨悲歌之士，看来确是不假。

徐春羽概括的老北京人身上的特点，在其小说中的很多小人物如茶馆、酒肆的伙计、客人、公人、地痞、混混等身上，都能或多或少地有所发现。而市民社会中各色人等的言谈话语、举手投足，生活气息极为浓郁，非长期浸淫其间有亲身经历者不能道出。老北京逢年过节的庙会盛况与一些风俗习惯，都在徐春羽的武侠小说中有所展现。相比之下，赵焕亭、王度庐等人在小说中虽也都有对老北京风土人物的描写和追忆，但也仅限几部作品，不如徐书普遍，徐春羽的武侠小说或许可以称得上是真正的"京味武侠"。

　　近年来，对老北京文化感兴趣的人越来越多，徐氏武侠小说或许是座值得有心人深入挖掘的富矿亦未可知。

　　徐氏武侠小说的特点是非常鲜明的，缺点也是毋庸置疑的。

　　其一，小说评书味道浓郁是特色，但也多少是个缺点，因为评书属于口头文学，追求的是讲说加肢体动作带来的现场效果，一件小事经常会用大段的言语来铺叙、表白，有时还要穿插评论在其间，听者会觉得过瘾，可是一旦形诸文字，就难免有时显得啰唆和絮叨，如前面所举的《宝马神枪》中那段报字号。类似的段落如果看得太多，会令读者产生枯燥和乏味的感觉，影响到阅读效果。徐春羽的文字表现能力当然很强，但也无法克服这样的先天缺陷。

　　其二，前面已经提到，就是作品半途而废的不少，其中报纸连载最为突出。比如《红粉青莲》仅连载十余期就消失不见，《铁血千金》则连载到三十七期即告失踪，其他连载了百十期后又无影无踪的还有若干，这里面或许有报纸方面的原因，但徐春羽的创作态度也多少是有些问题的，甚至不排除存在读者提意见而告停刊的可能。无论如何，这些烂尾连载直接影响到作品的质量和读者的观感。单行本的情况略好，然而也存在类似问题。再加上解放前的兵荒马乱以及解放后的历次政治运动，尤其是五十年代初的禁止武侠小说出版与出租，都造成武侠小说的大量散佚和损毁。时至今日，包括徐春羽在内的不少武侠作家的作品，都很难证实小说的烂尾究竟是作者造成的，还是书的流散造成的，这自然也给后来的研究人员增加了很多困难。

本作品集的底本系由上海武侠小说收藏家卢军先生与著名还珠楼主专家周清霖先生提供，共计十二种，是目前能够见到的徐春羽武侠小说的全部民国版单行本了。这些作品绝大多数是解放后第一次出版，其中的《碧血鸳鸯》虽然曾由某出版社在 1989 年出版过一次，但版本问题很大。该书民国原刊本共有九集，是徐春羽武侠小说中最长的，但 1989 年版的内容仅大致相当于原刊本的第三至八集，第一、二、九集内容全部付之阙如，且原刊本第六集第三回《背城借一飞来异士，为国丧元气走豪雄》、第七集第四回《痛师占卜孙刚射雁，喜友偕行丁威打虎》也均不见踪影。另外，该版的开头始自原刊本第三集第一回的三分之二处，前三分之一的三千多字内容全部消失，代之以似由什么人写的故事简介，最后一回则多了一千多字，作为全书的结束，其回目"救老侠火孤独显能，得国宝鸳鸯双殉情"也与原刊本完全两样。这些问题都已经通过这次整理得到全部解决，也算功德圆满，只是若干部徐氏小说因为前面提到的原因，明显没有结束，令人不无遗憾，但若换个角度想，这些书能够保留下来且再次公之于众，已属难得之至了。

今蒙本作品集出版者见重，嘱为序言，以方便读者，故撷拾近年搜集的资料与新的研究成果，勉力拉杂成篇，以不负出版方之雅爱。希识者一哂之余，有以教也！

中国武侠文学学会副秘书长　顾臻
2018 年 4 月 10 日写于琴雨箫风斋

目　录

草泽群龙

铁马银旗

草泽群龙

第一回

乔风流嬉宫登徒子
演故事怒剿胠箧儿

　　愁！似钩。挂心头，难扯难揪。开支赛水流，挣钱陆地行舟。不敢明火不敢偷，又没机会帮忙"劫搜"！一顿窝头一顿棒子粥，硬说营养特富气死西欧。白薯下街送信到深秋，黄金棉袄黑玉煤球！房东瞪眼像母牛："再住金条才收。别耍无赖尤，整天瞎诌。不会搂？没羞！""呕！！！"

　　写刀枪架子的小说，不杀不砍，看的主儿说太瘟，大杀大砍，又说太乱。嘴损的主儿，还得说两句俏皮话儿："他写着不累，也不管打的主儿受得了受不了？"稍涉神怪，就说提倡迷信；偶写男女，就说妨碍风化。其实神仙传、述异记又何尝不是满纸荒唐，但是并没列入禁书。《红楼梦》《金瓶梅》不但粉红而且近于猩红，反被称为才子选当课本，这又应做如何解释？据在下想，小说一道先不管在学术上有无地位，最低限度总要能够帮助国家社会刑、政教法之不足，而使人人略有警惕去取。尽管文笔拙笨，立意总不应当离开本旨。不过看书同听戏一样，看马思远他就注意调情那一场，到了骑驴游街，他骂编戏的煞风景，那就是他生有劣根性，纵然每天您拿道德真经把他裹起来，他也要杀人放火抢男霸女，不挨刽子手那一刀他绝改不了。在下写的虽是武侠小说，宗旨仍在讽劝社会，敬忠教孝福善祸淫，连带着提倡一点儿尚武精神。至于有效无效，既属无法证明，更不敢乱下考语，只有抄袭药铺两句成语"修合无人见，存心有天知"，聊以解嘲吧。

有一年，五月初五，江苏省徐州府属铜山县南门外云龙山根儿底下，围了足有一两千人，有的打着鼓，有的敲着锣，有的敲着铜茶盘，有的打着破铁锅，连男带女，连老带少，脸上都透出一种着急、害怕、神色不定的样儿。离着山根儿不远，搭着有一座高台，拿油桌搭的。台的正中间，是一张金漆方桌，桌子腿儿上扎着两根大竹竿儿，竹竿儿上系着一块黄绸子，黄绸子上用红土子写着四个大字是："除魃救旱"。桌子上搁着两块砚台，一块里头搁着一块朱墨，一块里头搁着黑墨，砚台旁边放着两支新笔。一碟子白米，一大碗白水，一大轴儿五彩线。当间儿搁着一座香炉，一对蜡扦儿，上头扦着一对大红蜡。香炉旁边放着是高香纸马儿，元宝千张。台的四围，按着八面儿插了八根大幡，分为青红粉白，蓝黄紫绿，正中间还有一座主幡，白缎子地儿，黑缎子边儿，掬着杏红的火焰儿，白地儿是四个大字"伏魔救世"，也是朱砂笔写的。看这种设备安置，不是和尚就是老道立的道场法台，大概是时候还没有到，主坛的还没有来，台上只有一个庄稼人打扮的小伙子蹲着在犄角儿上冲盹儿。这时候锣声鼓声响成一片，正在震耳欲聋的当儿，忽然人群里头吱儿的一声哨子起，便像虎啸龙吟一般，当时锣也不敲了，鼓也不打了，连一点儿声音都听不见了。

在这一声哨儿之后，大家一看，只见一个老头儿，虽然胡子、头发都白了，可是太阳穴鼓着，胸脯儿努着，便像一条欢龙活虎相似。挺着腰板儿，手里提了一条短棒，挤出人群儿，一看前边就是一块四尺多高的石头，一拧腰，一提身儿，嗖的一声就纵上去了。真仿佛钉在上头一样，纹丝儿不动，到了石头上头，一抡手里短棒，向大家一点头道："众位乡亲！据昨天仙长所说，咱们这里天气久旱不雨，是因为当地出了'旱包'旱魃，所以才不下雨，仙长云游至

4

此，大发慈悲，要给咱们这一方除魃求雨，这件事情，既是跟咱们这一方祸福有关，咱们宁可信其有，不可说其无。不过咱们这里尽管这样布置，可也别完全指着仙长，咱们自己也应当略有准备，因为我姓方的今年已然活了六十多岁，讲究说走南闯北，我也到过了不少地方，练了半辈子武，虽说没有什么成就，但是耳朵听、眼睛看，也见过了不少英雄好汉，尤其是对于江湖绿林道一切高的、矮的、软的、硬的，总可以说是多少知道一点儿，插圈弄套儿、坑蒙拐骗、装神弄鬼、暗取明夺很是不少。今天这件事我总觉得有点儿不实不尽，什么叫旱包？不但我没见过，大概在场的哪位也没见过……"

　　老头儿一句话没说完，猛听远远一声怪叫，凄厉难听，青天白日大家不由都陡然打了一个冷战。老头儿仿佛也听见了，先是双眉一皱跟着微然一笑，把手里的棍儿向大家连摇两摇道："众位暂时先沉住了气，即使有什么动静，我想在这光天化日之下，也未必能怎么样，众位容我说完了，咱们再打主意好不好？"本来这些人听那一声怪叫，已然有点儿变颜变色，脸上都透出来了张皇，及至听见老头儿一嚷，当时便又沉静下去。老头儿接着说道："我总觉得除魃救旱这句话有点儿含糊。众位请想，如果真是有旱魃这种东西，他能够教咱们这一方久旱不雨，当然他就是成了气候，岂是一阵锣鼓两张符咒就能制服得住的？再者他真要有了那种灵性，一个除治不了，犯起性来，咱们的罪过岂不更大了？因此我想咱们既是搭了法台请了仙长，咱们无妨听信仙长的，但愿能够当时除去祸害自是大家之福，不过我们一边可以帮忙仙长降妖求雨，一边也自己预备预备，不妨每人手里提着一根木头棍，到了事情有变，我们也可以给自己壮壮胆子。还有一点，不拘当时有了什么异样，众位可也不要乱走乱跑，省得旱包没伤人，人倒伤了人，那时可难免招出大祸。这些话全都是我一得之见，听也在众位不听也在众位了。"老头儿说完了这几句话从石头上蹦下来，往人群里一站也跟着大家看上热闹了。

这些人里就有点头的："二哥，方一爷话说得不错，我也觉得这个老道有点儿靠不住，仿佛是个吃事的。人家方一爷是成了名的好朋友，在江湖上提起追云拿月方闻方一爷谁不知道？既是他老人家这么说，我就不能不信。二哥你在这里站一站，我回家取了我们家藏的那口大朴刀再来凑热闹吧。"有的就说："咱们这位方大爷还是这个毛病，无论什么事，他也不信邪，人家仙长既不图名又不图利，这里头可有什么不实不尽呢？我不能跟着骑瞎马，没是没非，扛枪弄刀，一个不留神，再碰伤了谁，那才叫没罪找罪呢！"大家你言我语，论调不一，纷纷扰扰，这一片地可就杂乱起来了。

正在这个时候，就听蹲在法台看台上的那个小伙子，陡地站了起来，冲大家两手乱摆道："众位压言，仙长驾到了！"大家回头一看，只见北边大道上，是尘土飞扬乌压压地来了一片。顶前边是十个一排，一共十二排，全是十几往上十五岁以下的男孩儿，每人前胸贴着一张黄纸，上头画着许多弯弯曲曲的红道子，不知画的是什么。每人手里是一根桃木枝儿。男孩儿们后边是七八十个精壮大汉，有的扛着铁锹，有的扛着铁镐，还有的拿着绳子，另外有四个抬着一个大筐，筐里都是二尺来长的木头橛子，也不知道都是干什么用的。这群人过去，后头是一顶八人抬的绿呢大轿，里头坐着一个花白胡子紫黑的玄门法师。因为轿子离得远，看不清这个老道的眉眼儿跟穿章打扮。轿子旁边，一边是四个道童儿，全都提着香炉，里边香烟缭绕，倒真有点儿飘飘欲仙的派头儿。轿子后头，是二十个身体高壮的官兵，原是奉了县太爷差派来保护法驾的。到了法台前边，轿子一打杵，官兵轰赶闲人，看热闹的往两旁边一闪，撤轿杆儿一挑帘儿，里头走出来一个老道，身高在七尺多，不到八尺，细腰窄背，长眉毛，大眼睛，通关鼻子，四字口，年纪虽然有六十多岁，脸上颜色真好，白中透润，真是人家说的那叫娃娃脸儿。头戴九梁冠，金簪别顶，海下一部长髯，飘洒在胸前。蓝绸子道袍，一巴掌宽的黑缎子边儿，白护领，杏黄水火条，蓝绸子中衣，白布高筒儿袜子，青缎子踏尘分波无忧履，手里拿着一把净尘蝇帚。走出轿子，先向四外看了一看，跟着一转身儿即奔台口，登上梯子，走上去了。别看那么大的年纪，走起道儿来腰板儿不塌，脚步非常矫捷。

上台之后，在桌子正中间一站，八个道童儿，分为两边，提着香炉，往那里垂首侍立。这时候台底下虽是人千人万，却是一点儿声音没有，真是连出口大气儿都不敢，要是有一根绣花针掉在地上，都能听得见。老道单手向台下一打稽首，高喊一声："无量佛！众位施主善士，贫道孟广恒这里稽首了！今天这座法坛，为什么建立的，大概诸位事先早已了然，用不着再多为饶舌了，不过祸福无门，唯人自寻，天道福善祸淫，绝无差爽，本地一年荒旱，寸草不生，固然一半儿是天灾，也有一半儿是人祸。贫道并非信口一谈，实有真凭实据，这件事的起源和一切经过情形，贫道虽然知道，却也是听来的，并不见得十分详细。现在我想请一位身临其境的朋友来述说一回，也让诸位施主知道祸变由来，多半还是出在人为，这回事情过去之后，千万要谨慎留神，不可再蹈覆辙，以免灾祸频来，人将不堪了。"说着便向身后道童儿小声说了一句。道童儿一点头便向台下看热闹的人群里喊道："我家师父有请祁家寨祁化一祁老施主上台来谈一谈这件事。"大家一听方在一怔，因为都听着祁化一这个名字耳熟，当时可就忘了是谁了。正在寻思，台下有人答应："遵仙长法谕。"从人群里走出一个人来，大家一看不由全都要笑，原来是他。敢情大家全都认得，正是串村庄、赶集镇、卖糖糕干的祁老大。他什么时候见着的仙长？这件闹旱包的事怎么会又牵上了他？这可真是怪事。祁化一答应完了之后，从人群里挤了过来，走到梯子边上，用手扶着梯子爬了上去，冲着大家一说这件闹旱包的始末情由，把这些看热闹的，差一点儿没把真魂吓掉！原来这个祁化一就是本地西门外祁家寨的人，因为父母早已去世，自己又没有家小儿，便找了一个轻省的买卖，自己在家里蒸上两屉糖糕干，背着筐子串个村庄赶个集会做这个小买卖。一则他的糕干，确实东西不坏，块儿大，面又好，糖也搁得多，又加上他这个人脾气非常好，做买卖特别和气，不管见着大人小孩儿，他总是有说有笑，方近附右对于他都很有个不错，因此买卖虽说不大，差不多都是卖给小孩儿为多，所以他去的地方，总是找村子里人家多的地方。这一天卖得剩不了几块糖糕干了，背着筐子往家里走，走着离祁家寨没有多远了，是一片旷地，差不多连一家住户都没有的一个地方，平常有些个贫苦的穷人，死了之后，家里没有坟地，便都埋在这里，除去一个挨着一个的坟头儿之外，连个走道儿的人都少。祁化一因为要到别的村子里去赶买卖，便不得不由此经过，好在这片旷地，并没有多大的面积，紧走几步，就可以到村子里了。一向走惯了，任什么事也没发生过，这时候虽是如黑的天气，并不算是太晚，祁化一背着筐子，脚底下加着紧，嘴里还不住哼着梆子腔，正在走得高兴，猛听身后有人喊叫："卖糕干啊？"祁化一出其不意，还是吓了一跳，回头一看，影影绰绰是个中年妇人，心里虽是觉得可怪，嘴里却很紧答应着，转过身来走了过去。到在跟前，那个妇人却是多话不说，拿出两个制钱往筐子上一掷，祁化一知道是买糕干，赶紧从筐子里拿出两块糕干递给了那妇人。那妇人接过糕干，也没说话转身就走了，祁化一把钱收回来背好筐子又往回走，没有几步，便到了祁家寨。

回到家里，把一天买的钱都数了一遍，跟自己背出去的糕干一合，一点儿都不差，把钱收好，预备好了第二天卖的糕干，便躺在床上自己寻思，方近附右的人，差不多自己都有一个认识，唯独今天这位堂客，自己却从未见过，想着也许是新从别处搬来的新户，自己没有见过，想了一想，也就睡了。第二天照样又背了筐子出去做买卖，到了晚上回来的时候，又从那里经过，那个堂客又把他叫住买了两块糕干，给完了钱转身就走。祁化一因为特为留了神，倒要看她到什么地方去，谁知那个堂客走得很快，把身一摇便连个影儿都看不见了，祁化一不由诧异起来，他知道这里没有住户，怎么会忽然不见了，想着不由有点儿害怕起来，赶紧三步两步，跑回家里。正在寻思可怪，外头忽然有人说话，出去一见原是卖面的陈二怔，一见祁化一迎头就是一口水，喷了祁化一一身一脸！祁化一赶紧就问："陈掌柜这是怎么了？"陈二怔道："姓祁的，别人怕你我可不怕，你到底是人是鬼？快快说出来，别找我费事。"祁化一简直摸不清是怎么回事，还以为陈二怔遇见了什么邪魔外祟了呢，怔怔呵呵道："陈掌柜你这是怎么了？咱们认得又不是一天半天，怎么突然之间，你会说出这个来了。难道我有什么得罪你的地方吗？"陈二怔哼了一声道："祁老大，你倒说得轻巧，打算装没事人儿可不成，我问你的话，你还别以为是跟你闹着玩儿。我就问你，你是跟谁学这种左道旁门？"祁化一还是不明白，仍然是怔怔呵呵地道："陈二掌柜你说了半天，我始终没有明白，你有什么话好好地说行不行？"陈二怔啊了一声道："这么一说，你还真是不知道，干脆，我跟你说了吧，昨天你给我的那笔面钱，今天早晨起来一数，里头会出了两张纸钱儿，别人我没有收钱，不是你闹的玄虚，还能有谁？怎么我问你你又装不知道呢？我告诉你吧！祁老大，这件事我已经告诉会上了，你打算不说实话，那就叫办不到，趁早儿说出实话，念在大家都有个不错，也不至于太为难你，至多把你轰出去也就完了，你要咬牙不说，弄到会上，一打一问，你也不能不说，那时候案打实情，可是谁也顾不了你了。"（联庄会，专办守望相助及公益之事）祁化一一听陈二怔这套话，简直就糊涂了，跟着身上就不由得打了一个冷战，猛然心里一动，莫不成就是那个堂客身上出了毛病吧？心里这么一想，反倒把心气沉了下去，遂把这件事前后经过跟陈二怔一说，陈二怔不等说完，就冷笑了一声道："祁老大，你不应弄这些儿话骗人，咱们这村子里几时闹过这路事？我一百个不能信。"祁化一道："你不信也不要紧，今天我才从那里过，那个堂客，又出来买了一回糕干了，我的钱还没有动，咱们何妨查看查看。"陈二怔道："也好，你当着我的面儿查吧。"

9

祁化一真把一天卖的钱都拿出来，一五一十，挨个儿一数，里面并没有一个纸钱儿。祁化一一怔，陈二怔早已冷笑起来道："哼！你说谎话，也不挑个好日子，纸钱儿在什么地方呢？你倒是指出来呀！"祁化一简直都快傻了，忽然脑子一动，现在是黑天，所以看不出来，非要等到天亮是看不出来，一边着急，一眼看见旁边一个水盆，一声儿没言语，抓起桌子上搁的那些钱，稀里哗啦，全给抛在水盆里头了。陈二怔正要嚷："你这是干什么？"祁化一早已一拍一拉陈二怔道："你看这盆里是什么？"陈二怔带信不信地走过去一看，只见那个盆里头，除去一堆铜钱已然沉底之外，在水面上却漂浮着两个纸钱儿，跟自己今天所见那两张是一模一样。陈二怔一看这两张纸钱儿，才明白祁化一说的不是谎话，方才却是错怪了人家，便赶紧走了过去迎头一揖道："祁老大，你别怪罪我，实在因为这外头闹白莲教闹得太凶，唯恐真是有了白莲妖人，混进咱们村子里头来，将来难免招出飞灾横祸，所以我才特别着急，如今既是证实了毛病没在你身上，方才我对你说话太不客气，好在咱们是自己人，你可千万不要怪我！"祁化一也知道陈二怔这个人是这种毛病，平常短不了得罪人，也短不了给人家赔不是，就有一样好处，说过就完，从不记人家仇恨。况且今天这件事，就是放在自己身上，也不免要跟人家瞪眼，事关全村安危，当然难免着急。好在这件事情，已然过去了，话是说过无毒，便也笑了一笑道："二怔哥，这个事原不怨你，只是你太急了一点儿，事情现在已然证明了不是我的毛病，可以不必再说了，倒是村子外头这件事我们得想个什么法子，不管他是怎么一回事，反正绝不是什么正道儿，我们得赶紧想法子，不要等到闹出事来，后悔可就晚了。"陈二怔道："这件事还是报了会上吧。"祁化一想着也就是这么个办法吧。于是两个人连夜到了联庄会把这件事一报告，会上当时便选了二十个年轻的小伙子，定规好了，还是叫祁化一在天将傍黑的时候，从那里经过，把这二十个人藏在后边，专为擒住那个堂客，倒要看看她是怎么一回子事。大家预备好了，祁化一从早上就没有出去，在筐子里头除去搁上两块糕干之外，又预备下一包子朱砂，一本皇历（四时宪书，据说能够辟邪，至今犹然），绕到那片空地，故意提高了嗓子喊了一声："卖糖糕干！"又故意慢慢地走了几步，果然后头又有人喊："卖糕干的！"祁化一一听跟前两天一样声音，才知道是真来了，不由汗毛根儿一竖，浑身就是一个冷战，不过又知道后头有不少的人呢，才把心放下一半儿，站住脚步，回头一看，一点儿不差正是那个堂客。夆着胆子，拿出两块糕干，往前一递，却故意慢慢地接钱，凝神一看，只见这个堂客，眼睛是两个大坑，脸上是跟白纸一样白，连一点儿面色没有，并且还带着一股子冷气直往脸上扑。祁化一把糕干递过去，把钱接过来，那个堂客，转身就要走了。祁化一使足了劲儿咳嗽了一声，自己听着却没有多大的声儿，后头那二十个小伙子，一听咳嗽是暗令子，便狂喊一声"围！"呼噜一下子，大家便都围了上来，祁化一胆子也大了，一手拿着皇历，把一包朱砂全搁在嘴里，看那个堂客离着自己还不远，往前一进步，一把拉住，噗的一声，一嘴朱砂全都喷了出来，便听那个堂客吱的一声怪叫，扑咚一声摔倒在地。祁化一可就高了兴啦，忘了自己嘴里还含着满嘴的朱砂哪，张嘴就嚷："众位乡亲大哥兄弟，街坊大爷大叔，快过来给我帮一步儿忙儿，我可把一个堂客给逮住了！"咕噜一声，满嘴朱砂全都下了肚子啦，祁化一全没理会，依然是大喊大叫。大伙儿一听，全都暗挑大拇指，别看他就懂得卖糕干，敢情人家粗中有细，这档子事办得可太漂亮了，一点儿事没费，一个人没伤，居然手到擒来，会把这件事就这么轻描淡写地办完了，这人不可以貌相，祁老大真有两下子！

一边心里夸赞，一边往祁化一这边跑，大伙儿胆子也冲起来了，一看祁化一弯着腰果然还在那里按着哪，又是高兴，又是有气，高兴的是这件事办得太松心，可气的是这个堂客，不管你是个什么东西，你绝不该跑到这个村子里来祸害人哪！干脆出气的办法就是打吧。呼噜一下子，过去就围严了。这个过去就是一拳，那个过去就是一腿，嘴巴拳头窝心脚，没脑袋没屁股的这么一阵苦打。打得正在起劲，猛听被打的那个堂客一声惨叫："我有什么得罪诸位的地方？干什么官报私仇，把我这么一顿好收拾，我跟你们拼了！"说着往起就是一蹦，大伙儿人多，没容他蹦起来又把他按下去了。可是这个时候大家已然听出不对来啦，一则声音太熟，二则不像堂客声音，内中有明白的，赶紧拦住众人，停手别打，先拿灯照一照再说。及至拿过灯来一照，大家当时就全都怔在那里了！哪里有什么堂客？祁化一按着的正是那位开面店的掌柜陈二怔。浑身通红，连眼珠子带耳朵眼里都在滴滴答答流红水儿。这一来大家可就傻了，无缘无故，大家凑在一起，群殴这一个人，似乎太有点儿说不下去，再看陈二怔身上、脸上，益发觉得惶愧不安。尤其是祁化一心里更是难受，头一个就是自己把他按住的，如果真要有了致命伤，碰巧就许要叫自己偿命，这可真是太糟，越想越不是滋味儿，手里拿着那本皇历，怔怔呵呵哪里还说得出一句话来。陈二怔稍微缓了一缓气，冲着祁化一一个猛虎扑食就扑了过去了，双手一扑，揪住祁化一的胸脯子："姓祁的，祁老大，你是个有种的！昨天我就说了那么一句话，别的地处我并没有得罪过你，你居然想了这么一个主意，官报私仇，你打算要我这条命，我跟你完不了，趁着我现在一口气儿在，我今天跟你拼了！你是有种的，你再把我弄躺下！"

陈二怔浑身满脸都是红的，两只眼睛瞪得包子那么大，衬着灯光一照，旷野荒郊，黑天半夜，任你是水旱两路的英雄，飞檐走壁的好汉，看着也能让你骨软筋酥，魂飞天外！过来这一把拉住了祁化一，真是仿佛眼里要冒出火来似的，神气十分可怕。祁化一这时候脸上白得成了一张纸相似，浑身乱抖，上牙跟下牙磕得嘚嘚不住地响，哪里还说得一句话？旁边看的主儿，谁也不好意思拦，谁也不好意思劝，因为方才打陈二怔这一局，人人有份，这话应当怎么说法？眼看着祁化一就要加利还本儿地挨打了，忽然人群里有人冷笑一声道："陈二偃，你们无缘无故，轻举妄动，惹出怪异，现在凶魔附体，大祸立时可到，你们还不快想法子挽救，还要加快催他成功吗？"这个说话的，嗓音既高且大，又在大家正在寂静的时候，这几句话又说得非常紧张严重，仿佛是容易听进去。果然陈二偃一听这几句话，把头摇了一摇，把手一松道："先便宜你多活一会儿！"往后一推，祁化一就是一个趔趄，晃了两晃，才算站住，再看那个说话的，却是本村里教书的一位老夫子秦友恭。

陈二偃松了祁化一，便对秦友恭道："老夫子，你是位念书的，当然比我们明理，你给我评评倒是谁对谁不对。你要说得有理，当然我们是照着你的话办，如果你要偏着姓祁的，我可是个粗人，不管你是谁，我可难免要对你有个不周不到。"说着话把两只手在腰里一叉，瞪着眼看着这位秦友恭。秦友恭却笑了一笑道："陈掌柜的，你也别怨姓祁的，姓祁的也别抱怨你，皆因这件事确是闹出岔子来了，你在这村子里也不是一天半天，谁还不知道谁？方才那一嗓子叫卖糕干的，大概你也听见了，绝不是姓祁的故意闹的玄虚，又见得那个堂客是个怪异了，你想在咱们这些人耳目之下，她居然敢出来，一定是成了气候，并且谁也没看见过鬼吃糕干的，以此类推，当然不是她自己吃，那么她给谁买的呢？这件事我们可不能太大意了，因为对于这路事，我虽没有亲眼得见，可是在什么书上仿佛我见过这么一档子，以这件事这么猜起来，大概是个墓生儿成了气候了！"

陈二偃道："什么叫墓生儿啊？"秦老夫子道："就是怀胎有孕，没有生下来大人死了，孩子在肚子里没有死，家里人不知道，全都给埋了，这要怀的是个女胎，一点儿事情没有，她必死在她妈的肚子里，如果要怀的是个男孩子，母子不并骨，母亲死了，他依然得下来，下来他可没死，他在棺里借着他母亲没干的血气，还可以活，还可以长，经过大概是一周年，他浑身长出绿毛，胳肢窝底下长出两个翅膀儿，红头发，蓝眼睛，嘴岔子能长到耳朵旁边，他能驾风乱飞,先吃畜类后吃人,这种东西说文言叫魃,说俗了就是飞天夜叉,又叫旱包!"

大家一听,浑身一个冷战,全都有点儿毛骨悚然,陈二怔也不瞪眼了,祁化一也怔神了。陈二怔想着也许是这位老夫子,怕是两个人又打起来,才故意这么说的,便又叮了一句道:"这个飞天夜叉,当然是够厉害的,不过他的妈是个死人,难道也跟着一块儿作祟吗?为什么方才那个堂客要买糕干呢?这个旱包又跟那个死鬼有什么干系呢?你说不出一定的理,我还是揍祁老大这小子以疯撒邪官报私仇!"秦友恭老夫子道:"陈掌柜,你要知道,我说的这片话,是为的咱们这一个村子里,并不是爱管你们打架。我说完了,你爱听不听,爱信不信,你就把姓祁的打死了,杀人偿命,自有国家的王法,与我何干?"

陈二怔一听秦老夫子真生了气啦,便赶紧又往回收道:"秦先生,你这么大的年纪,还是这样好动肝火,我跟祁化一的事,也不用管谁对谁不对,冲着先生你就是一天云雾散,从此起再不提这回事了,不过我还得跟你打听打听,一个死鬼怎么能够出来买东西?"秦老夫子冷笑一声道:"你这样没有念过书的人,我真不爱跟你说话,鬼出来买东西就新鲜,那么鬼拉替身儿的事,你听说过没有?一个活人都能叫鬼拉去,何况是出来买一样东西,那又算得了什么呢?她买糕干,当然是为了喂她的儿子,因为有一种传说,墓生的儿子,如果成了飞天夜叉,生夜叉的母亲,就可以不受阴曹地府鬼王的挟制,后来还可以修成鬼仙呢,不过这种话,近乎怪力乱神,圣人不语,可以不谈,反正既是村子里有了这种东西,将来一定为祸就是了。"

陈二怔道:"怎么想一个法儿,可以考验考验咱们这个村子里有没有这种东西呢?"秦老夫子道:"那个还用试验,又何止是这个村子?只要有了这种东西,年成一定大旱,也许三年不下雨,也许五年不下雨,几千里地,连个草苗儿都长不出来,你们只要看着,该下雨的时候，没有一转雨，那就是这话儿应了，等到村子里有丢鸡的，有丢鸭子的，就会闹到丢狗丢羊，等到丢到了牛，那就离丢小孩儿不远了，越闹越凶，什么时候一打雷把他劈了，那时刻雨自然下来了。"

大家一听秦老夫子说得有鼻子有眼儿，真跟他看过似的，哪个还敢不信？便有几个人央求秦老夫子怎么想个办法，把这种东西，在它未成气候之先，赶紧把它除去，免得后来贻祸无穷。秦友恭老夫子道："这件事情，倒是有个办法，不过今天已晚，阴气太重，我们还是不惹他的为是，最好等到明天正午时候，大家多预备一点儿人，全都预备好了什么铁锹铁镐、耙子锄头，挨着茔地仔细查上一查，查到谁家坟上，真是出了毛病，只有趁他没成气候，把他刨出来，架火一烧或能消祸。"大家一听，也只好是如此吧。当下大家全都分散。

第二天一清早，大家就预备，把东西齐备好了之后，赶紧就去找秦友恭秦老夫子，秦老夫子为了这件事，放了一天假，跟着大家出来，这时候村子里就轰嚷动了，胆子大的全都在后头跟着，缕缕行行，足有好几百人，由秦老夫子领头，大家扛着铁锹铁镐、锄头耙子，还有人拿了几面铜锣，出了村子，来到了那块旷地。秦老夫子当人齐集好，谁干什么都分配好了，看了看时候差不多快到了正午时候，秦老师喊声："找！"大家便四散分开，你东我西，有南有北，弯着腰，瞪着眼，满地一阵乱找。

陈二怔因为头天夜里跟祁化一有了那个磕儿，今天特别表示亲近，特意约了祁化一在一起，两个人并着排儿，低着头一边走一边找，找着找着，忽然看见前面一座坟头，情形有点儿特别，仔细一看，果然看出形迹，赶紧就嚷："秦老师，你看这个是怎么回事？"秦老师往这边一跑，呼噜一下子，大家就把这座坟头围住了。留神一瞧，这座坟还是一座新坟，坟头儿并不高，大概是为了风水，在坟的后边有一道土岗子，并不太高，大约也就是二尺多高，有一丈五六长，就在那个土岗子正中间，离着那个坟头不到三尺，却有一个圆洞，洞口四外净光，并且浮土甚多，如果不是有这件事，还会悬心到是有人到这里来盗墓了。陈二怔怔头怔脑，胆子也最冲，往前紧挤，把个脑袋伸在洞口，才往里头一看，早哎呀一声道："一点儿都不错，是这里出了毛病了！"说着话一伸手从洞口掏出一样东西。大家一看，不由全都叫怪。原来陈二怔从洞口里掏出来的正是祁化一自制享名的糖馅糕干，在糕干旁边还有一张纸钱儿，这一来足可以证明秦老师所说一点儿不差。头一个陈二怔就嚷起来了："众位哥儿们，别看着了，要是一过正午时，再打算动，可就不好动了！"大家给他这一喊，也就跟着一阵乱嚷，拿锹的把锹举起来了，拿耙子的把耙子对准了坟头了，就听秦先生一句话就要下手了。正在这个工夫，忽然圈外头有人喊嚷："什么人这样大胆，竟敢青天白日，聚众胡为，偷坟掘墓，妄想发财，真乃胆大包天！什么人领的头？赶快出来，我要问问你们有几个脑袋！"大家一听，说话的这个主儿，语调太横，这是什么人？及至大家回头一看，当时大家脑袋就大出来了一号儿！原来这个人，正是县城里头派在乡下坐催钱粮地课的一个如虎似狼的衙役，只见他挑着眉毛挺胸叠肚，翻着两只丁郎寻父的眼睛，看着大家，仿佛是逮着的江洋大盗的神气。

大家这才想起，一时忘了通知官面儿，把他给忘了，只怕这一来，飞天夜叉还没有搜出来，追魂太岁倒是不请而至了！大家一看，全都认得，前头这一个是铜山县衙门里头快班上的伙计，水磨金刚许诚，年纪也就在三十多岁，不到四十岁；身高不足四尺，小头，小脸儿，小鼻子，小眼儿，三角儿眼形儿，奔拉眼梢子；白眼珠大，黑眼珠小，真像一个煮熟了的鸡蛋（白果）剥去了硬皮点了一个黑点儿一模一样；似有如无的两道眉毛，又黄，又稀，又短，倒是八字眉，可惜是长正了，乍一看仿佛受了多大委屈似的，活脱儿是丧门吊客；蒜头儿鼻子，翻鼻孔，坦鼻梁儿，鼻子尖弯弯向下如同一把钩子相似；薄片子嘴吊嘴包犄角儿，一嘴的牙，上七下八，

16

歪着拧着，起誓绝不服从指挥，并且是各占一色，有正红、正黄、正灰、正黑、镶蓝、镶绿、镶紫、镶粉，每逢这位班头笑口一开，当时便能由他嘴里放出缤纷五彩，缠绵八香（比五香还多出三香，就是膻、骚、腥）；高颧骨，嘬腮帮子，除去有两片特别加厚脸皮之外，要是打算找肉的话，两边全刮净了，也没有三钱肉。大概这位头儿的长相儿，连管造就人才的张玉皇，都觉得美材不可多得，高兴之下，便在这位头儿额发以下，脖子以上，丫丫杈杈地圈了无数得意圈儿，愈发显出特别的不平凡！脑袋上是小辫打紧，三层刘海儿四节箍，小辫顶儿，大松花儿，梢子打紧，硬扎帘子，蝎子尾儿带小燕飞。辫子从后头搭过去，由左肩头掏过来，搭在左边肋条下头。真正十二两一子儿（一子儿就是一绺儿）江南大青丝编成的“姐儿娘”——辫穗子——往下一耷拉，差不多真能打脚面，用二蓝洋绉“褡包”从中间一截，这股穗子经太阳这么一照确是耀眼争光，另有一番精神。身上衣裳可不讲究，上身是一件瓦灰褡裢布大褂儿，身体肥，脖颈儿高，大底摆，窄袖口儿。袖头儿往外一翻，露出里头雪白的小褂儿。青市布中衣儿，长裤腿儿，大甩裆，白布袜子，一双青缎子山东皂。一只手里提着一条金漆皮鞭，一只手里格哩格啦揉着一对山核桃。后头这位，比前头那个年纪大，大约总在五十岁往上，身高在七尺多，细腰扎背，浓眉大眼，秤钩鼻子，四字口，留着燕尾须；满脸通红，红中带粉，真是又红又润，又光又嫩，实在可以说是娃娃脸儿；花白的头发，在脑袋上挽了一个鬏髻。灰色布大褂儿，灰色中衣儿；白布袜子，青缎子京双梁儿，左手提了一条短棒，右手拿了一把蒲草编的扇子。大家一看水磨金刚许诚来啦，就知道这个搜夜叉会惹出塌天祸事！这个水磨金刚许诚，别看他当着一个班头，论起真能耐来，并不见得比谁高，比谁有什么特别拿手，他所以能够闯出这么一个字号，皆因他天分确有过人之处，心思来得灵，脑子特别快，不拘什么事情，只要被他一过眼一下心，虽不能说是有猜必中，十回之中，总也能够料着八九。还有一样是天生带来，别人学不了的就是胆子特别大，只要他认为这件事可做，一任你摆上刀山油锅，他也敢跑到里头去看下子，不到成功，绝不歇手。不然为什么人家都是什么铜金刚铁罗汉，到了他这里，会变成水磨的呢？就是因为他有这种水磨的功夫所致。再者，你别看他长得是这么一副相貌，这可真是祖上有德，特意给他这么一个外壳儿，叫人看着不留神，而暗地里却受了他无穷的祸害。跟这副脸子正相反的，就是他这一张嘴，那真有死人都会被他说得跳三跳。事无大小，只要到了他的嘴里，苦的能够变成甜的，淡的能够变成咸的，六十八岁的老寡妇，能够托人改嫁，八十七的老和尚，能够还俗娶媳妇。因此就凭了他肚子里斗大的一个胆子，嘴里二寸长一根舌头，便成了名，发了家，提起来都知道有这么一号水磨金刚，说起来实在不易，他要真借着这个名儿，再求些儿实学，一点儿一点儿，往本道上走，当然将来更能成大名立大业，可惜这个许诚，样样都好，就是一样不好，对于钱上特别精，还是特别黑，只要一沾钱，不用说是诸亲贵友，就是他亲爸爸他也分厘丝毫，绝不能够有一点儿含糊。该要的他当然要，不该要的他想法子也要，软要，硬要，插圈弄套儿，甚至于为了要钱，不怕搭上几条人命，他也势在必得。什么叫结仇？哪个叫结怨？他是一概不闻不问，两个字往前一横要钱！因此有人跟他开玩笑，把水磨的水字改了一个推字，就是叫他推磨金刚，暗含着是说只要有钱就能支使鬼推磨的意思。他听见了跟没听见一样，依然是张着那张大嘴，伸着那只大手，一个劲儿还是要钱。到后来，村子里的人未免有点儿谈虎色变，提起他来脑浆子都涨得疼，可就是拿他没有别的办法，只要能躲，总是躲着他也就完了。今天这件事，一则事情太急，二则大家真是吓迷糊了，总想着越快越好，可就把他忘了。如今听他这么一喊一嚷，大家陡然一惊，就知道这件事还是真坏了。本来大青白日，聚众开墓，真比贼匪还凶，一个案打实情，这一堆一堆也活不了。头一个祁化一他心早就横了，心说大祸从我起，到了什么地方，也没有他的便宜，莫若趁着这小子不防备，从后头给他一下子，把他弄死，能跑就跑，不能跑我给他抵了也值，总算给大家除去害了。想到这里，拿起一把铁锹绕到许诚背后，要先打金刚后拿夜叉。祁化一绕到许诚身后头，先看了一看许诚的后脑海，心说我这一下子就要你的狗命，省得你没事满找油水，不管人们死活。手里拿着铁锹，周身一使劲，这把铁锹就抡起来了。

这时候在场子里的这些人，虽说听着许诚说的话不够人味儿，不过乡下人多半儿都惧官，谁也不敢说什么，全都叫住了手，瞪着眼瞧着许诚，谁都没理会祁化一这一手儿。等到有人看见，祁化一那把铁锹已然举起来了，准知道这一铁锹下去，许诚就是能够当时不死，脑袋上也得来个大窟窿，喊是不敢喊，拦是拦不住，呼地一吸气一闭眼，准知道这下子祸是出来了。谁知道闭了半天眼，越听越没声儿了，不由纳闷儿，等到睁眼再看，敢情祁化一那把铁锹没有打下来，便被旁边那个老头儿把胳膊给架住了，这才明白，半天所以没有出声。

这位老头儿，大家也都认得，是本村里的方二爷。方二爷是哥儿两个，大爷方闻，外号人称追云拿月。这位二爷名叫方陶，外号人称破浪乘风。老哥儿两个，原是镖行多年，只因看破了吃把式饭，没有好收场，便趁着剩了几个钱，把买卖收了，在这祁家寨置了几十亩地抱头在家里一忍。村子里大小有点儿事，二位总是赶在前头，不是出钱力，就是出人力，从来没有袖手旁观的时候，今天正好赶上，当时把祁化一胳膊一架道："祁老大，你先不用忙着动手，我先打听打听，果然这件事犯了刨坟的罪，由我说就得把这块土孤丁给他平了，如果他的罪名到不了这一步，无缘无故，这节事可是办不得。"

祁化一一听这是台阶儿，并且把自己要打许诚这一层也给挡了过去，自是高兴，遂把这件事从头至尾细细地这么一说，方陶一边听，一边点头，等到听完，才微微一笑道："哦！原来为的是这个，

19

这座坟确是该刨，不过有一节，你们就知道刨坟除害，你们可准看出里头有什么了吗？不能就凭你们这样一说，就把人家坟刨了。至少咱们也得有一点儿把握，报过官府，找着坟主儿，然后才能动手。现在要是贸然动手，倘若里头任什么没有，人家坟主能够答应你们？还是官面儿能够答应你们？好在我一步赶上，任什么也没伤损，暂时可是不能动，等过些日子，找出一点儿证据，咱们再想法子不晚。"

祁化一一听这话一点儿不错，当时先认了自己糊涂，又跟许诚说了很多好话，许诚一看大家都还没有动手，任什么也没抓着，深悔自己不该来得太早，眼看煮熟的鸭子它会飞了，当时也没了法子了，只好是借题发挥把大家骂了一顿。大家知道他就是丧门吊客，谁也不敢惹他，只可听其一骂，骂得没了劲，只好是走吧。他一走方陶又劝了大家几句不可轻举妄动便也走了。大家一看，合着白来了一趟，便也无精打采，各人扛着铁锹镐头败兴而去，可是从此起，一到天黑，这块空场就再也没人敢来走过。

一晃一年多，果然天气大旱，一点儿雨水不见，赤地千里，寸草不生，瘟病遍地流行。最可怪的就是眼看阴云四合，大雨立刻可下，忽然一阵热风刮过云散天晴，又是一轮大太阳，照得是高高在上。当地的县官也急了，断屠，设醮，拜庙，求雨，还有些乡下人扎出来的草龙王，一边背着在街上走，一边在后头追着打，有的扎一只虾，有的扎一条鱼，还有的把王八大帅也扎出来了，满街满巷，焚香磕头，敲锣打鼓，求神告鬼，闹了个翻天覆地，只是那雨却像眼泪珠子似的一样难下。虽然有人想起那块坟地的事，可是谁也不敢随便就去一说，因为上回经了水磨金刚许诚那一闹，谁都知道官家的事不好办，因此并没有一个人提这件事。

粮食店的陈二怔，由于天时这一旱，粮食全无收成，自己买卖既没的做，柜上伙计又染了瘟病，病倒了好几个，柜上既卖不进钱来，连抓药的钱都没有。到了这个时候，找谁商借也是不易。一阵着急，忽然想起，圈里还养着有几只羊，原为是过年祭神以后大家吃犒劳的，如今到了山穷水尽，莫若把这几只牲口也拿到远处集上，换点儿粮食换点儿钱，好给伙计们请医生抓药。等到了后头圈里一看，一共是五只羊就剩了两只了，那三只是遍找皆无。还有十来只小鸡子，也是一只没有了。仔细一看，地下有点儿鸡毛、羊毛，还有许多血迹，先还以为是被人家偷走。猛然想起前年跟祁化一为了纸钱儿打吵子，教书的秦老夫子说过，死尸生下来的孩子叫作旱包，又叫飞天夜叉，这种东西，一成气候，年成必定荒旱，并且旱包在半夜里出来抓牲口吃，这么一看，秦老师所说一点儿不假，自己这几只羊跟那十几只鸡一定是旱包哥吃了，连这老天不下雨都是这个玩意儿闹的了。记得秦老师还说了一句，旱包由吃牲口起，将来就要吃小孩儿，小孩儿吃完了难免还要吃大人，这种东西既是能飞，一个人谁能敌得过他？这可真得赶紧想法子，最好还是找趟秦老师去商量个主意。想到这里，顾不得再去卖羊，赶紧把门板儿一插，买卖也没的可做了。告诉伙计安心养病，后头院里无论有什么动静，可也不许出去看去。伙计也不知道是什么事，好在都有病，既是掌柜的不让出去，给假养病，自是再好没有，便都点头答应。陈二怔即带上了门，往秦老师学房那边走，怔怔的一个没留神，正撞在一个人身上，凝神一看，正是卖糕干的祁化一，筐儿也没背，一脑袋都是汗，一见陈二怔当时两眼发直道："陈掌柜，你看见后街章老太太他们那个孩子了吗？"突如其来，陈二怔简直摸不清是怎么回事，便怔了一怔道："章老太太是谁？她的孩子又是谁？什么见着没见着？你慢慢地说，别忙。"祁化一定了一定神道："嘻！我也是吓糊涂了！你本来不认得章老太太，告诉你吧，章老太太是我一个主顾，她有一个孩子天天必得吃我的糕干，今天我从她门口儿一过，把我吓坏了，章老太太眼也肿了，鼻子也红了。说是睡了一觉，她的孩子会在屋里丢了，窗户上破了一个窟窿，地下有一摊鲜血，这个孩子就没了。"

陈二愣道："他们屋里除去这位老太太之外，就没了别人吗?"祁化一道："孩子有妈，因为孩子他姥姥（外祖母）有了病，孩子他妈回家去伺候老娘去了。章老太太舍不得离开孙子，又因为那里有病人，就没叫把孩子带去，哪里知道，睡了一觉，会把孩子给睡丢了呢!"陈二愣道："那么你这慌慌张张往哪里去呢?"祁化一道："我是受了老太太之托，一则沿途给她问一问，有人看见没有。二则打算去找那教书的秦老师，因为秦老师他会先天八卦，占得非常灵，打算求他给占一课，这个孩子倒是上什么地方去了。"陈二愣一听，哼了一声道："要是为了这个，你不用找秦老师，我就会占，这个孩子十成里头占十一成是叫旱包给吃了。"祁化一道："什么? 旱包? 我怎么听着耳熟哇?"陈二愣道："你倒成了贵人多忘事了，你忘了你卖糕干送到坟窟窿里头那件事了?"陈二愣一句话，祁化一头发根儿直挓挲，呸了一声道："难道真是那么件事吗?"陈二愣道："我还能冤你? 连我也受了旱包的害了。"祁化一道："怎么着你的孩子也叫旱包吃了?"陈二愣呸地啐了一口道："好丧气! 你的孩子才叫旱包吃了呢! 这还不够我受的?"遂把自己鸡羊失踪，地下留有血迹的事告诉祁化一一遍。祁化一道："既是这么说，那章家的孩子一定也是让旱包吃了，咱们赶紧去找秦老师吧。"

两个人一边走着，一边说着，不一会儿到了秦老师的学馆，进去一看，一个学生没有，秦友恭站在凳子上，一手拿着一个碗，一手拿着一管笔，正往窗户上写"姜太公在此"呢。两个人一口同音地叫秦老师。秦老师抽冷子唬一跳，一撒手一个碗掉在地下，里头满是朱砂，洒了一地，溅了陈祁两个人一身一脸。秦老师差点儿没从凳上掉下来。陈二愣赶紧过去扶住，嘴里还直喊："秦老师，是我，是我!"秦老师定了定神，摘下眼镜一看，这才明白，赶紧从凳上爬下来，长长出了一口气道："幸亏是我方才祭过姜太公，不然的话一定会把我吓死了!"陈二愣道："老师什么事值得这么害怕?"秦友恭咬了咬牙道："我就骂那个狗杂种挨万刀的许诚! 只因那年我看出来有旱魃为虐一点儿也不差，要是当时依我把那座坟刨了，什么事都可以没有。偏是姓许的狗种跟着一捣乱，大家心气一散，事情也没有办。现在果然闹出事来了，不但天时亢旱多日不雨，而且现在那个祸害已然成形，连日之间鸡羊牲畜丢得不少，昨天已然有丢小孩儿的了，我不敢担这个重任，所以把学也停了，但是我还怕……"刚刚说到这句，猛听学房门外头，一阵喧哗，嚷的骂的，哭的笑的，乱成一片，最可怪里头夹杂着有外乡人口音，只是人声嘈杂，听不清楚都是嚷的什么。秦友恭道："什么事这么乱？我们也出去看一看。"三个人走出学房一看，只见这条路已然围得人山人海，水泄不通，往人群里一看，地下却坐着一个出家的老道。离开老道不三步远，跪着村中靠放印子钱度日的林永禄林二爷，正泪流满面，口中嘟嘟嚷嚷的，向老道央求着，好像遇到一件十分糟心事似的。三人不知是为的什么事，便都挤入人丛，向靠近老道的人一打听，才知就里。

原来，老道当天色亮了不久，就有人见他跌坐在这里，过往的人都以为是一个游方道士，不过为的募化钱米罢了，各人忙着干自己的活儿，谁也没闲工夫去理会他。直到天有辰牌的时候，村中著名的专门蒙吃骗喝游手好闲的朱二秃子，打从这里经过，看了地上坐的老道，穿着打扮，仪表举止，不像穷苦募化之流，心想好歹闲着无事，何妨同这老道兜搭兜搭，碰巧能够在他身上沾着一些油水也说不定。边想边走，早已到了老道身旁，便装作一副亲切和善的面孔，驻足对老道招呼道："道爷早啊！您老虽然不在本村住，可是好生面善，一定在哪里见过的，让我想想看！"说着右手扶额故作回忆的样子，不一会儿，又接着道："记性真坏，一时竟想他不起了，不过你老今天想是赶路走乏了，坐在这里歇歇脚，我以为凭你老这身份，坐在地下也不大合适，不如到村东头冯家酒店里弄两盅儿润润喉咙，就便歇歇腿，我二秃子素来是个著名的敬老好友的角色，这小东道算我做了。"

老道听了朱二秃子这一套，微笑着回道："善哉，善哉！贫道昨晚就在山下玉虚观里夜宿，今早并不曾走了多少路。施主这番好意，贫道是十分感激！……"话还未说完，二秃子抢着道："这么着，我猜着了，你老必定是为的到这里化缘，觉得人地生疏，不晓得从哪一家写缘簿起才合适，不免在此踌躇，这请您老放心，全包在我二秃子一个人肩上。前年海州玉皇阁的住持叶道长，去年济南玉佛寺方丈可端老和尚到此地化缘，都是我二秃子帮忙，谁不是带着一二百两白花花的银子离开这里的？您老只要拿出缘簿来，由我二秃子带路，先向村中有头有脸的著名大户去募化，虽然今年闹旱荒，比不上往年，但是二三十两银子，凭我二秃子的小面子，稳可到手，您老就不用操心吧！"

老道听了他这一番话，再向四周一看，见已围了许许多多的人，像看变戏法的，便提高嗓子说道："无量佛！施主存这样好心，贫道这里稽首了。"说着，俯了俯上身儿，又接着道："贫道云游各处，向不化缘募斋。最近听人传说徐州一带旱灾十分严重，便向这里行来，看看有没有可以帮着救济的事可做，聊尽出家人的心愿。哪知到了山下，玉虚观我师弟的庙里，才晓得久旱不雨的病根儿，就出在寨外一座荒冢里。若不趁早把这病根儿除去，不但这座祁家寨将要鸡犬不留，就连这方圆千里以内的地方，也要无噍类呢！"老道说到这里，顿了一顿，向四面一看，见听众似乎都有不相信的样子，便又道："诸位施主如若不信，这早晚必定有丢鸡丢鸭，遗失小孩儿这一类的事情发生。若要问贫道这病根儿是什么？贫道的回答只有两个字：'旱包'。"

众人一听，方才记起秦老师上年提倡刨坟除怪的一回事。接着又听老道说："贫道出家多年，略知道法，为救一方生灵，愿意斩魔除怪，只需在离山根不远的地方，建一座法台，预备应用物件，决不要任何酬谢。"正说到这里，只听见人圈外有敲铜锣和呼唤"大虎子"的声音。老道听见了，便对大众道："这是谁寻觅丢了小孩儿的，诸位不信，何妨唤来一问，便知适才之言为不虚了。"便有好事者去唤来一个手拿铜锣的壮汉和众人都认得的林二爷，走进人圈。老道一问所以，才知这林二爷的八岁的独养儿子小虎子，夜间好端端睡在老夫妇卧房的里间里，忽然丢了。今早东寻西找，全无踪影，一时情急，这才敲锣呼唤，希望儿子闻声自己走出来一同回去。

老道听了，便对林二爷道："善哉！善哉！老施主这样年纪不必枉费精神，做这劳而无功的事，在贫道看来令郎定被旱包所害无疑。"当时这位林二爷一听，腿一软，咕咚一声人就倒下了，眼睛也翻过去了，嘴里也吐的白沫子了。大家一见，赶紧就大喊道："可了不得啦！又是人命一条！"老道孟广恒一边念着无量佛，一边点头道："善哉！善哉！如何？如何？众位施主不要着急，掐住了他鼻子底下，嘴的上头，正中间那点儿人中上，再使劲一吹他的耳朵，就可以清醒过来了。"大家一听，掐人中的掐人中，吹耳朵的吹耳朵，果然林二爷哇的一声吐出一大堆白痰，人便悠悠醒转，放开声这么一哭，哭了一阵，转过身来冲着老道就跪下了："老仙长，活神仙！无论如何，你老得施展法力把妖精除去给我死去的儿子报仇……"

话还没有说完，外头又有人喊："哪里来的老道？竟敢这样无法无天，跑到我的眼皮子底下闹起这个来了！你的胆子真叫不小啊！"嘴里喊着，小鞭抽着，大家一乱，从外头挤进一个来，大家一看，正是当地正管铜山县衙门快班房里的伙计水磨金刚许诚！大家一看就是一怔，准知道这个东西，仗着他有那一身死老虎皮，在外头是招摇撞骗，无风三尺浪，见财五钩心，吃人饭披人皮不干人事，说人话长人形不拉人屎，打街骂巷，欺软怕硬，敬光棍，欺穷人，踩病鸭子腿，端老寡妇的门，打掉井的狗，平没主儿坟，挖旋坑，插圈套，坑蒙拐骗，简直就不够一个人类。上一回大家正要刨那个旱包坟，就是让他给搅了，要不是有那位方二爷在场，大小还得吃他一点儿亏。今天一看又是他到了，大家又是一皱眉，赶紧全都往旁边一躲，许诚就挤进来了。一看地下坐着一个老道，旁边跪着那个林二爷，他也没听明白方才说的是什么，他一看这个情形，他还以为是姓林的受了老道什么委屈呢，借着这个机会，他要打算拿这个老道立威，先冷笑了一声，把袖面儿一挽，用手里小鞭子一指老道："嘿！老道，你不找人多的热闹的地方去化小缘儿，怎么跑到这里来干这个来了？你要是明白事情的，趁早儿躲开这里，是便宜你的，如若不然，可别说我要拿你当白莲余党办你！"老道一听，把眼翻了翻，连理都没理他。许诚心里这把火就起来了，破口就骂："杂种、毛儿牛鼻子，我跟你说话你听见了没有？装聋作哑，难道就没了你的事了，你走不走？快点儿说！"

老道还是低着头闭着眼，一声儿没言语，许诚气往上一撞，一抖手叭的就是一鞭子，照着老道身上抽去。旁边的秦友恭、陈二怔、祁化一，以及跪在地下的姓林的，看着他都有气，可就是不敢惹他，也不敢拦他。眼看一鞭子下去，已然都到了老道身上，却见老道把手里蝇刷微微一抖，微笑一声："孽障无礼，去吧！"这个水磨金刚许诚倒也听话，随着老头儿蝇刷这一抖，嗖的一声，起来足有七八尺，从人群里摔了出去。大家正在生气许诚不该从中作梗，搅闹大家的公益事儿，但是强龙不压地头蛇，唯恐打不成狐狸，闹一身臊，他是现官应役，一个闹不好，就许闹出点儿别的事来，不如大家都假装没事人儿，倒可以省去许多麻烦，因为有此一想，所以大家都不言语了，可不免心里谁也不高兴，不过是敢怒而不敢言了，及至看见许诚跟老道说话的神气，并且举手就打，实在是有点儿忍耐不住，真有过去把他打死，然后给他抵偿的心思。正在这个时候，就见老道向外一探，嗖的一声，已然把许诚抛出去多远，大家这份儿痛快，简直有点儿形容不出来，恨不得老道劲儿大一点儿，把这小子掷得越远越好，能够一下子撞在石头上，或是大树上，把他摔得脑浆子迸裂，当时气绝身死，就算给这一方除了害啦。

可是谁也没想到，就是许诚才从人群中飞出去，要落地还没落地的时候，前面恰好有一个人赶到，伸手一接一托，正把许诚接在手里，顺手一推，便把许诚推了一个趔趄，跟着往起一扶，许诚算是没有摔倒。大家定神一看，原来接住许诚的人，正是那好管闲事的方一爷。方一爷笑容满面，一手拉起许诚向大家道："啊！列位，可惜我一步来迟，没有看见我们许老弟平地青云的这手功夫，实在没有眼福。"

大家一看是方闻到了，便也都笑道："一爷，一爷，你老要真是早来一步，我们许都头都不至于闹这个笑话呢！"许诚这时候满面羞惭，豪气全无，看着地上坐的老道，虽然恨得牙痒痒的，却是一点儿办法没有。方闻早已明白怎么一回子事，向大家用手一指老道，笑了一笑道："这位道长，怎么不坐高台，反而打起地摊来了？"

大家都知道方一爷爱说爱笑，便也见风使舵道："咳，方一爷你老哪里知道，咱们这位许都头，一向就是那样，风是风，火是火，不问明白就动手。这位道长，人家一番好意，还没得细说，这里就动起手来了。其实许都头也没有打他，这次道长前来，关着我们全村的性命。"

方闻又一笑道："你们可别吓唬我，我的胆子小，什么事说得这么热闹啊？我倒要打听打听。"

大家一指秦友恭："老夫子，你老说吧，你老说得又明白，又齐全，比我们强多了。"秦友恭就把这几天村子里闹的事，所见所闻，从头至尾细说了一遍，又把这个老道，方才所说的话，以及他的主张，全都告诉了方一爷。

方闻摇摇头，又点点头道："这个事可真透着有点儿新鲜，既是让你们众位说得这么有鼻子有眼儿的，我也不便不信，不过打算办这一件事，并不是你我个人就可轻举妄动。最好也应当上县官衙门递一个禀儿，然后才能办。"

方闻在这个村子里，可以说是名头高大，平常村子里有的什么公益的事情，都是由方闻出头，今天大家听方闻一说，除去报告官府，绝无办法，便都向方闻一笑道："要论衙门口里头，谁还有一爷你老熟？这件事既是公中的事，你就辛苦一次，怎么商量怎么好。"

方闻用手一指许诚道："有现成的人在这里，还用咱们操什么心，就烦许都头帮一个忙儿，去报告一声儿，看官府是怎么样分派，咱们再去预备。好在这位道长，离着我们不远，我们商量好了，再去找他老人家帮忙，事情也很容易了。"

大家一听，这个法子倒是不错，方才不该得罪他，恐怕他怀恨不管，方一爷早已明白，一拉许诚道："许头儿，大概你老也听明白了吧，这件事可是关系当地多少人命，为了地方，为了人民，没什么说的，只有求你老辛苦一次吧！"

许诚这时候，既怕老道，又怕方闻，便一连地点头道："没说的，没说的，我也是当地人，为了地方上的事，什么辛苦不辛苦，根本谈不到，只要能够把事情办成，大家都好。我现在就去，晚上就可以听见信儿。"说完向大家一抱拳，连说"辛苦、辛苦"，便摇头晃脑而去。

这事出乎大家意料，便一口同音的"许都头真热心，许都头真是好人"，一阵地夸赞，也不知道他听见还是没听见，已然一溜烟去了，方闻跟秦友恭一商量，先送老道回庙听信，老道走了，大家也都散去。

再说当地的县官，是个旗人，姓德名正，号叫子仁，虽然没有多大的学问，倒还忠厚。连日以来，报告灾情的很多，正在想不出主意，忽见许诚报单，心里大喜，便找师爷们一商量，到庙里找了一回老道，便定规好了，五月初五，在云龙山下，高搭法台斩妖求雨。四乡一贴布告，家家户户，断屠吃斋，几天工夫，就全轰动了，连男带女，有老有少，全赶到云龙山下，要看老道怎样除妖。

这就是以往的事情，当下由祁化一在法台上，当众一报告，大家听着，全都认为神奇，就有信的，就有不信的。这里头早有两个人，一个是追云拿月方闻方一爷，另一个就是他兄弟破浪乘风方陶方二爷，弟兄两个，原是镖行，走南闯北，经过事情很多，对于这

28

种的神话，半信半疑。在家里两个人商量，今天这件事，关系多少条人命，如果是老道造谣言，不过一场笑话而已，倘若真成事实，老道能为究竟如何，并没有见过，恐怕事到当时，他要一个手忙脚乱，必要伤害多少人命，不得不事先预备一下。于是老弟兄两个，每人拿上兵器，又带好了暗器，并且找了几个得意的徒弟去站在法台的四外，倘若变出非常，好保护众人的性命。

这时候台上祁化一说完了话，老道叫他退下台去，然后两手一合胸，高喊一声："无量佛，诸位施主，今天贫道为了当地生灵，要兴法除妖，这种妖邪非同小可，诸位要是看热闹，各自留神，因为人太多，贫道顾不过来。第一妖邪出现，诸位不要害怕，不要自己慌乱，贫道自有主张。倘若乱喊乱跑，难免轻者带伤，重者丧命，到了那时可莫怪贫道。"

说完这话，台底下有胆小的便三三两两，挤出人群，剩下那些人，有的是胆子大不怕，要看这个热闹，有的是根本不信，倒要看老道变什么戏法，十成人里头，走了的不过一二成，依然是拥挤不动，不过全都瞪眼看着法台，连一点儿声儿没有。这时候老道，先是闭目合睛，嘴里仿佛是在念什么，不过声音很小，大家都听不见。念完之后，抬起头来，一伸手拿起桌上的红笔，在黄纸上曲曲弯弯画了许多道子，大概就是符咒。画完之后，往宝剑尖上一穿，往蜡上一点，当时那道符就着了，宝剑往上一举一甩，嘴里喊了一声"敕令"，这时天空，万里无云，太阳红得跟火一样。这道符抛出去之后，当时就是一阵狂风，跟着眼看乌云四起。徐州这块地，已然有一年多没有看见过云彩，忽然乌云一起，大家看着都新鲜，不由点头，佩服老道真是有些仙法。

可是就在乌云才一起的时候，云龙山下，对着法台，猛见一道红光，从山根底下往上直冲，那些乌云好像怕他似的，跟着便往四下散去。老道一看，拿起笔来，又画第二道符，画完了在蜡台上一点，一举一抛，把大家吓了一跳，凭空之间，打了一个响雷，跟着一阵风，比先大得多，真可以说是飞沙走石，已散的乌云，又跟着往上一起，居然把日光遮住，眼看就要大雨倾盆，可是山根底下，那道红光，又复出现，往上一撞，乌云又散了下去，又露出太阳。

老道一看，脸上颜色一变，把道冠取下，金叉子一拔，头发披散，从身上取出一块牌子，似铁非铁，似玉非玉，画完了第三道符，点着了一举一抛，跟着把那块牌子，往桌子上一拍，霎时之间，雷声四起，乌云滚滚，清风徐来。老道拿手里宝剑，拍着金牌，眼睛看着山根底下，大家的眼神，也随着老道，往那边观看，就见山根底下，往上一阵地冒白烟，白烟越看越高，老道脸上的颜色也越看越难看。

白烟冒过，就见山根下面，一道红光冲起，跟着嗷的一阵怪叫，听得大家毛骨悚然，遂看见红光中蹦出一个妖物，大家看得明白，只见这个东西，身高八尺，一身白毛，手里拿着一块红布，往上一抖，就是一道红光，跟着往前一耸，一声怪叫，就要抢上法台。

这时候旁边看的人，胆子小的，早已吓得四散奔逃，追云拿月方闻、破浪乘风方陶弟兄两个早有准备，一见这个怪物，果然从山根底下飞上法台，并且周身带着一身红光，四外冒着白烟，活了这么大年岁，真没有看过这样的怪物，心里虽然有点儿害怕，不过当着这些人，一则为了顾全自己的名声，不肯叫人看出自己胆小，二则又恐怪物伤人，见死不救，不合乎平常自己的宗旨，一捏嘴一声长哨。当时那些徒弟，知道是自己师父传声报警，便也吹哨相答，一声长，一声短，哨响之声四起，全都准备好了。看看台上，这时候还有衙门里派来的官兵，一看果然有了怪物，全都弓上弦，刀出鞘。看热闹的一阵乱喊："了不得了，快跑吧，旱包出来了，旱包的嘴，通着耳朵，一嘴要是咬上了，可就没了命了！跑！快跑！"人声喊成一片，四外一跑，十成只剩了不到二成，全都脸朝西北，面冲东南，也是预备要跑。

这个时候，怪物已然蹦到台上，伸出两个爪子，仿佛是十把钢钩，冲着老道就抓，老道一看，抓起一把米，照着怪物就撒。说来不信，那把米还真有力量，怪物被他一撒凭空就摔了一个筋斗，越发生气，一次往起一蹦，浑身冒火，又向老道抓去。老道又是一把米，怪物二次摔倒，一连三次，碗里的米就没有了。怪物一张嘴，喷出一口白烟，老道往旁边一闪，抓起令牌，照着怪物，当头打下。怪物想也知道厉害，躲过令牌，又是一口白烟，老道斜身一闪，随手一剑，正砍在怪物的身上，当即一声响，火星乱迸，分毫没有伤。怪物一声怪叫，想是气极了，一伸手，把台上挂的长幡，撕成粉碎。老道一看，剑不能伤，也有点儿着急，把舌尖一口咬碎，噗的一口，冲着怪物喷了出去。怪物往上一耸，将将让过那口血水，只见四五道白光，从地下飞起，直奔怪物身上。

怪物只防备台上，没有留神台下，被方闻一袖箭，正钉在眼里，方陶一镖，打在哽嗓咽喉，呀的一声惨叫，身子便落了下来，连手带腿，一阵乱抓。老道一看，知道有人帮助，已然成功，二次拿起令牌，照着怪物，当头再打，就听咕咚一声，怪物跌倒，跟着哗啦一个雷，从天空劈下，在怪物身上一绕，一阵硫黄味，跟着又是一个雷，哗的一声，天空大雨，如同倒了天河一般，落了下来。

这些看热闹的人，一看雨下来了，知道怪物已除，全都心中大喜，不管泥里水里，完全都往下一跪，口念活佛。这一场雨，下了有两个时辰，才雨止云收，天气可是还没有放晴。大家跪得腰酸腿疼，一看雨止，全都站起身来再看台上，除去妖精尸体之外，老道影儿都不见了。

大家一看台上的老道没有了，头一个就是本县的县官，赶紧就分派手下人，快快四下查找，找了一会儿工夫，哪里有一点儿影子，这时候地方许诚走过来了，冲着县官儿单腿打千道："回太爷的话，这位仙长，把妖精已然除去，他老人家的心愿已了，大概是回到庙里头去了，要不然县太爷到他庙里去一次好不好？"

县官道："他是我们本地人吗？他在什么庙里出家？你是从什么

31

地方听见的?"

许诚道:"回太爷的话,他老人家原不是我们本地庙里的神仙,可是他老人家有个师兄弟在我们这里当住持,他老人家这次就是住在他师弟那里,下役想着一定他是因为事情完了,所以回到他老人家师弟那里去了。"

县官点点头道:"既是这样,我们就到那里去看一看吧,只是这座庙叫什么名字,在什么地方,你可详细?"

许诚道:"这庙离这里并不远,就在这云龙山下玉虚观。"

县官道:"既是不远,爽性不用抬轿,我们就这样走了去吧。"

许诚道:"地下全是湿泥,太爷不怕脏了靴子吗?"

县官一摇头道:"人家道长为了百姓,不惜费了那么大的精力,为地方上除去大害,一双靴又能值多少钱?不要多说废话,快快领路,跟我前去。"

许诚一听,连声答应,在前头带道,轰赶闲人。县官只带了一个师爷、两个差人,随了许诚,在泥水地里一阵乱跑,那些没有散净的百姓,一看县官为了百姓这样不辞劳苦,便顾不得地下肮脏,扑咚一声响,全都跪在地下。口里不住喊着:"青天大老爷!没有青天大老爷,引不出活神仙,我们应该给活神仙磕头道谢,更应该给青天大老爷下跪,恭祝大老爷公侯万代!"

县官受了这种意外的奖励,益发高兴,一面拱起双手向大家推逊道:"不敢当,不敢当!还是众位修德有福,所以才感得道长亲临施法,这与本县无干,众位起来,努力修德吧!"一边撩起衣服,一阵稀里哗啦跟着许诚走了过去。这些百姓看见县官去远,这才站了出来,彼此道贺,不但除了妖怪,而且这场雨之后,庄稼也可以种了。于是欢声震天动地而起。

县官随了许诚,一路之上,深一脚浅一脚,虽然有差役扶着没有摔倒,可是身上已然弄了不少泥水,眼见山脚下一片红墙,许诚用手一指道:"太爷请看,前边那所红墙,便是玉虚观了。"

县官一听，越发鼓起勇气，一径往前边走去，抬头一看，山门在望，不由精神一振，猛见庙门开处，从里头跑出三五个人来，手里仿佛还拿着什么东西，径往县官这里跑来。出其不意把地方许诚吓了一跳，他以为一定是出了什么土匪恶霸，要不利县官，赶紧往前一抢道："什么人这样大胆，还不下退，水磨金刚许诚在此！"

许诚手里可没拿着兵器，还是手里那条小鞭子，往前一抢步掌头一拦。来人却哈哈一笑道："许爷，你别乱了，怎么才一挨上县太爷，就连老乡亲都不认得了？"

许诚一听，耳音大熟，抬头一看，不是外人，正是大侠客追云拿月方闻、二侠客破浪乘风方陶、卖糕干的祁化一、教书的老夫子秦友恭、面铺掌柜的陈二怔，还有一个小老道。方闻手里拿着一张黄钱纸，上头画了很多的红道子。方陶手里捧着一个朱漆的盒子，盖着盖儿，不知道里头装的都是什么。秦友恭老夫子手里拿了一封信。许诚看了不大明白，不知道他们拿着这许多东西要到什么地方去，便大声说道："二位侠客爷跟老夫子，你们几位这是要到什么地方去呀？"

方闻道："我们要去见县大老爷。"

许诚道："那可巧极了。大老爷也到这里来了，你们几位没看见大老爷在后头走呢吗？"

方闻一看，果然县官已然到了，一身连水带泥，满头满脸是汗，不由暗暗点头，别看这位县官没事的时候爱跟老百姓伸手要几个，敢情等到真出了事，他倒还对得起这一方人，怪不得道长肯帮他的忙哪。这种年月这种官儿，也就不易多得了，想着便向许诚道："既是县太爷在这里，烦劳仍给我回一声儿，就说我们弟兄要面见他老人家。"

许诚知道里头有事，说话的又是方大爷，哪里还敢怠慢，便转过身来向县官请了个安，说明方闻要见。

县官对于方闻，也是早有耳闻，一听是他要见，便向许诚道：

"好吧，你叫他这里来！"

许诚回头一招手，方闻、方陶这两个人便抢行了几步，到了县官面前，却深深一揖，并未下拜，县官很够面子，伸手一拦，又说了两句客气话，然后才问："你们几位什么时候来的？听说那位道长，就住在这庙里，不知此时可还在这里吗？道长为了本地的事，很是受累，本县一则前来道谢，二来还要问问善后的法子，就烦方义士前头引路，我们庙里一谈何如？"

方闻一听，微然一笑道："老公祖来得晚了一点儿，那孟道长已经走了。"

县官一听道："怎么就走得这么快？方义士可曾见着吗？"

方闻道："民子倒是见着了。"

县官道："那么道长曾说了些个什么呢？"

方闻道："这里一地是水，谈话实在不便，那边山坡之上，有一份石头桌凳，可否请老公祖登高一谈，以便民子细说原委？"

县官点点头道："也好。"

于是许诚带路，到了山坡上，果然有一份石头桌凳，被雨一冲一刷，十分干净。县官早就累了，一看有了座位，便赶紧坐下，又让方闻等也都坐了，然后才问方闻道："到底是怎么一回子事呀？"

方闻恭恭敬敬地道："这件事就是老公祖不问，民子也要尽情禀知老公祖的。因为今天这件事，表面上看着，只是这位道长为了功德，除妖救旱，实际说起，并非如此，里头还隐伏着一件南北两方武林豪杰血淋淋的大事在里头呢。

"这件事我先略说梗概吧。在前些日子，本地因为久旱不雨，地面上很出了几回怪事，想来老公祖是早已听得禀告了，在祁家寨闹事的那两天，民子同民子的兄弟方陶，我们都在无意之中，便碰见这位道长，知道他是玉虚观的住持孟广恒。

"不敢欺骗老公祖，从前民子弟兄，在镖店里保过二十年的镖，对于武林中成了名的英雄，确实认识不少，这个孟广恒，却是素未

34

听说，还真以为他是个清修之士，定期除妖。民子不敢深信，老早便到场预备，怕是大小出事，虽不一定便有多大用处，总可以多保住几个人，及至他的符咒一下去，才知他确是修炼之士。

"后来符咒无功，眼看危急，正在这个时候，忽然来了救星，把妖邪除去，就在那大雨一下之际，孟道长便下了法台，一直奔了玉虚观，民子便也跟着走了下去。谁知到了观里，孟道长已然跟人家争斗在一起，是民子弟兄念在孟道长替我们这一方除了祸害，便合力帮了他一个小忙儿。

"那对方却是个女子，一见民子弟兄合攻，便向孟道长打个招呼：'你这里人多，我不愿多伤别人，你要是有胆子的，七月十五，我在千佛岭三珠寺里等你，你要过期不去，我自会来找你。'说着一道银光一闪，那个女子就去了。孟道长看见民子弟兄，不由长叹了一口气说：'你们二位这一帮我，倒坏了我的事了。'

"民子不知他这话是从何说起，仔细一问，才知道他从前也是江湖豪客，后因结怨太多，才弃家出世。无如那怨家，并不因为他出家，便灭消了以前的怨恨，累次找他为难，虽然被他多少躲过，但是他始终认为还不是可以趋避将来，所以在正务参修之外，不但武功没有丢下，对于符咒炼气之学，他也苦心追求。经他这几年苦心研讨，对此已是略有门径。

"听人传说，在久旱的地方，定有一种旱魃为虐，这旱魃身上，却有一种纯阴至宝，如果在天雷未来焚化之先，能够得到手里，可以补助修道人抵御外魔之用，本地连年荒旱，他已早有所闻。这次前来，一则是为了除害救民，多积功德，二则就是为旱魃身上那种东西而来。

"据他说，经他自己作法，只要时辰一到，定能逼得旱魃献出那东西。也是福缘太小，孽根太重，事先疏于防范，没有想到仇人跟踪蹑迹，就在自己身旁。又没有想到，我们弟兄无意之中，出头帮助，没到时候，刀镖弓弩齐发，那旱魃情急反噬，正预备身宝俱焚

35

的当儿，那仇人乘隙，却把至宝从旁掠去。等到知道，已经太晚，所以他才无精打采跑到这庙里来。

"民子一听，知道已经铸成大错，但是已经没了办法，只好向他道歉。他倒也不大在意，只说缘浅罪大，无可挽回，他以后自去想法，暂时可以不提。反是这里事后，须有一料理，他留下符咒一张，命我送到老公祖那里，盖上朱印，在坟洞焚化，自有效验。另外交给民子兄弟一个捧盒，说是里面放有奇珍，是奉送老公祖聊表寸心的。

"以外还有一封信，说明此事原委，民子未敢耽延，正要问他还能在此盘桓多少天，他忽然往起一站，只说一句：'前途珍重，容再相见。'便是一道红光起处，连本观的住持也一块儿不见了。事涉玄虚，不敢久秘，便带了这观里仅剩的一个道童儿，要去谒见老公祖，没想到老公祖也来了。观里现在已然一个人没有，老公祖似可不必枉驾，只这些东西，应该送到什么地方，还求老公祖示下才好。"

县官一听，这简直成了《西游记》了，当时半信半疑，便告诉方闻，先把信拿来看过。秦友恭一听，赶紧把信送了过来，县官接过打开一看，只见上面写的是："原拟驱斩妖魔，振人自修，未意道浅魔高，反致自陷，时命如此，未可他咎。吾公清风亮节，有口皆碑，恨未能得亲尘教，且容后图。妖气虽清，余孽犹恐燎原，留上禁语一纸，希于穴洞焚之，可绝后患。并嘱一方人士，善自修德，妖由人兴，德盛则邪退矣。另物一件，可于僻静无人处启视，或少能裨益吾公。闲云野鹤，未定何适，有缘或能更晤，请勿赘念。方外广恒留呈。"

那县官看完了点了点头，这才信方闻所说不假。跟着从方闻手里把那道符接过来一看，只见上面曲曲弯弯画了许多红道子，看不出一点儿眉目，便向许诚道："你拿着这道符，送到那座坟前头，恭恭敬敬把它烧了，不要儿戏，快去快去。"

许诚一听，就是一皱眉。不过是县太爷的吩咐，真是不敢不去。

拿了那道符正要走，却听头上有人微微一笑道："县太爷不要着急，公差大爷不用害怕，我来也！"

大家一听，方在一怔，哧的一声，从树上落下一个人来。大家一看，原来是个年在三十来岁，罩着一身青色衣裳的女子，身背长剑，手捧一个朱盒，俏骨亭亭在大家面前一站，出其不意，大家都吓了一跳。

究竟方闻经多见广，居然能够临事不乱，提起嗓子，先咳嗽了一声，然后向那女子道："这位姑娘从什么地方来？到这里有什么事？不可惊世骇俗，免得流言可畏。"

那女子点了点头道："不愧人称追云拿月，果然有些见识。我的来意，不必细说，拣两句要紧的说吧。那个妖道这次出来，并非好意来替人民除害，实在他是另有所为。不过你们已有先入之见，说来你们也不相信，我也不便尽说，只告诉你们一件事，这个朱盒儿此时却看不得，一开之后，说句你们不信的话，本地的人要死伤过半。

"说出来其实不足为奇，里头盛的，原不是什么稀罕的东西，不过就是本地县官大老爷一颗官印而已，被这妖道摄到手里，他原有别的作用，只是没有等到发作，我便赶到破了他的邪法，他那一套儿也就使不出来了。这里头藏有他的符咒，一见三光，当时发生作用，雷火水风，可以同时而起，虽不足为大害，却也免不了要伤些人。

"我知道妖道这次绝不甘心，果然临走还留下这许多鬼道道儿。如要打开，经我破去他的邪法，便无大害了。"

这些人一听，全都半信半疑，尤其县官儿更是一百二十个不相信，自己从衙门出来时候，那颗印还好好地摆在衙门里，怎会眨眼工夫，跑到这个盒儿里头来？这时神思一定，便向那女子道："既是这样，就烦你把这盒儿打开吧。"

那女子一笑，更不多话，接过那个盒儿来，把中指往嘴里一送一咬，滴出一滴血来，往盒子盖儿上一抹一画，跟着把小包裹往怀里一抱，只轻轻把那盒盖儿一开。说也不信，就听盒盖儿里头哧啦两声响，跟着就是一股浓烟，里面还夹着些硫黄味儿。烟儿冒过去，单手往前一递，县官儿一看，可不是自己日常不离的性命尖子那颗宝印吗？

这一吓却非同小可。那女子却微微一笑道："这块豆腐干儿，大概不至于是假的吧！由此一端，可以知道妖道的一切。现在没有工夫多谈，我还要找他去算旧账。"

说着又向方氏弟兄一笑道："二位方爷，如果见了淳于姐，就提我赵南问她好，再见吧！"说着把朱盒往县官怀里一掷，双脚一跺，黑影儿一晃，一阵清风，再看那个女子竟自连影儿也不见。

县官一点头道："空空红线，真真不欺我，只是听她口气，方义士大概许知道她吧。"

方闻摇了摇头道："虽未谋面，却是早已闻名。她便是驰名大江南北，当今四大剑侠之一。她的事迹，很是不少，是够一本书了，只是不知她怎么会来到此地。"

县官道："既是方义士知道那样详细，何妨谈一谈，也叫大家多长一番阅历见识呢。"

方闻一听只好答应，大家往石头上一坐，便谈起东西南北四大侠的事迹，大家才知道草泽之中实有龙蛇，在下便也只好掉转笔锋，把他们几位暂时搁在山坡上多待一会儿，叫他们尽兴官民同乐一会儿。且说这女侠的故事，如今要说那女侠的来历，且先看下面这一段离奇的故事：

北京顺治门里，二道子街住着一家姓平的，是个旗籍，上辈也曾随着皇上东征西讨，立过不少军功，据说还得过什么爵位。因为年深月久，说得不详细，听得也就马虎了，直传了九辈儿，依然是声势赫赫。

久住北京城的人家提起二道街平府，没有一个不挑大拇指的，这是外人单看了他们门第辉煌，总觉得这种人家，德泽深厚，子孙享受，应该是世袭罔替，福泽绵长，其实有未尽然。圣人说过："君子之泽，五世而斩。"这个姓平的大概已经传到六世，祖宗那点儿阴德，已然散尽，便出产了一个浮浪子弟，只因好色贪花，险些丧了自己性命。

旗人指名为姓，他叫锡禄，摘下老姓，人都称他为锡二爷。这个人却是一表人才，相貌很说得下去，年纪轻，又好收拾，要就看外表，真可以夸一声是浊世佳公子。倘若一考实在，干脆就叫望天败家。倒是有天赋的聪明，偏是不知务正，经史子集，琴棋书画，一无所好；吃喝嫖赌，弹拉吹唱，无一不精。走马斗鸡，掐花戏柳，钻狗洞，逛堂子玩师姑，走黑票，雇上炕老妈儿，串剃头棚子，那可真可以说是样样通。在北京城里九外七四面皇城里头要是不知有这么一个锡二爷的，这个人不是天聋，就是没长耳朵。他的家里，除去正夫人不算之外，还有四个姨奶奶，一个比一个长得漂，一个比一个长得率。此外大街小巷，还有不少俏事，又有钱，又有势力，钱势不行，插圈弄套，也得弄她到手。也是锡禄运走桃花，这几天无心之中，竟有撞上门来的好买卖，一档子俏事。

这一天锡禄一清早起来，正要到外边去找他一拨儿的朋友去商量当天的乐子，将将走到中门，只见门房里下人宋生儿，同着一个中年妇人走了进来，一眼扫过去，当时软瘫了半边。

只见这个妇人，年约三十上下，身材不高不矮，不胖不瘦，长得天生一副好胎骨儿，瓜子儿脸，下尖上圆，粉白的肉皮儿，又粉又润；高鼻梁儿，大眼睛，双眼皮，长眼毛；长眉毛，黑，弯，瘦；小嘴岔儿，红，秀；高鬓髻儿，亮，细，透；两个小酒窝儿，一左一右；耳朵长，润，圆，厚；两只小脚儿，平，光，瘦。虽然穿的是一身粗布衣裳，不知什么缘故，穿在她的身上，却是那么干净俏式。两步道儿一走，真不亚风摆荷叶、雨牵柳梢，说不尽的那么一股子风流劲儿。一阵木土底头子咯噔儿的声音，穿花蝴蝶一样，随着宋生儿往里院走去。

锡禄这么一看，真应了六才子《西厢记》上的话，魂灵儿飞去半天，浑身不住乱摇乱摆，连舌头尖儿带嗓子眼儿，都觉乎一阵发干，哧的一声，真魂出窍，竟忘了自己是锡大还是锡二。直眉瞪眼，也顾不得找那拨儿朋友，一转身儿，神虚意懒，又扭回院里。

一看宋生儿正从四姨奶奶屋里走了出来，就知道方才那个妇人是进四姨奶奶屋里去了，一挺腰板儿，假装不知，也走进了四姨奶奶屋里。一挑帘子，就看见那妇人，正在和四姨奶奶说话，心里不由嘣地一蹦。这话要是不跟四姨奶奶说明了，恐怕是不易办，真要当面跟她一说，一个弄不好，她就许翻脸。别人倒不要紧，唯独这个四姨奶奶进门不到三个月，不知为什么见了她总是又喜又怕。

锡二一看四姨奶奶，当时觉得有一股子说不出来的滋味。原来四姨奶奶花名意珠，是锡禄才从班子里接出来不久的新人儿，在家里这几个以四姨奶奶为最得宠，一见锡禄，便赶紧站了起来，笑着道："二爷，今天真早，你老有什么应酬吧？昨天说是晚上到我屋里来，我一直等了多半宵，你老也没来，大概是睡在西屋了吧，怎么不多歇会儿，这么早就起来了？"

说着大有犯酸漾醋之意，锡二平常看意珠真是要什么有什么地方，唯独今天也不知什么缘故，叫这个妇人一比，再看意珠，简直是既俗且厌，连一点儿模样儿都没有了。便一声儿不言语，一屁股便向旁边一个椅子上坐下。意珠一看不是味儿，便赶紧又一笑道："我还真忘了，这是刚才来的一个老妈儿，赵妈，过来见见，这是咱们这里的二爷，二爷你看看媒人店也是越来越新鲜，今天送的这个人，简直比我们姐儿还显着干净利落哪！"

那妇人一听，眼珠儿一飘，抿嘴一笑，向锡二一弯腰，似拜非拜，似请安不请安地行了个半截子礼，叫了一声："二爷！"

锡二一听，这个声儿，仿佛比画眉还好听呢，便想也说两个什么字回答她一下儿，无奈心口乱蹦，舌头又干又发卷，裹了半天，也没想出两个什么字，只在舌头根儿下头，嗓子眼儿上头，咕哝了半天，连自己都没明白说的是什么。

意珠在旁边可看得清楚，心里不由一阵酸气往上一冒，嗖的一声，直冲脑门子，陡地脸上颜色一变，心说这倒不错，我们这位二爷，亚赛采花蜂，不让华云龙，真叫德行。无论如何，我也得打散这场好事。想着微微一笑道："二爷你老是不知道，张妈这两天，请了病假回去了，我想屋里没人也不是事，所以才想找个人来。这个媒人店也是真糟，不知从什么地方，给选来这么一位来，真比我还秀气，哪里能够干得了粗活儿？没命使唤人，我就不使了吧。赵妈，我们这里用不了这个样儿的，这里有四百大钱，你拿了回去，再找好事吧。"

说着往前一递钱，锡禄忽然站起，一伸手把意珠拿钱的手按住，意珠假作不知道："二爷，您别以为给的钱多，现在谁家出手也给个四百五百钱，他们又正是苦人，您让她拿了去吧。"

锡禄又是摇头，又是摆手道："不，不是，你说她太秀气，干不了粗活儿，她还一天没试呢，你怎么知道她干不了？无论怎么着，你也让她试三天工，真要不行，再叫她走，别叫人家出了咱们这个门儿，背地里骂咱们拿穷人开心。"

意珠道："花钱雇人，合适用，不合适散，什么叫拿穷人开心……"

锡禄不等意珠再往下说，便拦住道："你说的就是怕她不会做粗活儿，那你何妨把她留下，叫她做点儿细活儿，什么做做针线，不是也成吗？咱们家里，又不在多她一个人吃饭。"

意珠一听自知再说不行，他在外头能把她找着，何不如此如此，叫他来一个"猫枕大头鱼睡觉，闻腥不到口"，便笑了一笑道："不是二爷提，我还真忘了，二爷常不在这屋里歇觉，我真有点儿害怕，干脆把她留下，二爷回屋里来，叫她到下房去，二爷不进屋，就叫她陪我睡觉做伴儿，二爷瞧好不好？"

锡禄一想不管怎么样，先别让她走，再想第二步办法。当下答应，还怕中变，赶紧告诉赵妈，快去取铺盖。赵妈去后，自己这才出门去赴约会。

　　四姨奶奶意珠，一看新来的老妈子，居然受了锡二的垂青，唯恐他从此爱情有了转移。正在寻思如何对付之际，赵妈已然把铺盖拉了回来，问意珠有什么活儿可以叫她去做。意珠方才是酸气冲牛斗，醋劲顶脑门儿，连瞧都没细瞧。如今留神一看，果然赵妈有千种风流，万般俊俏。另外还有一股子让人说不出来的劲儿，连自己看了，都不由得一阵耳热身烧，心说怪不得我们那位爷一见面就如同得了活宝一样，怎么连我看着，都觉着有点儿不大得劲？这个娘儿们，真是天生来的骨肉，怎么扭一个地方儿一个地方儿好！因为爱看，不由从下到上又多看两遍。不想赵妈猛然眼光一闪，意珠就仿佛一道亮光，射得自己眼睛一眨，可就不敢再看了。心说这可透邪，难道她眼里还藏着一把刀子？怎么一对眼光，就仿佛扎了自己眼球子一样。先不用说她将来有什么麻烦，冲她这一手儿，就得赶早把她打发走。三天试工，找她一个毛病，把她下了，也就完事。遂笑了一笑道："你新来的人，也没有什么别的事，这里有两只袜子，你拿去把这一只做上，我已然做得了一只，上头有花儿，你可得照样儿给我扎花儿。好在有样儿，你也不费事。"说着把袜子递给赵妈。

　　赵妈接过来一看，脸上先是一红，跟着眉毛一挑一拧，忽然又一笑道："大奶奶您这对人儿扎得可真细好，可惜怎么都忘了穿裤子啦！"

　　意珠假意地哎了一声道："怎么我会拿错了？这两天大概是忙得我都晕了。这是怎么说的，拿来我给抚抚吧。"说着一欠身做要往回拿的样子。

　　赵妈微微一笑道："你这是干什么呀，年轻的人，谁能少得了这个？别看我是乡下人，我们当家的，从前也从大城里头，往家里带过这个，记得是一对荷包儿，比你老这个显着厅磕呢。"说着抿嘴一笑道："那个上头还是三个人呢，扎得可真细发，看那个意思，八成儿也是堂客的活计，老爷们做不了那么客气。我给你老扎一只，倒不要紧，我可托付你老一声，你老可千万别告诉二爷是我扎的，虽说主儿奴才，究属脸上怪不得的。"

意珠一听，当时又把那股子酸劲儿，从脚后跟又提到脑门儿，只哈哈地笑了一声道："那怕什么？二爷知道了，碰巧一高兴，还许收你给我们当老五呢！不拘怎么说也比一个赶脚淘粪的强得多不是？真要拿你这么一个人，委委屈屈一辈子，连我都替你怪冤的……"说着说着，一抬头，再看赵妈不知在什么时候早就出去了。不由把嘴一撇道："趁早儿倒跟我这里充正经人，真是犯小人，雇个老妈子，想不到多添了一门子心思，走着看，到了算，反正别让我堵上，遇到一块儿再说。"

不提意珠念念不忘成了心病，再说锡二自从一见赵妈，真是应了《西厢记》上那一句，魂灵儿飞去了半天！要不是怕伤了意珠，当时恨不得就表明心思。虽说出去应酬，站着也不得，坐着也不得，酒也不辣，菜也不香，真有杨四郎坐宫想娘不见那么个意思。无神打采告辞回家，要学头本开谤，大爷戏老妈。往常回家，四个姨太太屋里都得打个照面儿，然后才落到四姨太太屋里。今天到家，谁的屋里也没去，没神没像儿，独自来到外书房，往椅子上一坐眼看顶棚，牙咬下嘴唇儿。一会儿站起来遛个弯儿，一会儿又走回来坐下，一会儿摩擦手掌，一会儿摸摸屁股忽然扑哧一声，笑得出了声儿，忽然把脸一绷，眉毛当时皱成一个老大疙瘩。有心走四姨奶奶门子，准知道她那一关就不通，直接去找赵妈，谁知道她是什么性情？顺手还好，倘若一个声张起来，丢人现眼是小事，弄成僵局，绝难挽回，无论如何不能太急。不急，真有些等不了，出来进去，起来坐下，真跟热锅上蚂蚁一样，简直乱得自己要分不出东南西北。一看茶碗，仿佛茶碗上有个小赵妈；一看茶杯，仿佛茶杯上有个小赵妈。及至扑过去拿手一摸,冰凉梆硬,凝神一看,依然是一个茶壶两个茶碗,连个赵妈影儿都没有,一赌气真有把壶碗全摔了的心。

一个人在屋里,累得四鬓见汗,两条腿直哆嗦,觉乎实在有点儿乏了,打算倒下稍微歇一会儿。脑袋刚一挨枕头就听嘎巴一声响,垫得后脑海是又酸又疼,赶紧蹦起来一看,敢情自从出门回来,一直忘了摘帽子。往下一倒,齐着根儿把一根翡翠翎管儿压折,碎碴儿正杵在后脑海上。没理会还是真痛,不由得哎呀一声,心火往上一攻,摘下帽子来随手一掷,正到屋门口,恰好外头有人拉门走进,不偏不斜,掉在来人头上。只见来人往后一退,跟着哎呀一声,锡二这时眼光一亮,心里这一舒服,真比放他一次外差还美。

来人非是别个,正是使他坐卧不宁的心头想。锡二一看,正在没有机会的时候,无巧不巧,这一帽子,会打住她的头上,这可是天作之合,我们家里祖先有点儿余德,不然哪里有这样的俏事。这可是死鬼要账活该的事儿,好啦,借着这个机会,就往里打腿,这可是再好不过。

他心里想得都出了神儿,可就忘了屋门口外头还站着一个人呢。就在他这一出声,要跟赵妈想几句什么可口的谈一谈心腹的时候,猛听有人吭哧一笑,声音特别难听,锡二虽说真魂刚才有点儿出窍,好在工夫不大,出去不远,这一嗓子乐的声音,又非常耳熟,当时神一入窍,精神一拢,看了个挺真。

原来门口站的不是别人,除去那梦想为劳的小赵妈之外,还有一个堂客,正是自己的宠妾老四意珠。心里这麻烦,当时如同冷水浇头浑身掉在冰里一样,简直一个身子,倒凉了半截儿。越嫌越碍腿,她还是越来劲儿,越躲着她,她越往前欺乎,真是天生来的下三烂,不理她,看她又该如何。想着来了一个向后转,脸冲里一声儿也不言语了。

四姨太太意珠,心里也是难受,自幼不幸,父母早亡,遇见个狠心的舅舅,贪图了人家几个钱,瞒心昧理,丧尽天良,不顾骨肉之亲，伦常之理，竟把自己一个外甥女儿卖在火坑里，学弹学唱，顾不了父母遗体，尽人欢笑。虽说衣食无缺，那不过是眼前的欢乐，只要一过了岁数，人老珠黄，不用说走马王孙，花钱买笑，不愿意看那副头脸，就是自己照照镜子，牙也掉了，头发也白了，不用说假装生气撒娇，叫人看着出鸡皮疙瘩，就算不笑不说话，一笑满脸抬头纹，自己都能将来个冷战，什么叫妓女悲秋、哭五更？干脆要直能想到将来，一天十二个时辰，哪一分一秒不可悲、不可哭？因为自己存了这种心思，凡次想在那一干嫖客之中，找一个脾气好能养家的跟他从良。无论如何，落叶归根，死了也可以来块坟地。无如一样，每次来的荒唐鬼儿，三个一群，五个一伙，出来进去，实在不少，但是用心一考量，别听他的家门，不是自言信商，就是拥有厚产。才来的前三天，脾气也好，说话也温和，不用自己张罗他，他反能有时来张罗自己，什么茶凉了饭凉了，衣服穿薄，这份细心，真比自己儿女能尽其道。日子一长，大有改变。不是今天说当知府，就是明天要当道台，什么看见自己可怜，打算把自己接出火坑，满嘴仁义道德，一脸天官赐福，总怪自己年纪小，经验少，他们来的时候，又是靴帽袍套主人奴才地大闹一场，谁知他们是什么路子？再一想到深受罪孽，真是恨不得变个苍蝇蚊子飞出那块丑地，还禁得住他一说再说，当然认以为实，求他把自己救出虎口。那时的心里，真是出乎之外，不怕一天吃两顿粗糠，做奴做婢，总比自己整日受人欺负的强得多。谁知又过了两天，他愁眉苦脸地跑过来了，往炕上一躺，也不哼，也不哈，一睡就是半天。你问他千言万语，他也一个字儿不搭理你，连哄带求，他倒哭了起来，细一盘问，从身上掏出乱乱哄哄一大卷纸，横七竖八，涂了满纸，上头还印着两个红方块，问他这是什么，他扒在自己耳朵边说："这就是上谕，皇上旨意下，派我的差使是江南松江府知府。这是今天早上下来的，你可别叫旁人知道。"

自己一听，既是皇上的圣旨，正是他日夜盼的打饭票儿，为什么得到手之后，不但不见高兴，反而大哭特哭，这是什么缘故？自己当时赶紧给他道喜，他一手把自己拉住，两只眼瞪得包子一样说："你干吗还跟我玩笑？道的什么喜？我都快死了！"自己问他这话怎么说，他说这是皇上的旨意，叫我见了旨意，即刻到任，可是你不知道，这一打算上任，什么老师、把兄弟以及这里那些老爷都算上，不拘哪一关，你没有钱也过不去，我一向拿钱不当钱，事到如今，一时叫我到什么地方凑去。

"其实我有一班亲友，家里都是财主，只要我到那里一说，敢保他们马上赶着给我送来。本来嘛，一天松江府十万雪花银，这几个钱还跑得了他们吗？不过他们虽放心我，我可不敢去招惹他们，他们要一知道旨意已然下来了，他们还不跟苍蝇追肉一样，死钉住我。

"别看一个知府衙门，里头也不能随便乱安置人，使了他们的钱，他就能求人找事，不带是不讲交情，一定得罪人，带去往哪里插他们？所以我不便去，不过，圣旨是今天下来，三天之内，不能领凭上任，什么不能赚钱，从此断绝这条官道，都不要紧。最可怕的是三天不能领凭，皇上说我抗旨不遵，轻者充军，来次黑龙江宁古塔，重了就许灭门九族，难免全家老小都有一刀之苦。还有一节，我简直对不起你……"

说到这里抽抽噎噎又哭了起来，自己当时虽然觉得诧异，却猜不出什么叫对不起自己，千不该万不该，自己一时叫他这一哭一闹把自己闹糊涂了，一边替他擦着眼泪，一边问他有什么法子可以把这件事平平安安地度过去。

谁想到他一听这话，忽然从床上陡地跳了下来，也不管叫脏，那个叫干净。羊羔子跪乳一样，往地下一跪，一边磕着头，一边哭着说，除了自己答应救他之外，非死不可，并且不容自己分辩推辞。他指出自己存的首饰现钱，只要能暂时答应借他一用，到任之后，不用说是加倍奉还，就是加十倍奉还，他也感激不尽。

当时又是这么一灌米汤，什么自己是风尘侠啦，什么奇女子、女英雄啦，胡说乱捧一阵。一则自己年轻，没有经过这路事，总以为他是个大家子弟，现在已是朝廷命官，居然为一个窑子里姑娘下跪，不是事情紧急，焉能如此？况且，他平常在自己身上，确实花了不少钱，性情又是那样温和。自己正在物色丈夫的时候，这个人虽不能十分满意，能够白头到老相守一辈子也就不错，几件首饰几个钱，算得了什么。

当时心下一活动，便告诉他借他这几个钱不算什么，却是要他答应自己嫁他的条件。事后才知道他原是为自己而来，他焉有推辞之理，满应满许，一口答应，把官事办完，在上任的前三天他来接自己一同上任，又说了许多他将来倘有负心之处，九牛分尸、五雷轰顶一类重誓。

当时自己迷住心窍，把七八年卖皮卖肉剩下来的钱，连同千方百计旁处敲来的十来件首饰，一股脑儿都交给了他。自己迷惑心要当官儿太太，想着在八抬大轿里一坐，前头顶马，后头跟骡，开道净街，多么威风体面。当时一高兴，把牌子也摘了，客也不见了，净等当知府太太。

谁知等了三天没来，再等五天还是没来，一直等了半个多月，依然是一点儿影子都没有，这才起了疑心。托人一打听，松江知府是一个月前才换的，根本没有这么八宗子事。再往他说的住址一打听，从根儿，就没有这一家住户，这才知道是遇见了骗子。

当时的心里，能够找着他，最好就是跟他一拼命，找不着他，自己唯求一死，省得活着受人家奚落。过了好多日子，人也没有找着，自己气也消了，依然还是要穿衣裳吃饭，实在无路可想，才二次下水混事。这次长了经验，绝不再听旁人乱说，安安稳稳做着自己的生意。

恰好这时碰见锡二，除去拿钱报效之外，很考查他两回，心思确和上次那个骗子不同。日子一长，锡二跟掌班的一说，要多少钱给多少钱，便把意珠接了出来。及至来到家里一看，敢情还有三位同事，心里已然感觉着不大痛快。及至过了十天八天，一看锡二对于自己，确实与众不同，才略为放下一点儿心去。

又耽了些天，耳朵里听的，眼睛里见的，锡二简直是个恶霸。尤其最可恶的是，无论什么样的女人，只要略有几分姿色，看在锡二眼里，不管明着暗着，千方百计伤天害理，他也要把她弄到自己手里。

据说为这个丢了命的姑娘堂客很有几个。偏是锡二上辈是个大官儿，门生故吏很是不少，虽然有人告他，却是一点儿效果也没有，一个弄不好原告反倒成了被告，所以锡二胆子也越闹越大。

意珠看在眼里，恼在心里，既恨自己命苦，又愁将来有不了好收场，深恨自己没力气，没有一口宝剑，要是能够把他一杀，然后自己一死倒似乎觉着痛快。不过有一节难免自己嘀咕，就是自己从幼年到现在，不用说抖大枪练宝剑没有学过，就是踢下子腿，抢胳膊，都没干过。平常看厨子宰小鸡儿，还吓得浑身哆嗦，迈不开步哪，一说乱蹦乱跳的大活人，不是拿刀把脑袋切下来，就是照心口窝儿把刀杵进去，至不济也得弄身血，两手满脸都是血。本来只要把他除了，自己底根也没打算活着，可是也得下得去手啊！刀往前一递，手一软，至多划他一个小口子，他一疼还不醒？再来第二刀，那更不易了。他也不用夺刀，也不用还手，一嗓子："杀了人了！"那就成了。他这里底下人有的是，只要进来一个，自己就跑不了，这个谋害亲夫的罪过，就算定规了。那时求生不得求死不得，过上十回八回堂，临了不是剐，就是砍，拿着父母的遗体，插着招予满街一走，死了都落一个不干净的名儿，那才叫冤出鼻涕泡儿哪。事缓则圆，还是暂时忍受的为是，等到遇见了机会，他始终不知改悔，依然胡作非为，专一败坏大家妇女名节，自己杀不了他，借着别人的力量，也得把他除去，不然是死不甘心。

自从存了这个心，外表上对锡二反倒做出一番亲热。一则叫外人看在眼里，记在心里，有一天出了事，让大家绝不疑心到她。二则虽然现在痛恨锡二这种行为，究属自己已然嫁了他，但盼能使他改过前非，也愿意跟他白头到老，把他拉在自己身边，能用口齿把他劝过来，自是上好。最低也可以占住他的身子，省得他多在外头跑，多招闲事，日子一长，对外头一冷淡，也许能归了正道儿也说不定，总之能够把他感化过来，终比闹出杀人流血强得多。

这个主意还真不错，一上手一个多月，锡二连大街门都不出，整天就在院子里腻。意珠心里挺高兴，想着自己这个法子不错，他真要从此往正道儿上走，也是他们家祖宗的德行，自己的造化。她哪里知道，锡家的德行，早已让锡二散尽。虽然她打算极力挽回，已不可能，就跟"五丈原诸葛让星"一样，你虽有通天彻地之功，变阴转阳之力，无如刘阿斗没长那块龙骨头来，武乡侯用尽心机，才刚把星拜起，魏延就一步抢进来把灯踢灭，诸葛亮仍是不免一死。可见国运家运，都是一样。

锡二在家待了一个多月，很是不错。忽然一班狐朋狗友，又都上门来找，勾魂似的又把锡二勾了回去，一连三天五夜，都不回家一次。即便回来一次，各屋一转，抹头又走，意珠一看，锡二是狗改不了吃屎，也就不愿再说、再劝了。

就是这一天，意珠屋里用的老妈子张妈请假回家，意珠怕没人使唤不方便，才打发人到媒人店里叫一个替工来的。无巧不巧，正被锡二看见。锡二往这屋里一来，意珠就把他的心思猜透，原想把赵妈辞退，省得又毁一个清白好人，万没有想到锡二看到眼里，钉在肉里，说什么也不叫她走了。

意珠还有什么不明白，本打算闹翻了脸也把赵妈打发走，后来一看锡二的神气，赵妈就是出了这个门儿，也出不了锡二的手心，不如给他来个软的，自己看着赵妈，昼夜不撒手，看他怎么进步？这才把赵妈给留下。

等到赵妈取铺盖一回头，彼此一对眼光儿，才看出赵妈不但长得漂亮，而且在她美艳之中，有一种说不出来的那么股子劲。及至赵妈眼光一闪，意珠就觉乎她眼睛里有把刀子一样，越发地觉着她不是普通老妈子。还没看出她究竟是什么人物，反正准知道她不是好惹的，一个弄不好，锡二就许吃她的亏。这就是女人见解，她恨锡二，打算把她杀了给人世除害。及至看见有人替她来杀锡二了，她又有点儿舍不得了。

这不过一会儿的事，待了不到一顿饭的工夫，细想想锡二最近这一程的行为，不由得心火陡起，除害之念又生。猛然想起，方才来的这个赵妈，虽没有探出她究有多大本事，反正绝不是下贱之流，何妨试她一试。倘若她是不要脸的贱骨头，过个三天五天，找个歪盆子，骂她一顿，把她一轰，眼不见，心不烦，他们在外头爱干什么干什么，也不便再理。假如她要是个有血性的呢？不如把她拉上，跟她把话说明，叫她助我一臂之力，把这个祸害除了，到那时她走我死，倒也不错。

想到这里，便从椅子上站起，轻着脚步，走到下房门口儿，隔着玻璃，往里一看，看了个挺真。这一看不要紧，吓得自己差点儿没出了声，来到赵妈屋里一看，不由得又大大吓了一跳。原来赵妈坐在下房炕上，并没有做活儿，手里仿佛拿着一个什么东西，是怕意珠看见的样儿。一见意珠一声儿没言语走了进来，把手往后一藏，满面是笑道："哎！你老怎么到屋里来了，又脏又小，连个坐的地方都没有。来吧，你老就在这炕边上坐坐歇歇吧。这么会儿工夫，我的腿也麻了，一时站不起来，你老可别怪罪我。真格的，四太太你老真是有造化的人，不愁吃，不愁喝，二爷又那么好脾气，真是哪辈子怎么修来的，不过有……"说到这里她便一笑不往下说了。

意珠急问道："不过什么你倒是往下说呀！"

赵妈道："我是怕你老不愿听，你老叫我说我就说。虽说你老挺有造化，不过二爷这个脾气，没有准程。不怕你老恼，你就是第四位了，他要是一高兴，又有的是钱，就许娶第五第六的，虽说船多不碍河，究属没有一条船走着宽绰。到了那个时候，既不缺你老吃，也不缺你老穿，你老也说不出旁的话来，可是人过青春没少年，吃饱了穿暖了便当如何？一天吃两只鸭子，一天换八件衣裳，心里是空的，骨头是凉的，活着也是没趣儿，这话我可是瞎说，二爷有了你老这么一位大美人似的太太，大概也就歇了心了。但愿二爷跟你老能够白头到老，那是再好没有了，太太你老说是不是？"

赵妈说着，抬头一看意珠，正在拿手绢擦眼呢，便赶紧一迈腿走到地下，一只手仍然影在身后，用一只手一推意珠道："太太，你老这是怎么了？我这是满嘴胡说，一点儿影儿都没有的事，没想到招你老生气了。得了，你老别和我一般见识，下回再也不敢多说了！"

意珠一摇头道："赵妈，我并没有恼你的意思，实在是你这话说对了我的心病了。赵妈，虽然你是新来乍到，我看你实在不错，我把实话跟你说了，你老帮我一步吧。"

说着遂把锡二在外如何行为不法，怎样败坏妇女名节，今天怎样见她好看，怎样又动了坏心，把自己要杀锡二除害一节，隐住没说。又假说自己也是如何喜爱赵妈，打算跟赵妈商量并答应也嫁给锡二，帮着自己，收复锡二的心，免得在外头一再胡为，将来难免出事。从头至尾说了一遍，心里满想着赵妈不是生气，就得害羞。谁知把话说完，赵妈就当时一笑道："大奶奶，我一个人的四太太，你老怎么拿我们穷人开起心来了，你快到上房去吧，这是从什么地方说起来的呢？"

意珠见她不恼，只是不信，便又问她说道："我说的句句实话，连一字的假象没有，不过这件事可是拉人下海，实在有点儿伤德，认可不认可，大主意全在你自己，还有一样，我也没问你家里还有什么人，办得到办不到。"

赵妈不等意珠往下说，便哦了一声道："这么一说，你老实在有这个意思了？我也不求跟你老平起平坐称姊论妹，只要能够跟你老吃的一样，穿的一样，一辈子别离开你老这门儿，你老叫我干什么都成。还有一节，只要吾跟二爷能说上体己话儿，说句不要脸的话儿，吾就有能耐从根上把二爷的毛病扳过来，准保他改邪归正，从此连门儿都不出，外带着看见堂客他就躲。净说不算，只要吾跟二爷私下里说了话，多则五天，少则三天，准能叫他痛改前非。你老不信，咱们就试试。"说着话，眉毛又是一挑，跟着又是一笑道："得了，四太太你还是别拿我们苦人开心了。"

意珠万也没想到，她会这么痛快答应，心里虽觉诧异，又有点儿后悔，别回头一害未去又添一害。冲她这一点儿羞臊没有，将来就许又是祸水，不过话是自己说的，不便出乎反乎。再者，即便将来弄她一转，再给他来个以毒攻毒，反正豁出自己一条命，大概总可以把姓锡的毁得水流花谢。并且据自己看着，这个赵妈绝不是普通出来做事的，其中难免另有隐情，也未可知。用心查考，过个三天五天，也不难查出一点儿行踪，到时再定主意，也不算晚。

想到这里，便又笑着道："只要你愿意，当然就是真事，现在二爷出去了，一会儿回来，我就去说，你就知道我不是冤枉了。"

赵妈道："这么一说，是真事了。你也不用不放心我家里，敢保绝没有一个人来找你麻烦来。不过我还得跟你商量一下子，你先不用把这说明了，等我先歇一两天，你再说不晚。回头见着二爷，你就说派我伺候二爷就可以了。"

意珠点头答应，这时候听见外头骡车响，知道是锡二回来了，准知道每天回来，必到自己屋里去，便坐在屋里往外看。等了半天，连一点儿影儿都没有，心里起了疑心，便向赵妈道："大概是回来了。走；你跟我去。"

赵妈毫不犹豫，答应着推开屋门，意珠在前头走，才出屋门，猛一回头，只见赵妈一掀炕席，仿佛又往里放了一点儿什么。猛然想起，方才进门时候，就看见她手里拿着有什么东西似的，一时忘了问，现在也不必再问了。

二人一前一后，来到书房，赵妈在前头，才一拉风门，正赶上锡二以烦作孽坐宫想母带打出手，不先不后，不左不右，正打在赵妈脑袋上，赵妈真没防备，吓了一跳，不由哎呀一声。

锡二看见，帽子打的不是别个，正是自己心心念念想的那个赵妈。这一高兴，实非小可，正想上前说两句话去温存她一下，跟着后头又走进来一个，正是这时宠姬意珠老四，当时一股热气，如同掉在冰洞里一样，冷得连脸上颜色都由红而变成白的了。

意珠久经大敌，还有什么看不明白的。当下假装不知道，抿着嘴向锡禄一笑道："二爷你什么时候回来的？你大概又是到什么地方学新玩意儿去了吧？这一手儿翎子扣苇布是哪一出呀，我怎么没听你提过呀？我来告诉你二爷一件事，不怪你做爷，真是有眼力见儿，刚才试工的这个赵妈，不但活计好，说话行事，没有一样儿不好，这才一会儿工夫，我就觉出她是机灵又活变，又能看人眼色行事。用这么一个人，不但有心，而且省话，这都是二爷一句话，要不然差一点儿我还走了眼呢。

"二爷荐贤有功，不能让你老白了。我屋里也没多少事，用这么一个人，也是白糟钱。我想二爷出外应酬事多，什么换个衣裳，预备个零碎儿，泡茶灌水，虽说外头有听差的使唤小子，一则手拙脚笨总有侍候不到的地方；二则都是些老爷们儿，出来进去，究有许多不便，不如把赵妈拨在你老的屋里，专管这些零碎儿，你老也得用，我俩可以偷个好些盹儿，不知二爷你老能破这例不能?"

说着又是抿嘴一笑，跟着一弯腰，把抛在地下的帽子捡了起来，一边掸着土，一边说着："这都是没人伺候的过失，但凡有像赵妈这么一个人在你老旁边，绝不能让你老把帽子掷在地下。"

锡禄这时候就跟一个穷人连窝头都吃不上，忽然想着要吃鸭子，恰好有人送来一只又肥又大的鸭子，他倒反疑心是在做梦一样，怔怔呵呵胡思乱想，是不是意珠看出自己意思，假装来试自己的？还是意珠果然这样大方，不惜委屈自己，让自己称心如意？最后一想，管她是真是假，本来自己正在求之不得，既是自己赶着送上门来，简直这时收下。她果是真心就好，将来少不得要多疼她一点儿；倘若是口不应心，故作惊人之举，好就好，不好把她一轰，或是卖给哪个使唤小子，一个花钱买来的，她又敢怎么样。主意一定，便假装一笑道："本来我的眼力，原是不错的，不过你既看着好，就留在你屋里用吧，干吗又叫她来伺候我？"

意珠心里好笑，这真成《红楼梦》里的人物了，贾（假）门贾氏（事）的。好在自己原有用意，只求能够做到，原不在乎这些，尤其不便说破，便跟着又追了一句道："这个门里，全是二爷的，只要二爷使唤着合适，我屋里原不要紧。要说媒人店有的是人，不会叫去吗？就这么办吧，赵妈，我告诉你，从此你就伺候二爷，遇事可是多加小心，别招二爷不高兴，回头再找我这玩儿票的媒人！"

说着哎儿的一声又笑了，赵妈似笑不笑地问意珠道："我们一个当下人的，你老叫我们往东，我们就往东，叫我们往西，我们就往西，叫我们打狗，我们就打狗，叫我们骂鸡，我们就骂鸡。不过乡下人儿，找不着城里爷的门儿，只要日子一长，是个小鬼就能伺候神，倘若有个小失闪，还得大爷大奶奶多包涵，大人不见小人怪，大爷肚子里跑小船儿。"

意珠不等她往下再说，笑得简直要直不起腰来，便赶紧拦住她道："得啦！得啦！你饶了我吧！你怎么说起话来就跟'数来宝'似的，全管合辙押韵的，你这个怯庙怯神儿，真能气死我们城里的人儿！"

锡禄一听赵妈说话，怯不叽咕，又娇朗，又脆生，又甜甘，又柔软，就跟打开了刚挑过的画眉笼子一样，听了不但耳朵里舒服，连汗毛孔都觉乎有点儿发松，说不出来这么股子好受劲儿，要不是当着意珠在旁边，恨不得把赵妈当时抱过来咬上两口。真是眼花缭乱口难言，手长难搔痒处肝儿。及至听见意珠说话，也及了辙口了，便趁势跟着一笑道："得了得了，你也快学上她那口儿了，别说了，好在一个老妈子吧，既是你有这番好意，我就拜领了。倒是你那句话说得不错，遇事她要能多伸一把手，你实在可以多歇一会儿。你平常身子骨儿又不好，倒是能够多养一养的对。我这里也没有多少事，你照样儿还可以支使她。就这样办吧，你要愿意再找一个人，就再叫一个来，也没有什么不可，咱们家里也不在乎多添一个人，你看着办吧。"

意珠知道锡禄心里是打算把自己对付走，好跟赵妈说私话，既是自己别有用意，何必多找讨厌，不如假作不知，静看下回。想着便哟了一声道："我净顾说话，还忘了一件事呢，赵妈你就在这里伺候二爷，我可得赶紧回去了。"说着又冲锡禄，嘴一笑，三步两步，便自走得了没影儿。

不说意珠别有用心，另去干一件要紧事，再说锡禄一见意珠已去，不由心花怒放，他本是花中魔手，色里饿鬼，像这路上干天怒、下绝人伦、毁人名节、败坏纲常的事，他也不知道干了多少回，威吓利诱，什么事他都干得出来。当下把门一拉好，自己往上一倒，脸朝着外向赵妈道："你也坐下，咱们这里不要这些臭规矩。像你们这路人，不过是八字儿不好，投生到你们乡下，为了吃一口安静饭，才肯抛头露面出来跟主儿。凭力气换钱，又不比谁低下，什么叫主儿奴才，谁不是十个月怀胎养下来的？我向来就不爱看这路臭排场，咱们不要这么使唤，你只管坐下来，听我的。"

赵妈一边笑着，一边说道："二爷可真是好脾气，懂得可怜穷人。今天说起来也巧，不是二爷看见我，也不能留我，我要不是看出二爷好脾气，我也许不伺候呢。既是二爷赏给我座儿，我可就坐下了。"说着便真个坐下。

锡禄想了想向赵妈道："我看你这个人倒是真不错，乡下人差不多都没你这大方。"

赵妈道："你说的吧，我们一个乡下人，承主儿爷不嫌，还敢给脸不要吗？再说出来为的是什么，叽叽歪歪的不会在家里待着吗？"

锡禄一拍大腿道："对，一点儿都不错!"

一句话没说完，忽然呀一声，张着就哼哼起来，赵妈赶紧站起来问道："二爷你怎么了？我去请四太太吧。"

锡禄两手乱摇道："不用找她，我有这一个病根子，只要一累大了，腿就要抽筋儿，今天大概又走多了，犯了毛病，什么也不用，有一个人给捶上几下子，当时就能好。赵妈，跟你商量一下子，你给我捶两下儿成不成？"

赵妈脸一红道："那有什么不成的，不过我捶得你老不舒坦！"

锡禄道："治病还能管舒坦不舒坦？你就给我捶吧！"

赵妈走到床边，捏着拳头站在地上，照着锡禄腿上轻轻地捶着，锡禄一边哼哼着，一边说道："赵妈你站着捶多累呀，你也坐在床边上。"

赵妈这时并不言语，一跨腿便坐在床上边，依然轻一下重一下地捶着。锡禄忽然一翻身，脸朝里去，赵妈在床边那里，就有点儿够不着了，往里一挪，两条腿也顺在了床沿上。锡禄头朝西脸冲里，赵妈头在东脸在西，两条腿在锡禄脊背后头。捶着捶着，锡禄猛地一回胳膊，有意无意地把一只手往下一搭，正搭在赵妈的脚尖上，赵妈仍然不挪不动。

锡禄这时候觉得浑身发冷，嗓子发干，脑袋发沉，眼珠发努，心口乱跳，一咬牙，一错齿，那只脊背后的手，使足了劲，往下一按。赵妈忽地往旁边一撤腿，锡禄这只手正按在一个硬东西上，哎呀一声，手破血出。锡禄这一痛，人当时清醒了一半儿，转身坐起一看，自己手按的，正是方才垫折了的那半截翡翠翎管，碎碴儿正扎在手心上。

再看赵妈似笑不笑，似生气没生气地眼睁着两只水铃铛似的眼站在地下一声儿不言语。锡禄一看赵妈这样儿，当时忘去父母遗体，手上鲜血，皮肉疼痛，脸面羞耻，良心责备，亲友笑骂，性命危险，一个羊羔跪乳，两条腿一弯，竟自跪在赵妈蓝布裙下，跪在地下两只手还没有闲着，又一挪一蹭地奔了赵妈两只脚尖儿，假装他往下一跪没留神碰上的一样。

赵妈哎呀了一声道："二爷你老这是怎么了？这要叫四太太他们进来撞上，你老不要紧，我们还活着不活着？"说着把脚一撤，一扭身就打算推门出去。

锡禄这时候就跟吃奶的孩子，见了亲妈一样，哪里还顾得一切，不管地下秽净，用膝盖在地下紧蹭了两步，赶上赵妈，一伸手把赵妈的裤腿儿撩着，嘴里就像有点儿鬼昏迷似的，哼哼唧唧说得不清不白地道："赵妈，别价，我真……想……什么……爱……你……你别走……走……我得死……四太太，你是大太太……老太太……赵妈……你叫我……我有钱，我们打金首饰……"语无伦次地跪在地上连求带央告。

赵妈回过头来脸一红，又一笑道："二爷你老是真的吗？别拿我们开够了心，像破鞋似的一掷，那我可就苦了。"

锡禄一听，大有好音，便忙不迭连珠似的答应道："没错儿，没错儿，我要有一点儿虚情假意，叫我当时遭报，断子绝孙，赵妈，你就……"

赵妈双眉一挑，跟着又一笑道："德行，还是主儿呢。你老先起来，要叫人看见这个样儿，什么意思？"

锡禄听话，一骨碌爬了起来，闭着眼睛弯着腰，冲着赵妈直努嘴，赵妈呸地啐了一口道："别挨骂了，大青天白日的吾们家还没有那德行哪，等着吧，咱们晚上见！"说完这句，不等锡禄还言，一扭身，三步两步，抢到门口儿。锡禄这时候哪里还肯放她走去，便也一抢步追上，一把又把赵妈衣襟拉住，赵妈既是走不脱身，只好退回来一步道："二爷，你别这么拉拉扯扯，你也没给我什么，我也没接你什么，大青白日散德行，就是不能依你，你要说不用我，我还是当时就走，你有的是钱，你爱找谁就找谁好了。"

锡禄一听，恍然大悟，原来这个娘儿们，什么都不明白，就知道要钱。本来一个乡下人，她见过什么，当然为的就是钱，这一来倒好办了，别的没有，锡二爷还就是有钱，来吧，先让你见识见识。想着便叫了一声："赵妈，你先等等，我给你点儿东西看一看。"说着一翻身，奔了自己那张书桌，一拉抽屉，里头一封一封全是银子，包儿上有写着五十的，有写着一百的。锡禄一伸手拿出十包五十两的，往炕上一放，铛的一声响，向赵妈一笑道："这个就算我的见面礼儿，你先拿去，什么时候，还要用钱，你就给我个信儿，要多少，有多少，我都不心疼，可是……"说着话冷不防前一抢步，使了十二成的劲，往后一拉，把赵妈就拉倒在炕上，跟着往前一蹦，一个身子整个儿压在赵妈身上。自己一张脸，便也挨在赵妈脸上，一只手按住了赵妈的胸脯子，一只手便去解赵妈的小褂儿。

赵妈恶狠狠地用一个手指头照着锡禄脑门子戳了一下子道："你就是我的要命鬼！"跟着赵妈又一推锡禄道："你先别忙，我还有句话要问你。"

锡禄道："什么话？你说吧，只要不是要我的脑袋，什么事都好商量，你快说！"

赵妈哼了一声道："要你脑袋？还没到时候呢！饭在锅里，肉在碗里，有你的自是有你的，你忙什么？我先问你，大概像我这样的，叫你给糟践了不少了吧？你说实话，这个门儿里头除去我还有几个，以先受你毁害的一共多少？你全仗着什么门子，敢这么胡作非为呀？"

锡禄一听，哈哈一笑道："你这话我听明白了，你当着我见一个爱一个，拿猪八戒当胖西施呢。我告诉你吧，我只是正经的姨太太就是四个，使唤丫头也是有三五个，全都没收房就是了。不是吾当面捧你，像你这个样儿的，还是头一回呢，这话也别说，在前半年多吧，雇来一个人，也是你这个岁数，还有一样特别，跟你长得也差不多。是吾赏给她脸她不拾着，还敢在吾面前充起三贞九烈，天大的胆子，砍了吾一茶壶，没砍着吾，打碎了一架穿衣镜。也是吾一时气盛，把她臭骂了一顿，叫进赶车的、打杂的、把更的，把她上下衣裳全脱了去，饱打了一顿，然后锁在后花园空房里。本想羞辱她一场，然后把她一放，谁知到了第二天，门没开，户没开，这个娘儿们会没有了。我总疑心是打更的买好儿把她放了，从此我对于这项人才灰了心，才又置了这个四姨太太。今天我这一见你，我才又犯了老毛病。赵妈我告诉你，只要你愿意给我当姨太太，过了今天，择个日子，请点儿亲友，热闹一天，你就是五姨太太，从此吃好的，喝好的，再也不至于给人家支使着去。还告诉你，不怕你家里来找你，你连面儿都不露，他要明白的，咱们不怕多花俩钱，给他回去再娶一个，他要不知好歹，没里儿没面儿，对不过拿我一张名片，交给地面儿上，轻则打个递解回籍，重则发他十年远军。别的不敢说，在北京城里头，简直就是咱们天下。我要不是为了享点儿这床上福，文的道台，武的总兵，早就当上了。我也想开了，做官也不过为的是弄几个钱，我家里早有手快心狠的上辈子把钱给我弄下来了，这一辈子打着滚儿也花不尽，干什么出去做那挨万人骂的官去？赵妈，你是个有造化的就结了。才一见我的面儿，你就能够勾住我心，又不叫我费事，你也便宜，我也痛快。只要你能够叫我始终这么爱你，就得说是八辈子修来的，赵妈……"

说着话往前一探身，两只手一搂赵妈脖子，一张嘴眼看着就要挨到赵妈脸上，忽见赵妈脸上，颜色一变，一阵发白，两只眼睛瞪得滴溜滚圆，仿佛要冒出火一样，脸上连一点儿笑容都没有了，嘴唇一动，满嘴牙咯吱乱响，吓了锡禄一跳，他以为这个赵妈不是有"羊角风"就是有什么病根子呢！方在一怔，又见赵妈忽然一笑，两只眼睛一瞪，冲着锡禄一咧嘴，身子跟着往里一仰。

锡禄一看，真跟棺材到了坟地，看见正穴一样，心里这一松一放，觉乎着有一股子凉气，冒出了天灵盖，从天灵盖一发麻，直透脚心，简直说不出自己这股滋味儿。正要伸手去解赵妈衣裳，没想到赵妈一伸手倒先来拉自己的裤子，锡禄浑身一麻，说不出是甜是酸，仿佛有股凉气往上撞，不由得打了一个冷战。这股凉气似乎要脱顶而出，幸亏天灵盖上，有块骨头挡着，到了顶上才算拦住没有出去。正在神魂迷乱要死不死要活不活的当儿，一心一意想着，真是天赐艳福，毫没费力，就会有这样俏事临头，现在已是"蘸着点上来，软玉温香抱满怀"。一会儿就能办到"檀口吻香腮，露滴牡丹开""小和尚入天台""鱼水永和谐""金钥配玉锁""尿泡狗溺台""久旱三年逢大雨""正饿掉下馅儿饼来"，和尚一撞钟，打开薄片子嘴，要学古人七进七出，昏天黑地，一场巷战，鞠躬尽瘁，不到肝脑涂地不叫忠臣孝子。

越想越是造化，越想越有意思，早已忘了天良，哪管人道，礼美廉耻，掷到云外，残忍凶淫，堵满胸头。赵妈这一拉他裤子，丝毫不敢客气，赶紧往里一吸气，裤腰带自然往下一松，又软又绵，又温又柔，一只手早已伸了进去。

别看锡禄家里是个财主，家庙也没后院，一下子被赵妈把钟钟的小和尚领子给揪住了，小和尚还以为有人找他出去唱海慧寺，正在犯瘾找不着馆子呢，一高兴一挺脖子，刚要跟来人说，自己脑门儿不大，不管是亲是友，拿一万五咱们就这一场。正要进没说凑劲儿，猛觉来人掐脖子这只手，往下一使劲，就有一个凉不唧儿，硬不唧儿快不唧儿的这么样家伙，从脖子下头起到脖子头齐着根儿轻轻一片，这个小和尚就真成了一根既净，四大皆空，当时这点儿势力，一歪一倒一缩乎，变成了寸许来长同一根萝卜干儿相似。

祸是他惹的，善后他也不管啦，可叹身经百战的一条欢龙怪蟒，能屈能伸的光棍，只落得身后萧条，连一根汗毛都没带走，尤其是他这一肉身飞天不要紧，他可忘了他这位多年施主锡禄二檀越了。一向胡作非为多一半儿还是借他的势力，给他找出路，万没想到用尽千方百计，给他找来的好下院，眼看就要到里边大吃大喝，尽量享受，哪里想到他会一声儿不言语，一点儿表示没有，突如其来不辞而别地这么一走。锡二跟他真是一母所生，一父所生，骨肉至亲，孩童厮守，一旦长别，不但心疼，简直说连肉都是疼的，只哎哟一

60

声，两腿一蹬，两眼一翻，竟自疼得晕死过去。

赵妈一推锡禄，一翻身从炕上蹦了下来。一只右手拿着那块萝卜干儿，滴滴答答顺着手指缝往下流鲜血，用一只左手拢了一下鬓角儿，一看锡禄，又一看右手，不由脸一红，呸地啐了一口先把右手的萝卜干儿掷在炕上，拿锡禄的衣襟擦了擦手上的血，然后轻轻一扯，把炕上那块萝卜干儿急急包好。又一推锡禄，从他裤兜子里取出一把不到二寸长薄如纸，亮如雪的小刀，往腰里一掖。顺手从里头掏出一个小布包儿，里头是三个小瓶儿，一个绿的，一个黄的，一个红的，拿起那个黄的，把塞子拔去，磕出一点儿黄药面儿，托在手里。

到了锡禄身边，使了一个劲一推一翻，锡禄就成了脸朝天了。把他裤子往下拽了一拽，只见锡禄下身，已然是一片殷红，正中是一个很大的窟窿。一边点头暗叹，一边再把手里的黄药面往上一洒，说来不信，当时药到血止。再一看锡禄脸上跟一张白纸一样，又哼了一声。二次再拿起那绿瓶儿，拔去了瓶塞儿，磕出一点儿绿药面儿，一半儿给锡禄抹在鼻子上，那一半儿剔开锡禄牙关，给他倒在嘴里，然后把三个小瓶盖上包好，依然掖在腰里。

一回头看见桌上放着纸笔，便赶紧走过去拿过一张纸，拔开笔帽儿就写，是："生有劣性，富而不仁。仗汝贵胄，欺我良民。行为万恶，首罪奸淫。逞汝兽欲，败坏人伦。倚财充势，毁节灭贞。前来周姓，是我至亲。遭汝蹂躏，羞愤难申。白绫三尺，古树自经。誓雪前辱，托迹汝门。见色思乱，实属兽禽。两寸白刃，断汝劣根。痛迷唆改，暂活余身。留言示警，时记汝心。冤冤相报，莫更怒嗔。仙踪缥缈，勿劳搜寻。株连无罪，头颈两分！"

写完了又看了一遍，才在纸尾上画了两个小燕儿，一把似剑非剑，似刀非刀的东西。画完了拿过镇尺往上压好，又四下看了看，没有什么痕迹，一伸手从炕上拿起那个小包儿，正要出去把门带好回到自己屋里，拿了东西托词而去。才走到屋门口，就听院子里有脚步声音，像是奔这间屋子走来，虽说不至害怕，究属闹了出来，多有不便。一抬头恰见这屋子有后窗户，心里高兴，拿了小包儿，正待纵身蹿开后窗户从那里出去，来人脚快，已然手拉风门，嘴里还小声喊着："女侠客别走，你老救救我骆意珠这个苦命的女孩子吧！"

赵妈一听，预备往外跳的也不跳了，再一看叫自己的不是别人，正是本宅四姨太太意珠，当时定了一定神向意珠道："太太你老这是怎么了？有什么话你老只管吩咐吧。"

意珠一看赵妈的手道："你老是神仙，你老是侠客，在你老一进门时候我早就看出来了，要不是看出你老此来别有用意，我还不能就到这里来呢，你老方才屋里所作所为，我已然完全看见。无论如何，你老也得想法子把我带走，一则这个畜生，受了这么大的惩治，一醒过来，焉能跟我善罢甘休，一个人死原不足惜，不过要死在他的手里，那未免有点儿太冤；再者想他一路行为，我是手无宰鸡之力，否则我早就把他治除，给大家除害了。我虽然沦落给人家当了玩物，也是命运不好，才落到这般地步，并非出于自愿。你把我带走，看我不错，你老就收我当徒弟。我也不求将来如何如何，只盼今生不再受旁人欺负，也就够了，甚至于给你老当个丫鬟、老婆子，能够伺候你老一辈子，我也情甘愿意。你老要不肯带我走，我也只有一死，与其死在他们一班猪狗手里，不如死在你老的眼前，死了也好投生。"

说着站了起来，脸冲门框道："侠客你老只要说个不字，我当时一头撞死，省得再给死去的爹娘丢人现世。"说到这句，眼圈已红，嗓子也有些哽咽了起来。

赵妈一笑道："什么侠客义士的？你老什么地方看出来的？我一个老妈子的，倒收起太太当徒弟，说出去不叫人笑死吗？"

意珠道："你老人家怎么还这样说呢？您跟我说话时候，我一看您两只眼睛如同闪电一样，我就知道您不是凡人。又用话一试探您，更知道您是有为而来，所以才把您送到这里来，从这屋里出去，我就没有走，一直在窗根底下听着，您的一言一语，我全听了一个清楚，哪里还能有一点儿错，再者我还逮着您老大一个证据呢！"

赵妈道："哟，怎么又闹出证据来了？是什么？拿出来我看看。"

意珠一伸手从腰里掏出一张纸条，冲着赵妈一晃，赵妈扑哧一笑道："好！总算你有心！冲你这一手儿，我答应你了。只是咱们怎么走，可得赶紧想主意，时候一长，难免不走漏风声。到了那时，可就苦了你了！"

意珠一低头，凑在赵妈耳朵边上说了几句，一边说，赵妈一边点头，意珠说完，赵妈又一笑道："我真斗不了你，你的心思比我还多呢。"

意珠也破涕为笑道："你老人家还说我心思多，什么证据都不用，就是您桌上这张纸条，大概您就没什么说辞了吧？"

赵妈道："既是如此，事不宜迟，咱们赶紧走……"

才说到这句，院里一阵脚步，有人往这屋里走来。赵妈一听，当时就是一怔，意珠一摇头一挤眼又摆了摆手，又一指自己的嘴，赵妈点头，心里就明白了，只微微一笑，意珠又往床那边挪了一挪。

这时候来人已到门外，意珠假装咳嗽了一声，又故意把嗓音提高问了一句："外头是谁？二爷在屋里有事哪，有什么话等一会儿再说。"

这句话还是真灵，外面来人果然止住脚步，只低低说了一句："四太太，我是宋生儿，外头有北衙门的讷三大人打发人来说是今晚上请二爷过那边宅里吃饭，还说也不是给哪位大爷送行，请示二爷什么时候能到，或去或不去，他们来人还在外边听回话。"

意珠稍微沉了一沉道："二爷刚睡着，我也不敢惊动，你就告诉来人吧，二爷要是醒得就去，二爷要是连了夜，可就没准儿了，告诉讷三大人，开饭不用等，能去一定去。"

宋生儿连声答应嗻、嗻，跟着再听，果然是脚步声音往外去了。

意珠冲着赵妈一伸舌头，做了一个鬼脸儿，赵妈也用手在脸上画着羞意珠。意珠脸上一红，微微的声音说道："我现在心还蹦呢。实不瞒您说，我想着您就是打算下手，也得今天晚上，或是还得缓个一两天，万没想到您真手急，当天就给办了。"

赵妈一笑道："八成儿你有点儿恨我吧！我告诉你，我自从出外行事以来，在我手里送终的也不知有多少了。我的脾气就是这样，什么事不叫我知道，当然我管不了，只要到了我耳朵里，不管是杀坏人救好人，都是刻不容缓，伸手就办。自从我们一个穷亲戚到了这里，受了姓锡的作弄，回到家里，一绳子吊死。那时我并没在家，前半个月我从江南回来，听人说起，我恨不得插个翅膀，飞到这里，把他除去，给我们死去的亲戚把仇报了。

"偏偏又赶上两件说要紧不要紧的事，绊住了事，直到前三四天，才腾出工夫。到了这里之后，本想黑夜之间，跳墙进来，人不知，鬼不觉，把他除去也就完了。后来一想，过耳之言，不可全信，倘若姓锡的没做那样事，杀了岂不冤枉。二来姓锡的有的是，我也没见这姓锡的是个高身量儿，是个矮身量儿，是个胖子，是个骨头架子。一个人做错了事，不能一家子都有了死罪，难道还能见了一个杀一个，杀个鸡犬不留？再者耳闻不如所见，姓锡的是否该死，没有亲眼看见。夜里进来，持刀威吓，虽不怕他不说，但是屋里不见得就是他一个人，倘若旁边另有旁人，是动手不动手？动手他没有犯死罪，不动手他一喊一叫，就许把事弄大，多伤几条人命，跟我本心不对。

"是我想了又想，才想出这么一个主意。也幸亏死去的亲戚说得明白，我也记得明白，在这儿把主意打好了，一进城就投了那个从前送我亲戚到你们门里来的媒人店，原想住上十天八天，一边在外头打听打听姓锡的平素为人到底如何。夜里有了工夫，也可以进来探探，知道详细，再来下手。谁知姓锡的恶贯满盈，我那亲戚冤魂不散，鬼使神差，在我到的第二天，你们就到那里去找人。媒婆子跟我一说，正合我心，这才进了这个门儿，省了我好些事、好些工夫。又无巧不巧偏偏拨到你的屋里，挺顺手的当天就看见这个该死的鬼。

"我要不是怕牵连好人，依着我心，就冲他对我，挤鼻子弄眼睛五官儿挪住那股子下贱劲儿，当时拉出刀来，就把他给切了。本打算看上他一天两天，得空儿把他一杀我一走就完了，后来你跟我一说话，我已然听出你言语之间，也不以他为然，并且还挺有骨头，知道跟你说话通了也不至于有害。可是当时我没说，怕是你带神色，走漏风声。虽说他仍然逃不出手心去，究属又多费事又耽误工夫，不如不说明了好。要不是这样，为什么我往褥子底下掖纸条儿，故意让你看见呢？一则可以试试你的心，到底是恨他不恨他，本人还有点儿骨头没有。二则为的叫你想着去看那张纸条儿，腾出工夫来，我好试探他。别看到了这个时候，也还得细细考查考查，绝不能让他有一点儿抱冤。他但凡还有一点儿余德，也不至于当时就透出那股子畜类劲儿，暂时我也许就不下手。及至他一再犯血，我知道已然是绝不能饶，按他的罪名说，一刀两段，绝不算多，早都挨着刀啦。

"忽然一想，完了事吾可以拍巴掌一走，送吾来的那个媒婆子，连影儿都不知道，当然不知道躲，为了赚个上下手钱，弄得倾家财产都没有了，就许搭上一条命，无冤无仇，良心上说不下去，左思右想，才想起这么一条道儿来。不过便宜了他这条命，好在这东西，一向就指着这么一点儿富余，伤天害理，胡作非为。这一来可以说是连根烂，再打算接着缺德，只好等下辈子再见。他受伤虽重，我给他上的药特别好，绝死不了，再有半个时辰，就可以缓醒过来。

"我本想留个纸条儿就走，没想到你赶了来，你有心胸，有志气，我倒是挺爱。不过我现在是无亲无累，四海为家，你年岁已然不小，又是什么不会，叫我把你带走，我可把你放在什么地方，那一来不是自找拖累吗？要依我说，他已然成了残废，留你们也没用，一定得打发你们。趁势跟他多要几个钱，年纪又不大，找一个年貌相当、品格不错的主儿嫁给他，一夫一妻，同过日子，倒是造化，不比跟我跑强吗？"

意珠一听，眼睛一红，当时改口叫了一声师父道："师父，你能够救我出去，你就救我，不怕给你烧饭倒茶，我也愿意。你要因为我出身下贱，怕是收了我沾了你的名姓儿，我也不敢强求，当着你的面儿，一头撞死。你也不能叫我死，还说我是要挟你，你只管走你的。你前脚一走，然后我是抹脖子上吊扎肚缸，反正我不能再受活罪，也就够了。跟你有缘，到了下世，不怕投生一匹驴子再去伺候你去。"

嘴里说着，眼里的热泪，已似断线的珠子一样不住地滚了下来。赵妈长叹一口气道："咳，这倒成了我的磨难了，我实在真是没地方安置你，说什么嫌出身低，你也还不知道我是什么出身，但凡我的出身高贵，你想我能把手伸到那个畜生的裤里去切他那条祸根吗？好，好，总算咱们娘儿两个有缘，我就收你这个挂名徒弟吧。不过事不宜迟，我们得快走，要是他一醒过来，走着就不易了。我一个人从什么地方、什么时候都能走，这一有了你，可就难办太多，你就快想法子咱们怎么出去吧。"

意珠一听这位不知真名实姓的师父已然答应收她了，心里高兴，说句文话，就叫喜极欲狂，二次一弯腿跪在地下又磕了三个头，叫了一声师父道："师父，你可收了我当徒弟了，你倒是姓什么，怎么称呼也该告诉我了吧！"

赵妈一伸手把意珠拉起来道："现在什么时候，哪里还有工夫闹这些俗礼，我告诉你我姓什么叫什么倒可以，我姓赵是不错的，我可不叫赵妈。你师爷爷给起的名字叫作赵南。因为我性子急，身子轻，江湖上送我一个外号叫风火燕儿。可是绿林道不叫我这个外号，另外给我起了一个，叫母屠户、脂判儿，都为我心狠手黑，见了他们那种强横霸道，我就无名火起，不犯在我手里，是他们造化，犯

66

在我手里，一百个准有九十九个活不了……"

意珠不等说完，又问道："师父，我师爷他老人家怎么称呼？"

赵南不由着起急来道："姑奶奶，你要那么问起来，两夜也说不完了，干脆我告诉你吧，我有三位师父，十二三位师兄弟，能为武艺，一位有一位高的地方，可说得多了，等着有了闲工夫，不但一位一位都告诉了你，还全要见着面儿呢！不过现在可没有那么些说的，你是打算走不打算走？打算走，赶紧想走的主意，不打算走，你待着你的，我可要先走一步了。"

意珠一看师父真急了，哪里还敢再说废话，忙应了一声道："师父你老别生气，徒弟我是喜欢得不知要问什么好了，要出门儿容易，我连自己的屋都不回去了，你老跟着我来吧，可是还得屈尊屈尊你老，我们暂时还得充一会儿主儿和奴才。出了这个门儿，再有什么话，我可尽得听你老的，谁我也不认识，就是有认识的我也不能找。你老想除去我那个假妈家里，我还能认识谁？现在我说什么，你老就答应什么，准保一会儿一点儿事都没有，就可以出去，你老跟我走吧。"

赵南点了点头，屋里既没有什么可拿的，就不看了。意珠在前头，赵南在后头，穿出过厅，就是垂花门。才到垂花门，宋生儿跟着几个伙伴正在瞎聊大天儿呢。就听宋生儿说："怨不得那三位太太连边都挨不上哪。这位老四，可真有两下子，大青白日，门一关，窗户帘一挡，也没递战书，就开上仗了，连哼哼带叽叽，水音都出来了。咱们这位二爷，大概败了两阵了，我回了半天的话，就是四娘一个人说的话。她侲说二爷睡着了，大概说的是二爷那位小二爷钻了被筒了。嗝，好家伙，连我这么童男子儿，听着都怪不得劲的，要是换了一个爱走心的，就许回不来了，你们信不信？我也想着了，富有富乐，穷有穷乐。我看今天新上的那个小堂客（指赵南）长得欢眉大眼的，准保有一气，今天晚上我得找……"

才说到那里，意珠完全听真，怕是他惹恼了这位杀人不闭眼的

67

粉脸判官，就许又多饶上丧尽天良、狼心狗肺的畜类，杀了也不为过。不过现在没有闲工夫捣乱，还是给他一个信儿，叫他说一句的好，心里一思忖，本想找几句话说，偏是一时硬想不起，正赶上宋生儿说到他要，就给按下去了。

"宋生儿，今天你想找谁呀?"这一嗓子，宋生儿吓一大跳，赶紧站了起来满脸赔着小心道："我说我今天晚上请回假，回去找我妈去。"

意珠差点儿没乐出来。

赵南在后边哼了一声道："你亲妈妈?"

宋生儿脸都白了，人家说什么他也听不清了，不住连声地答应道："是! 是! 是!"

伙伴儿听着刀对了缝，还以为这个赵妈新来的人真不知道呢，要乐也不敢乐，意珠不等往下再说，便向宋生儿道："生儿，荐赵妈来的那个孙媒，他们那个店在什么地方呀?"

宋生儿这时候才明白过来一点儿，赶紧答道："离这里不远，出胡同一拐弯往北，太仆寺街路北，一个花墙子门儿就是，你有什么事找他，我去吧。"

意珠一摇头道："不用，这个赵妈她刚下工钱来，打算托店里，有便人给她带回家去，她又不认识店在什么地方，交给别人也不放心。我因为长这么大没看见过媒人店是什么样儿，我也想去看看，既是没有多远儿，你们就不用管了，我跟她去看一趟，一会儿就回来。二爷在书房里睡着了，可别惊动，有什么事，等我回来再说。你们可记住了，要是醒后早叫我，就说我上后花园去了，你们可赶紧派人找我，别忘了。"

宋生儿跟这几个伙计，一迭连声："哦! 哦! 是! 是!"

意珠跟赵南就走出垂花门了。宋生儿在那里垂首侍立，连口气儿都不敢出。没想到新来的这个赵妈，不但脸子长得俏式，连走道儿都透出一种特别风流，东一扭，西一摆，真跟风摆柳条儿似的，也不知是怎么走着脚下忽然一滑，两只小脚儿，又窄又瘦，走的又是金砖地，身子一歪，脚下一滑，整个儿一个身子，往旁边一倒，一只左手往前一抓，正碰在宋生儿左肋上。

宋生儿梦想不到一只又肥、又胖、又软、又厚、又绵、又润的玉手会挨到自己身上，虽说有点儿觉得是震了一下，也没大理会，赶紧顺势往起一抄胳膊，居然给揪住没摔下去，宋生儿心里倒直叹，就是那位赵妈眉毛一皱，脸上一白，跟着又是一红，笑着向宋生儿道："哟，这是怎么说的呀，没碰着你哪，可太对不过了，这地真比我们家的炕还热呢！"说着咯的一声又笑了。

意珠一看赵南脸上的颜色跟神气，心里就明白了，不由暗叹宋生儿就为图了嘴这么一点儿舒服，这条小命，不交待，也得残废。一想人家送师父这个外号，实在不愧为屠户二字，说笑之中，一天就是两条人命，心里寻思，不由是又喜又怕。

几个底下人看着她主仆两个走出了胡同才走进门来，再胡说八道，暂且不说。先说意珠跟着赵南，出了这条胡同，正要向赵南打听应该往哪里走，忽见赵南把手往怀里一摸，脸上颜色一变，呀一声，向意珠道："我丢了东西了，你看见了没有？这个东西要是丢在街上，可还真是麻烦。"

意珠道："师父你丢了什么，你告诉我，我回头跟你取去。"

风火燕儿赵南一笑道："好徒弟，丢的这件东西，并没有什么多大要紧，不过我回去交代的时候，又得多费几句话，还有就是咱们得赶紧走，恐怕丢的那个东西，待不了多大工夫，就得和弃。"

意珠道："说了半天，到底是什么呀？"

赵南附着意珠耳朵一说，意珠脸一红道："师父你老可真有点儿意思，这种肮脏的东西，你老还要它干什么？"

赵南道："我要它干什么？这里头自然有缘故，等到了时候，我自会告诉你，现在跟你说也没用，况且也没有工夫，咱们赶紧走吧。"

意珠也不便问，只好跟着往下走吧。赵南从什么地方来，带了意珠投奔哪里去，以及后来意珠究竟是否拜了老师，变了什么武艺没有，后文自有交代，这里还有些小首尾未清，把她师徒暂时冷一冷。

先说宋生儿这几个下人，一看四姨太太意珠，带了新来的小老妈赵妈，走离大门已远，内中有一个叫常喜的，向宋生儿一笑道："你这小子，平常嘴都说滑了，你也左右看看，幸亏这是四姨太太一个人出来，终属是个女的，面子上有多少话不好说，要是跟二爷一块儿出来，恐怕你吃不了兜着走。咱们一个跑腿混饭的，这个嘴第一要留德。"

宋生儿一听，把嘴一咧道："得啦，常爷，咱们不过这个，我只是嘴里说说呀！你倒是坐怀不乱！你老跟二姨太太屋里那个陈姐，是怎么一档子？你老当我全不知道呢，我这个嘴痛快痛快算什么？"一边说，一边往里走，又来到了垂花门那里，常喜在前头走，忽然脚一滑，仿佛是踩了一件什么东西，不由大喜，一边弯腰去捡，一边嘴里说道："这可是我的彩气！谁掉的，这是什么？"

宋生儿紧跟着常喜，看了个逼真，崭新的一块缎子包着，绝对错不了，一定是好东西，一看常喜打算独吞，便向前抢一步道："什么？你的？命还是阎王的哪！趁早儿拿出来，不然我可给你喊，不但东西归不了你，连你的人也自在不了！"

他们两个一吵，后头那几个也听见了，全都看出便宜，也想着沾补一点儿好处，全都异口同音向常喜道："常老二，这件事可是你不公，既是大家看见，当然大家分，凭什么你一个人得！"

常喜一听，人越来越多，打算独吃是吃不成了，心恨宋生儿，拿起那个小包儿往宋生儿身上一掷道："拿去！放在你们祖龛上供着去！"

宋生儿一伸手没接着，包儿掉在地下，没等打，就开了，从里头滚出一个三寸上下又是血又是水，水血模糊，分不清里儿面儿，看不出斜正，说咸肉不像咸肉，说香肠不像香肠，光棍不光棍，青皮不青皮，四不像来！

其实要说像萝卜干这路东西，可以说是极普通，并不算什么稀罕之物，可是要像这路零切单买，确还很少见。这几个人一看当时蒙住，都没识上是什么东西。忽然这里头有一位假高眼，姓王，行三，因为好喝而没有量，三杯酒一下肚，连他姥姥的小名儿都淘换出来告诉，道叫道叫，大家便都管他叫醉王三。醉王三今天刚喝了四两烧刀子，正在神魂颠倒的时候，本来他在屋里倒着待着，听说四姨太太出门儿，他怕误了差事，才醉眼蒙眬地从屋里跑了出来随班伺候。四姨太太出去了，一群伙友儿闲话，他不爱听，也搭不上腔，正想到屋里边往炕上一倒，接演二本清秋梦，才走到垂花门边，便发现了这个四不像，你一言，我一语，谁也没敢给起大号。

醉王三过去一把给抓了起来，拿手提溜着，左边观观，右边看看，跟着哈哈一笑道："嗬，我当着什么呢？原来是这个好东西！哥儿们！对不过，我也不管这是哪里来的，无论如何，这个可是我的，不怕我弄二斤肉请请诸位都成！"

说着一转身提起来就要走，大家一看醉王三醉眼歪斜，嘴唇直吧嗒，顺看嘴角儿直流哈喇子，大家虽不知道这是什么东西，反正想着这个东西下酒，一定再好没有，不然醉王三不能这么嘴急。

头一个宋生儿就说："那可不行，见面儿分一半儿，这又不是你应当得的，凭什么归你一个人呀！"说着伸手就要来抢。

醉王三眼都红的，一边躲一边喊着："宋生儿你要不知好歹，我可跟你拼命！"

旁边人一看醉王三真急了，便拦住宋生儿道："生儿，你也别忙，咱们问问这个倒是什么？"

宋生儿道："你说这是什么？"

醉王三先咽了一口吐沫，然后哈哈一笑道："我也知道你们不认识，但凡认识也到不了我的手里。反正东西你们是拿不回去了，跟

71

你们说说，也让你们开开窍儿，这东西叫'斜切'，是驴身上长的东西，寻常都是老驴、病驴、死驴身上切下来的，虽说香甜，可不新鲜，唯独今天这个，不但是小驴活驴，还是新切下来的，这要放一点儿花椒大料酱油一煮，隔着一条胡同儿，都能闻见香味儿，不但好吃，而且还是大补。别说像我这样没钱的，即使有钱的，谁也不愿意干这损事，这真是百年的巧当儿，会叫我遇见了，这不是注定谁有口头福吗？

"还不瞒你老诸位说，这两天我简直是'罗锅子上山——前（钱）短'，昨天晚上大酒缸里喝了四两酒，连点儿菜都没有，为了嘴也说不上丢人，趁着老西儿一个没留神，我抄了他们两块肉皮冻儿，算是把酒喝下去了。现在有了这个，比肉冻儿不强多了吗？得啦！我也说完啦，让我走吧，趁着新鲜劲儿好把它煮上，对不过众位了！"

大家一听，弄了半天，敢情是这么一个东西，谁好意思还敢和他捣麻烦，不过觉着可怪，从什么地方来的这个东西？谁丢在这里的？方在一笑就要放醉王三拿走，宋生儿可不答应了，过去一揪醉王三道："那可不行，你下酒，我还下饭呢，不给我不成。"上去一抢，醉王三一着急，等不得再放花椒、大料透煮，拿起来横着就是一口，吭哧一下子，倒弄了一脸一嘴，都是鲜血。大家一看醉王三嘴馋情急，不顾生熟，全都好笑，正要上前拦住宋生儿，别再搅他，让他拿去享口头福儿，猛听里院一片喊骂的声音，还杂着有哭声，跟着一迭连声："宋生儿！宋生儿！我的肉哇！"

这些人里头，常喜是大管事的，一听里头喧喊，赶紧拦住醉王三跟宋生儿道："你们先别喊，听听里头是谁跟谁吵起来。"

醉王三道："管他谁跟谁吵呢，反正不能为了这条驴根子吵，无论如何，我是吃定了。"

正在说着，从里头跑出一个老婆子来，神色慌忙，嘴里不住乱喊："常二爷，常二爷！"

常喜的官称呼，都是常二爷，知道叫他，急忙应声一看，原来是大姨太太屋里用的老婆儿张妈，脸色煞白，满头是汗，赶紧就问："张妈吗？什么事这么着急呀？"

张妈本是一肚子话，经常喜这一问，反倒一句也说不上来了，急得老脸通红，结巴了半天，才说出一句："二爷可坏了。"

这一句话说得没头没脑儿，大家听着都是一怔，常喜究竟是个头目人，比他们心眼儿来得都快，一看张妈这种神气，话说得驴唇不对马嘴，虽不知道准出了什么事，反正绝不是寻常小事儿，可是怎么也没想到四姨太太跟赵妈身上去，便笑着问张妈道："别管什么事，你老先不用着急，有什么话慢慢地说。"

张妈这时心神略定了一定，这才向常喜道："你老见四姨太太与那个新上工的小赵妈了吗？"

常喜道："看见了，她们娘儿两个上孙媒家里去了。"

张妈一跺脚道："坏了，她们一定是跑了。"

常喜道："这话怎么说！难道赵妈是个拐子手吗？"

张妈脸一红道："她岂止是拐子手，她连二爷撒溺的家伙都给刺下去拐走了！"

大家一听，不由就是一怔。常喜道："张妈，你说什么？"

张妈咳了一声道："人家这么大的宅门儿，不怕丢脸，我还怕什么？干脆我与你们说了吧！"遂亮开了嗓子，从头至尾这么一说，大家一边听，一边点头咂嘴。及至听完，有怔的，有咒的，有笑的，有恨的，唯有醉王三忽然醒过味来，使足了劲，往宋生儿脸上把那条四不像掷去，破口就骂："好你个臭下三烂，你明知道包里头是这个玩意儿，你还是叫我拿到我们祖龛上供着去，你糟践苦了我了！小子，你今天不把这个宝贝拿到你们家里坟地去立祖，咱们爷儿俩完不了！"

他正骂着，忽然觉有一股怪味儿，直冲脑子，猛忽想起，方才嘴急，已然咬了一口，这一知道是什么东西，不由得由心里往外恶心，用手一捣腮帮子，呃！哇！这一阵吐把老本儿拐出去了。大家虽觉着可笑，事情已在紧急，也就不好意思，也没有工夫去笑他。

原来锡禄除去正太太不算外，连意珠一共是四个姨太太。前文已经说过，大姨太太红珠，是个唱戏的；二姨太太乐珠，是个丫头收房；三姨太太灵珠，是个混事的妓女。在四姨太太意珠没进门之前，就属三姨太太灵珠得宠，自从有了四姨太太，这三位全都打入冷宫。虽说各不甘心，无奈锡禄素来豪横，一言不合，不是骂，就是打，再不然就赏给使唤小子。因此全都恼在心里，气在肺里，谁也不敢公然怎么样。

今天灵珠听见外头车响，半天没有见锡禄进来，心里一烦，打算到后院找二姨太太谈心。经过书房，扒门一看，就是锡禄一个人在床上，不由心里一动，以为天赐良机才想运用手腕挽回利权。推开屋门，走进屋里，一看锡禄睡得十分香甜，自己走到临近，他都一点儿没有理会，不由一阵酸气上冲，心想这准是叫四狐狸给迷的，昨天不定卖多少大力气，今天才会累得跟死狗一样。今天鬼神支使的，会腾出这么一个工夫来，无论如何，我也得想个方法，要从四娘儿们手里把这位爷夺回来。

事到如今，可不能再让什么身份。比方一个念书的，本来抱着满腹经纶，预备待时而动，不过总遇不着知己，总没有人领教，由于没辙，便自己打起清高的旗子，抬高自己的身份，充起隐士高人。等到有人来找，明是愿意，外表上却要说出一片道理，什么愤世慨俗，羞与为伍，绝不能与时沉浮，一片高雅，拒人千里之外，等到人家走，他又未曾不后悔，后悔错了机会，于是乎便爽后再继续清高吧。这高到了极点，穷愁也到了极点，妻啼儿号，难得一饱，自己这时清高不能饿的肚子像两层皮似的再干下去，觉悟前非，彻底改良。从前人来找他他不干，现在改了掉着过儿去找人家，本来从古至今，有几个伯夷叔齐呀，多大的英雄，谁也不能不怕饿不是？

现在灵珠，也就是这个心理，跟意珠一争锡禄，怕人笑话自己是下三烂，及至一看，锡禄得新忘旧，不由又愤火中烧，深恨自己不该放任过甚，现在长成积重难返之势。恰巧今天遇见这个机会，把一颗已死的心，又像将尽未尽慢慢地又燃烧起来，走过去用手推了一推，锡禄依然是一声不响。灵珠皱眉，猛然想起，三步二步，走了过去一伸手把门关好，又搬过一张椅子顶上，看了看窗户帘都挡得挺严，这才走过去。先把自己衣裳解开，过去一揭锡禄长衣裳，才露出裤子，不由酸劲又过脑门子，原来裤子并没系好前头还开着口呢。心里一想这不用说一定是四娘儿们又沾了头水走了，这个浪蹄子可真可以，夜里她霸着，白天她还不松手，合着全是她一个人的了。越想越气，往上一撞火，一使劲，把锡禄的裤子往下一拽，一伸手，这下子可把灵珠给闷坏了，她绝没想到是这么一档子，她还疑心是谁假扮的锡禄呢，怎么会跟自己一样了？及至往锡禄脸上一看，一点儿也不差，确实是锡二爷，绝非别人所能假扮，心里简直晕了，爽得再看一眼，这定神一看，可吓坏了！

原来那块高山，已然变成一片平原，并且上头血迹斑斑，十分难看。自己还以为是做梦，把中指放在嘴里一咬，疼得厉害，才知是真事，这一来可就不知如何是好了，一慌神，抹头就跑。到了里院，找着大姨奶奶红珠，二姨奶奶乐珠，结结巴巴，一说经过，红珠看了灵珠一眼带了老妈子丫头，一窝蜂似的全都跑到外院。才到书房门口，就听里头仿佛有人说话的声音，仔细一听，正是锡禄口音，一伙人赶紧跟进屋里，一看锡禄脸上跟白纸一样，倒在床上，嘴里叽叽咕咕，不知说什么，一看灵珠，勉强地一点头，灵珠赶紧过去。

锡禄有气无力地说道："你们来了，好极了，赶紧叫人把意珠跟屋里新上的老妈子赵妈逮住，别叫她们走了，她们下了毒手了，把我下身给毁了，快！……快！……"说到这里气儿又有点儿接不上了。

灵珠一听，果是意珠所为，又是痛快，又是难受，痛快是意珠

75

完了，难受是锡禄成了废物了，由急生恨，三步两步，跑到意珠屋里一看，连个人影都没有了，知道她已逃跑，又跑回来，才派张妈传话追赶。

大家一听，这才明白，又是诧异，又是害怕，好在二爷没死，先进去看一看再说吧。

宋生儿一猫腰，把那根四不像又捡了起来，冲醉王三一举道："王三爷，给你老这个呀，就酒喝，可太好了！这准保是新鲜的，绝没有一点儿毛病，你老要不要？"

醉王三呸的一口啐道："呸！你还他妈的不要脸了，那是你们立祖的镇物，赶紧拿走，别受了风，抽了个儿，你们坟地少三尺风水，出不来花屎蜣螂，趁早儿拿去吧！什么东西！"醉王三一边骂，一边往外走，大概是找地方漱口去了，这暂时不提。

且说常喜、宋生儿，带了几个伙伴，随着张妈，一同来到书房。张妈先进去回话，出来一点头，大家才跟着走进去。到了屋里一看，锡禄这时候，已然完全清醒，就是脸上不是颜色，靠着一叠枕头，坐在炕上，闭着眼睛。

常喜赶紧过去，先请了一个安，然后自报姓名："奴才常喜伺候二爷。"

锡禄把眼睛睁开了一点儿，点点头道："常喜呀！你赶紧到厅上，把塔奇布塔大老爷先给我找来，你别说实话，你就说有了胆大贼人夜入咱们宅里，偷去许多无价之宝，他是个财迷，准保是一请就来，快去，快去！"

常喜答应一声："是！"自行退下去报官面儿不提。

宋生儿往前一抢步，也请了一个安："奴才宋生儿给爷请安！"

锡禄把眼一睁道："宋生儿你来得太好了，今天那个赵妈，明明是你找进来的，难免你们彼此勾结一气，前来害我，吃着我喝着我，我养出白眼狼来了！好啊！我也报应你！来呀！把宋生儿给我绑上，把他裤子脱去，再找一把快点儿的刀子来，你们也看我来一回手

76

彩儿!"

大家一听,头一个就是醉王三,从心里就跟宋生儿有碴儿,这一来正是机会,不等锡禄再往下说,过去当胸一把抓住宋生儿,对锡禄道:"二爷你老这话说得对,八成离不开生儿这小子,头一样这个赵妈是他找来的,难免他是得了人家多少钱,才答应勾着进来的,要不然媒人店里的人多了,为什么单会找了这么一个母夜叉来。二则还有老大的证据,在赵妈没有出去之先,他曾经进来过一次,干什么说不上,一会儿工夫,他又出去了。赵妈跟四姨太太就出去了,赵妈还跟他摸摸蹭蹭,很不是那么回事。赵妈才出门,他又从腰里把二爷身上丢的那个宝贝给拿出来了,还说了半天便宜,拿大家打了半天糠灯。

"要是他不知情,这节宝贝,怎么会从他身上掉下来呢?你老这一说,全都对茬儿。要说二爷待他可以说是天高地厚之恩,他不想着报答你老,反而勾结外人,伤害你老的身体,毁了你老的后半辈。你老说像他这路东西,毁了多不多?二爷你老不用生气,老王我今天要报二爷待我的厚恩,非得把这个坏小子给毁坏了,我心里的气不出。"

说着一回头恶狠狠照着宋生儿迎脸就是一口唾沫,呸地啐了一口道:"姓宋的!你这小子,吃里爬外,丧尽天良,我姓王的跟你是前世对头,今世冤家,我豁出去给你抵了,我也不能叫你活着再祸害人!"

说着话,左手往前一抓,宋生儿往前一栽,王三一举右手,叭的一声,就是一个大嘴巴,打得宋生儿不住左右乱晃。王三打着不解气,一松手一抬腿,打算踢宋生儿两脚,脚还没起,宋生儿往前一栽,噗的一声,一口鲜血喷出有七八尺远近。本来站得离锡禄不远,这一个是劲儿,喷了锡禄一身一脸,溅了一炕一墙,扑咚一声,摔倒在地。

醉王三原想是借着题目,打宋生儿三巴掌,踢他两脚,也不过是为了出出方才受他提弄的恶气。哪里知道，这两个嘴巴，会把宋生儿打得顺嘴流血，并且扑咚栽倒，实在是没想到。一见祸惹得不小，当时把酒吓醒了一半儿了。一边假装醉簧向锡禄道："二爷，你看见没有，这么两个嘴巴，他就趴下来，还弄出影子来，真叫不离，一定是他勾结外人，情虚理亏，怕是问出实情，他有点儿想不开，因此咬破舌头，假装重伤，蒙蔽一时。像他这种吃里爬外、伤害恩主的狠心奴才，就是打死他也不算多。不过杀死打死，没了活口，恐怕于你老人家那档案子问起来费事，不如暂留他的狗命，叫他多活一会儿，我去看看官面儿来了没有，如果来了，交给他们带走，也就完了。我先看看去。"一边说着一边往外走。

大家这时都吓得心里乱了，醉王三借招子往外逃去，谁也没看出来，因为谁也没有想到宋生儿已然身归那世。本来两个嘴巴，打在脸上，如何便会打死人呢？这是明摆着叫人不能深信的事儿，所以大家谁也没理会。

醉王三刚才走出垂花门，心里怦怦乱蹦，自己告诉自己，从此以后，再也不可以嘴馋，因为一点儿吃食没得到口，反而伤了一条人命。幸亏大家没看出来，有一个人看明白了，大概是着费事，好险哪，好险！

心里正在想着，猛听前面一阵脚步响，从外头涌进有二三十个人来，自己还没看清楚，啪的一声，脸上已然着了一下子，跟着就听打人的说道："码上（捆上）他，别叫他走了！他嘴上还带彩哪！"呼噜一下，过来就把醉王三给捆上了。

醉王三一边支进一边喊："别价，别价，老爷！我是这本宅里的，我也是奉了本宅二爷之命，到厅里给老爷们送信去的，你老别把我给捆上啊，老爷，别价，胡丧气的！"

来的是一个大老爷，叫塔奇布，一个是小队官，叫白莱，带了四个兵，一个叫步忠，一个叫松厚，一个叫志昌。这个塔大老爷很精明，就是话太多，不管事情紧慢，只要一张了嘴，就能说上没完。

今天正在厅上聊天儿，述说当年自己得意的手笔，忽然常喜一拉门进来。因为锡禄在本地面儿，很是说得讲得，彼此都有个认识，并且还处得不错。如今一看常喜慌慌张张跑了进来，塔奇布赶紧止住谈锋，满面春风地问常喜道："二爷今天怎么这么闲在，会到我们这个塌塌来了？你老来得可太好了，别的不说，先弄包好茶叶喝，是人家刚从南边带来的，送给我有二两，我喝了两回，味儿倒是不错，就是香头差一点儿，来吧，你老也尝尝。"说着便要抄茶壶拿茶叶。

常喜赶紧一抢步儿把那两只手拦住道："塔老爷，改天我再扰你老，今天我可实在没工夫……"

塔奇布不等他往下说便把嘴一咧道："是不是？我攀个大说，兄弟我讹不着你，你沉住了气，先喝碗水，有什么话？都有我哪。"

常喜急道："塔老爷，我不是跟你老说着玩儿，实在我们宅里出了事了！"

塔奇布拿手一指道："兄弟我可罚你，你又拿宅里吓唬我不是？什么事有你老在里头也没多大了不得不是？"

常喜真急了，不等他再接下说，便将已往经过细说了一遍。话才说完，便听哎呀一声，啪嚓一下倒把常喜吓了一跳。原来塔奇布听着事出离奇，又是锡禄家里，不由从心里一害怕，手一哆嗦，正碰上那把茶壶，一哎呀，没接着茶壶掉在地下，啪嚓一声摔个粉碎。他也顾不得那把破茶壶了，着眼向常喜道："常二爷你这话是真是假？这可不是闹着玩的，但愿这件事情是假的。"

常喜道："我一个人的塔老爷，这是什么事，焉有闹着玩的道理哪！"

塔奇布道："这么一说是真的了，那么你到我们这里来干什么呢？"

常喜真有点儿上火儿，便没好气儿说道："我到你这里干什么，连我也不知道，是我们宅里二爷叫我来的，有什么话，你问他去得啦，回头见，我还有事呢！"说着就要往外走。

塔奇布可吃不住劲儿了，也顾不得再往下多说了，赶紧一把拉住常喜道："二爷别着急呀，咱们商量着办，真格的凶手跑了没有呢？"

常喜哼了一声道："合着我说了半天，你全没听见哪，凶手早跑了，我找你去就是商量怎样逮捕凶手。"

塔奇布道："嘘！凶手已经不在宅里了，那倒好办了，来呀，你找白头儿，再带上四个兄弟，跟我一起去。"白头儿答应，一会儿报齐，塔奇布才同了常喜带了一个小队官，四个兄弟一路浩浩荡荡直奔锡禄宅里而来。

才走出官厅，猛见从对面来了一个小孩儿，手里举着个小纸旗子，骑在一根竹竿上，一路骑着当马，嘴里还直嚷："马来了，马来了，靠边儿走，靠边儿！"一边喊，一边跑，越跑越快，眨眼之间，来到临近。

白头儿头一个就喊："不好！站住！要碰上！"一嗓子没喊好小孩儿往前一冲，那根竹竿儿正杵在白头儿肚子上，白头儿哎哟一声，那根旗子又扎在塔奇布那件又肥又大的马褂上。

大家一看这个小孩儿，长得十分有人缘。往大里说，也许在十一二岁，小圆脸，又白又润，白中透粉，粉里透嫩，长眉毛，大眼睛，高鼻梁，小嘴儿，自来带着两个小酒窝，上身穿一体雪青洋绉对襟的小褂儿，周围沿着青缎子宽边儿，漆黑的头发，前边留着刘海儿，后边齐着肩头，左右梳着两个小鬏鬏，戴着一个银项圈。下边穿葱心洋绿的裤子，散着腿儿，白布袜子，青缎子地儿白丝线系鱼鳞象鼻子洒鞋，每一个鱼鳞眼儿上，系着一个银铃铛，猛一看真和戏里闹海的哪吒、画上戏蟾的刘海儿一样，不论多不喜欢小孩儿的人，见了这个孩子，也得多看两眼。

偏巧这位塔奇布大老爷，虽已年过半百，膝下独虚，不用说是男孩儿，连个小姑娘都没生过。今天正在一边说一边走着，猛见从对面来了一个小孩儿，骑着一根竹竿当马连蹦带跑，正在看着有意

80

思可爱，要不是有正事在身，恨不得过去截住问他一会儿解个闷儿。这个孩子就手里拿着一杆纸糊的旗子，越跑越高兴，眨眼间跑到自己面前，仿佛是一时收不住脚，一个趔趄，便向前摔来，方喊一声："不好！"小孩儿手里那个旗子，正杵在自己马褂儿上。

塔老爷这件马褂，是白鹿皮镶青灰子绒宽边儿包云头，又肥又大，据塔老爷跟伙计说，这是塔老爷上辈跟皇上打木兰围，皇上御赏的，传到塔老爷已然两辈子。一则东西真好，二则是穿得真仔细。虽说穿了好几辈儿，却是一点儿毛病没有，跟新的一样，塔老爷真是特别爱惜，连一滴水都不敢溅。今天突如其来，被小孩儿竹竿子杵上，吓了一跳，唯恐杵个窟窿或是剖一口子，哎哟了一声，低头一看，那根竹竿是划过去的，只是微微层层一点儿白道儿，并没有受伤，心里才觉踏实。

再看小孩儿那杆旗子，就在这一杵之际，把一张糊的红纸旗杵得没有影儿，也没有看见掉在地下，就是不知道杵到什么地方去。这时候那个小孩儿一看前边有人，挡住去路，并且把一张红纸旗撞得没了影儿，也不说是他自己撞了人，反倒怪起人不该挡了他的路。小嘴一噘，小眼睛一瞪，向塔奇布道："你为什么挡住我的道儿，又把我的旗子碰坏了？你赔我旗子，没了旗子，我就当不了官老爷了，你不赔我不行。"嘴里喊着，手里也没闲着，一举手里竹竿儿，照着塔奇布脑袋上叭叭叭就是三下儿。

塔奇布虽是爱小孩儿，还没有说什么，跟着小孩儿反倒张眼不讲理，不但嘴里说，而且手里还打，虽说爱小孩儿，未免也有点儿往上拱火儿，脸上陡地一沉，站住脚步，伸右手往上一捞，心里想着，先把这根惹事的根儿给他弄过来给折了再说。

谁知他往上一伸手，小孩儿就仿佛知道他的心一般，往回一撤竹竿儿，塔奇布手就捞空了，才要进步再找竹竿儿，哪知叭的一声，正在手背上，这一竹竿就打上了。别看小孩儿，使的又是竹竿儿，打上这下子，还是真有分量，就觉当时手一麻，随着便像火烧火燎

81

一般地痛起来了。

塔老爷自说幼小长这么大，也没吃过这样亏，当时一把无名火从心里就撞上来了，哪里还管什么叫孩子，什么叫大人，恶狠狠一声喊道："哪里来的野孩子，竟敢在这儿没事找事，我非得把你逮着，找你们家大人说说去！"一边说，一边将胳膊挽袖手，气昂昂地就奔了那个小孩儿肩头抓去。

旁边这些人，常喜，白莱，费进，松厚，志昌，志忠，本来走着好好的道儿，凭空跑出来这么一个小孩儿，大家先也是看着可爱，及至碰到了塔奇布身上，大家准知道塔奇布心疼马褂儿，必不能完。谁知塔奇布并没说什么，反是这个孩子，没结没完，搂头盖脑，打了塔奇布好几竹竿。虽说大家都爱这个小孩儿，不过他浑不讲理，也就觉乎着没多大意思了。及至塔奇布变脸一急，大家觉得跟一个小孩子似乎不值，尤其常喜，一肚子心事，唯想去晚了误事，才要上前劝解，猛见小孩儿来路上，飞也似的跑来一个人。临近一看，是个老家人打扮，一见小孩儿便向前一把揪住道："龙少爷，你真快把我急死了，眨眼之间，找你不见，老中堂都快吵翻了天啦！怎么胆子越来越大，跑到街上玩来了？街上坏人是多的，要是叫拍花子拍了去，家里连个信儿都不知道，可怎么好，那还不将我们一堆全发了啊？往至下小里说，把你那根银脖索让人逛了去，我们就都不用吃了。幸亏我跑得快，还没闹出事来，还不快快跟我回去吗？真是……"

说到这里，又看了大家一眼，嘴里唠里唠叨，拉着小孩儿往回就走。小孩儿也不依不饶，一边骂着，跟着那老头儿去了。塔奇布一看小孩儿走了，大家一伸舌头道："好悬了！这就叫走背字儿里有贵人，要不是老头儿一步赶到，我真要杵那小孩子一指头，这个麻烦就大了。好家伙，中堂的孙少爷，这是闹着玩的吗？"

常喜接过来道："谁说不是呢？我也看着这个小孩儿不像小家主儿嘛，要不怎么我看你要跟孩子变脸，赶紧跑过来拦你哪，就怕的惹出大乱子来嘛。"

常喜正说着，小队官白莱白头儿扑哧一笑，把头摇了一摇道："二位我拦你清谈，你别看你二位比我高得多，要说眼前这件事，可不是贼走了关门。据我看，二位都是阴沟翻船，走了眼了。"

常喜道："这话怎么说？"

白莱道："常官差的讲究是聆音察理，接贼审贼，这件事虽比不了一件案子，可是照理追寻，里头有不少漏脚之地方，不过二位没留神就是了，常二爷不说，我们塔老爷，是本地面儿的，那么在当地的住户里头，有谁没谁，大概都应当有个影儿。咱们这一段，除去锡二爷宅里是首户，余外就没听说有一家什么中堂住在咱们这边，这是一；即使有新搬来的，咱们还不知道，一个中堂家里，不能跟我们家里一样，除去门神爷就是我，门房里从管事的说起，少着少着也得有个十位八位，绝不能除了这位老管家，再没有第二位。

"孙少爷不是故少爷，谁不知责任重大，看他从门里跑出来连拦都不拦，非得等这位老管家才能知道。就是出来寻找，也没有就是老管家一个人的道理。再说中堂家的子弟，无论如何，也得受过几天管教，绝不能教他骂人打人。刚才那个小孩儿，嘴里不干不净，哪里像个大家子弟？不过穿章打扮，把你老二位给糊弄了就是啦。这话我可不是往大里说，据我看这个小孩儿连那个老头儿，不但不是什么少爷跟老管家，外带着还绝不是安分守己的人，说不定还许是吃江湖饭的老把式……"

白莱话还没完，塔奇布便拦住他道："得了，得了，不怪你老外号叫白花蛇，你可真能说，你老既是看出来这么一缝子，为什么不当时把他揪住哪？"

白莱道："还是那句话呀，捉贼要赃，他在本地又没有赃儿，厅上又没有报案，咱们就是知道他是干什么的，咱也不能随手就逮人家呀。再说常二爷我们不是还有正事吗？尽跟他捣乱，要把正事耽误了谁管哪？"

塔奇布道："得了，得了，你老别给我后悔药吃了，反正我不能信，就算你老说得全对，他要准是黑道儿上的，见了咱们哥儿们，躲还躲不及呢，他反来找我们干什么？即使打算真跟我们过不去，可以明打明斗也犯不上弄这么一个孩子跟我们斗筋节儿呀！再说他们什么都没得着图的可是什么呢？"

常喜也跟着说绝不是那么回事，还是白莱看走了眼啦。白莱白头儿一看两个人全都不信，自己也不必往下紧说，便笑了一笑道："得，得，算是我没说行不行？我们赶紧走，办正经事要紧。"

几个人一边走一边小抬着，不一会儿来到锡宅里，才一进垂花门，就碰见了醉王三。塔奇布虽说不信白莱的话，心里可不痛快，因为无缘无故挨了小孩儿好几竹竿儿，总觉不是意思，这一进锡禄家门，就想抖擞神，把事办个水落石出，也叫弟兄们看自己到底是什么脚儿。又加上醉王三只因一时嘴馋咬了一口四不像，虽然肚子没饱，脸上可挂了彩了，一脸一腮帮子，都是血迹，看着就令人生疑，所以塔奇布毫不犹豫，一声喝令："码上。"步忠、费进两人答应一声，过来一翻腕子把胳膊就要捆，醉王三一通儿苦央求，又求常喜给他打个质对。

常喜道这件事不是他干的，大家同事一场，何必叫他多吃苦，便向塔奇布申说他脸上的血迹是从什么地方来的，塔奇布这才明白，虽然觉乎醉王三嘴馋可笑，不过出乎反乎，怕是有失官体，当时虽没捆上，可是把他交给弟兄暂时看管，不许自由，等到事情完了，再放他走。

醉王三心里可打鼓了，主儿爷那档事虽不是自己干的，准可平安无事，宋生儿让自己两个嘴巴给打死，除去常喜是人所共见，这事可完不了。心里害怕，既跑不了，也就没了法子啦，只好是跟在大家后头，来到院里。

常喜叫大家在外头稍等一等，自己走到门口儿叫了一声："二爷，厅里头塔老爷、白老爷过来了。"只听屋里很小声音说了一个请字，常喜一拉门儿塔奇布把四个兵留在外边，随白莱一同走进屋里。

才一进门儿，就闻见一股子血腥气直冲鼻管儿，塔奇布心说，这是知道二爷出了事，不知道的还以为是二太太占了房呢。为了一个老婆子流了这么多的血，有钱有势的老爷们专干这丢人现眼、耗财伤身的事，想着实在可叹。当下往前一迈步，意思是要给锡禄请个安，别受惊。

谁知屋里挡着，本来就黑，又加上是从外头才进来，跟着扑咚一声，又哎呀一声，眼神有点儿恍惚，才往前一伸腿，一个身子还没蹲下去，就觉乎前腿一软，一个吃不住劲，哎呀一声，前头一哎呀是塔奇布腿一软一害怕，扑咚一声是一个毛儿筋斗摔过去了。第二个扑咚一声是白莱白头儿紧跟着他后头，他一摔过去，脚一带白头儿也栽过去了，正踩在塔奇布身上，分量不轻，踩得塔老爷又哎呀一声。

还是白莱明白，赶紧爬起，又往起掀塔老爷，掀起来一松手又倒了下去，白头觉乎奇怪，心说怎么越掀你越打坐坡呀，干脆各人倒各人爬起，往旁边一闪，仔细一看可吓坏了。原来塔老爷已经直挺站在那里，地下却是浑身浴血的一个死尸，不由得就倒退了两三步，方才一愣，就听锡二于床上少气没力地道："地下那个死尸是下人宋生儿，被打杂儿王三两个嘴巴打死的，王三他跑了。"

塔奇布跟白头儿这才明白，一推屋门，跑院里，一身一手都是血，大马褂也成了红的啦。塔老爷气不打一处来，跑过去朝王三上头一个嘴巴，底下就是一脚，恨不得把王三立毙拳下才痛快。

正打得有劲，猛听松厚哎呀一声道："塔老爷，你脊背上那把刀是哪里来的呀？"

塔老爷用手一摸，果然是把刀，扯下来一看下坠红旗一方，上头有字。拿过一看不由魂飞天外，原来上头写着八句是诗非诗的词句是："我本游侠儿，闲游到京城。锡禄贪美色，罪当用宫刑。奴才仗主势，宋生送其生。不必自惊扰，鸿飞已冥冥。"

奇布根本识字有限，结结巴巴对付着是念下来了，至于什么叫宫刑，根儿上他就不懂，鸿飞冥冥，更是一点儿不明白。看完之后一皱眉道："闹了半天，敢情二爷你得罪了侠客爷了，平常咱们就听说过，可没见过，听说人家侠客，都是来无踪，去无影。不用说我这个样儿的不行，就是比我再高出两头的主儿，也未必能找来棱缝来。不过据这条上所说，宋生儿也是这位侠客干掉的，跟王三没牵连，这一手儿就是侠客所为，只怕伤了一个没罪的人，这实在是可佩服。"

说着一阵乱摇头，像把公事忘了，就在这个时候，忽听房里又有人喊道："常喜你看这桌上是什么？"

一听是锡禄声音，大家又全跑进房来，只是锡禄拿着那张纸条儿一边看，一边点头。看完之后，不由长叹一声道："咳，这都怨我自己太不知道自爱了，惊动了侠客，感觉不平，才找到我的家里，我这是自作自受，和别人完全无干。不过宋生儿被王三两巴掌打死，倒是一件逆事，他们都跟了我多年，多少有个差错。事已至此，最好不必再伤王三。常喜把生儿父母找来，由我出几个钱，给他们了了这件事，也就完了。"

常喜一听，知道锡禄还没有知道第二次这条儿的事情，便走上前去，把这一节又一说，又把纸条儿（旗子）送了过去。锡禄看着不由摇头道："这就怪了，我还说是咎由自取，宋生儿跟他井水不犯河水，干什么也要他一命呢？"

常喜遂把意珠跟赵妈出去时候，宋生儿如何满嘴乱说，八成儿是叫她给听见了，可也没见她怎么动手，就是在走过宋生儿身旁时候，脚下一滑，扶了宋生儿一把，难道就是那时候下的手吗？

塔老爷在旁边道："那个容易，咱们看一看他身上就知道了。"

说着走过去把宋生儿死尸一翻，跟着把衣裳往下一褪，露出了上半身，大家一看，可了不得啦，原来宋生儿自肩窝以下，一直到两肋，全都又肿又紫，用手一摸，那块肉就跟烂了多少日子一样，一碰就要掉下来，大家不由全都一伸舌头，心说好厉害的小老妈。

塔老爷向锡禄道："宋生儿确是被人一掌打死的，二爷，要依我说，这个老妈子是从那个媒人店荐来的，咱们可以到那里去一次，时候不大，大概还许跑不了。只要把她拿住，什么事都好办。"

锡禄一听，双手齐摇道："可别价，可别价，一则我跟宋生儿，都是自找其祸，怨不上人家来，她能免我一死，已是宽大为怀，闹翻了再来个二次，恐怕连命都保不住；二来她既是个侠客，为我来的，当然完了就走，也绝不能还在那媒人店里。劳师动众，一点儿犯不着，反倒宣扬出去，更是可以不必。再说一句不好听的话，弄不好再闹上两条人命，事情越闹越大，更不好收拾了。还有一层，就是把她拿住了，我依然又有什么好处？我依然是残废了，宋生儿也死了，即使就是叫她们抵了，我们又有什么好处？依我说，多一事不如少一事，我自己也不打算张扬了。至于宋生儿家里，我多给他几个钱，大概也就完了。你们几位辛苦，我也另有一点儿意思，就是这样完了。"

塔老爷自是乐意，便笑着对锡禄道："想不到二爷这么大仁大义，倒便宜这些匪类了，既是二爷不愿深究，我们跟二爷告假了。"说着请了一个安，告辞出去，带了几个伙计，自回去了。

锡禄经了这一番创痛，果然痛改前非，把三个姨奶奶都给了几个钱，全都打发了，反把多年失和的二奶奶又从娘家请了回来，又把大爷锡福眼前的一个男孩子，过继过来，闭门思过，倒落了一个善终。

这且不提，且说风火燕儿赵南，带了骆意珠匆匆忙忙走出了二道街，赵南又呀一声，意珠道："哎，师父你忘了什么事？"

赵南道："我想虽然留下那纸条儿，叫他们不用经官，不过恐怕他们未必甘心，别的都不要紧，就是那个姓宋的，死在写纸条以后，难免诬赖别人，那可不好，最好是能够找个人去给送个信儿才好。"

意珠道："这种信儿，谁能去送啊？"

赵南道："不要紧，有人敢送，你跟我来吧!"说着拉了意珠，一直往西走去，也不知经过多少胡同，到了一座破庙门前，轻轻敲了两下儿，里面有人答应，仿佛是个小孩儿，门开一看，果然是个小孩儿，一见赵南，便扑了上去叫道："师父你回来了。"

赵南一笑道："你师伯呢?"

小孩儿道："正在后院打坐呢。"

赵南向意珠一点头道："你跟我来。"

两个人往里一走，小孩儿把门关上了，也跟着走了进去。意珠留神一看，这个庙儿别看挺破，里头地方，还真不小，后院是大殿五间，东西配殿是各二间。意珠带着小孩儿，随着赵南走进西配殿，只见一个老尼姑打扮的，正坐在蒲团上，掐着念珠，闭着眼睛，仿佛是正在念经。

赵南走到前面，轻轻叫了一声："师兄。"

老尼把眼睛睁开了，看了一看道："你回来了，事情还顺手吗?"

赵南道："顺手，一共办了两个。"

老尼口宣佛号道："阿弥陀佛，你怎么还是这么大杀气? 将来如何好?"

赵南道："谁还管将来怎么样? 先痛快痛快是真的。意珠过去，见见师伯，这是唯一当今大侠!"

意珠一听，赶紧恭恭敬敬走了过去，叫了一声师伯，双腿一弯，一个头便磕在地上。老尼用手一扶道："起来，起来。好一个相貌，可惜就是福气太薄，主于一生磨折太多些。"

赵南听了，微微点了一点头，便向意珠道："你本是坠落风尘的人，准能嫁一个一夫一妻，也许会白头到老，享些个浊福，谁知你夙因不昧，放着目前荣华富贵不去享受，倒要来随我一块儿去受罪，现在师伯既然说你磨折太多，绝不会错。我人一向是知梗飘萍，连个准住处都没有，就是你诚意诚心想随着我始终在一起，大概也是势所不能。依我想不如暂住师伯这里，做师伯一个真徒弟，做我一个挂名徒弟，师伯能为，比我强胜百倍，只要你能实心向学，随师伯一年强似随我十年。并且以后有了你师伯这样一个护身符，就是有千灾百难，自有师伯会痛顾你，不拘什么事，总可以逢凶化吉，遇难呈祥了。只不知你可愿意暂随师伯稍受清苦不能？"

意珠本机警，自从一见老尼，就觉得光辉朗照慈祥仁爱，叫人一见就起了一种向慕之心。再者知道老尼既是赵南的师兄，能为修养一定比赵南更高，原就存了一个只要能够长在庙里住，就可以多多求教的心思。如今听赵南一说，正合心意，不过自己才和赵南走了出来，一点儿什么都还没有学习，便想见异思迁，一则叫人看不起，二来也恐怕下了赵南的面子，不由心里叽咕。

当时还没说出话来，哪知赵南早已看透了，便笑了一笑道："这个你倒不要怕对不起我，不肯当时说话，我跟你师伯原像一个人，不分彼我，跟谁也是一样，况且又是我自己说的，难道还会出乎反乎？你若愿意，可快语话，过了这个村，可没这个店儿。"

意珠心里被赵南一语道破，不由脸上一红道："我倒不是怕对不起师父，师父师伯，原是一样，弟子焉有不肯之理。不过因为弟子出身微贱，能得师父垂爱，已是过分之得，师伯清修已久，如何肯收了我这样一个脏徒弟，怕是师父说出来，弟子答应了，师父一个不出头，岂不连累师父脸上无光，所以没有敢当时答应。既是师父这样说时，正是弟子三生修不到的清福，不用说师伯收我之后，要教我八门的功夫，就是收我做香火婆儿，能得长斋念佛，了此一生，也是求之不得，如此弟子便再拜一个师父了。"

说着这里，二次屈膝跪倒，双手一扶老尼道："如今弟子便改称你老人家是师父了。"

老尼并不客气，只把头点了点道："你这个孩子，确实清秀可爱，只是我凭空多添了一层魔障了。我告诉你，不管成佛拜祖，不管入圣贤超，为人第一要性气和平，心地厚道，无论什么三灾八难，都会遇祥而解。你师父把你引到我的门下，原有深意，所以我不拒绝，此时也不便跟你说。只要你能宅心仁厚，虽然不能大有造就，日后总可以不致再有堕落。你要记住这是缘法，不可错过。我收下你了，起来吧。"

意珠才往起一站，小孩儿便蹦了过来，往老尼怀里一扎道："师父，你老的那把宝剑可得给我。"

意珠才知道那个小孩子是自己师兄弟，方在诧异，师父这么大年岁了，怎还收这么一个小徒弟，赵南在旁边早喊了起来道："哎呀！我真是越来越糊涂了！一个拜了半天师父，还不知道师父姓什么叫什么，一个师弟也忘了引见，并且还几乎忘了一件更大的事，时候已然快来不及了，等我粗粗地跟你说一下子，等办完了正事，咱们再慢慢地谈谈。

"意珠，你这师父，跟我虽不是亲师兄弟，却也是一脉流传。她出家学道，其中另有隐情，等到将来，我自会告诉你，大概比你所受还要加上几十倍的惨痛。你师父她娘家姓韦，单名一个瑛字。出家以后，入了我们少林派，改名上元下素，借着佛门无上威力，三十多年江湖上做了不少功德，超度了很多有缘法的人，只是生性疾恶如仇，做事太狠。

"你看她平常总是祥光普照的脸子，可就是别遇上坏人，笑容一收，脸子一沉，便成了杀人不眨眼的女魔王了。因此同道同门，恭送了她一个外号是比丘元素大师。你师父在前五年，路过江苏高邮地方，看见路上有个迷了道的孩子，站在大道上哭，过去问他话，他也不知道说，你师父细一查看，才知道这个孩子，是受了下五门一种拍花药所迷，失去了灵性，便跟了他一天，到了夜晚，才把他带走，用药解救过来。再加盘问，才知他姓陆名叫福官儿，家里有父有母，还有一个姐姐。这次是跟他父亲由江南到北京去就官，坐着民船由水路进京，走到此地，船停在岸上。忽然有一班沿街卖艺的人走到船头，练艺求钱，他父亲太刚直，话说得有点儿不好听，练艺的只笑了笑便走了，大家先都以为无事，谁也没有把这件事放在心上。万不想黑夜之间，有人从船窗进来，连杀带砍，父母仆婢，多已死去。

　　"那时候他还太小，一看群贼杀人，早已吓坏，正要钻进船里去的时候，已然被人看见，跑过来一把刀已然举起，忽听有人喊，'这个娃娃不错，不要杀掉，连这个雏儿一齐弄走吧。'就在这一声下，当时保住性命，便有一人把他一挟，走下船去。当他到了舱门时候，却见他的姐姐，也被人家抢了出来，又怕骇，又着急，只是一点儿办法没有。也不知被他们挟出多远，才把他放了下来，小孩子一缓气，不由便大声哭了起来。挟他的那个恶贼骂一声：'小杂种，你自己找死！'手一晃，一道白光，便往脖子上砍来。

　　"这时候忽然旁边一个起了善心，向那个拿刀的肩上一推，拿刀的一个趔趄，小孩儿便当时脱离毒手，拿刀的勃然大怒道：'干什么？小泥鳅！你是打算拼一下子吗？'小泥鳅一笑道：'萧大哥，你怎么这么脸急？皆因我看这个孩子长得不错，一时动了爱惜之意，看大哥有意要把他杀了，怕话说慢了，你都下手了，故此推了你一下子，你别为了一个素不相识的孩子伤了咱们弟兄的和气，你下家伙吧。'无论什么样的人，那股子凶暴劲儿下来，那也不过就是一时，只要当时一泄劲，再打算来个第二次可就不易了。

　　"姓萧的哈哈一笑道：'兄弟，你说错了，一个小孩子，谁一定想把他干掉，不过干咱们这一行的，讲的是一狠百狠，铲草除根。既是兄弟你爱他，就是这个孩子来头不小，该着他五行有救，把他放了吧。但是一节，饶他活命则可，打算把他收下可不成，养仇如养虎，虎大定伤人，虽不把他放在心上，究属也是一个疙瘩。这么办，咱给他上下捻子，然后把他一放，是死是活，看他命大命小，我们也就不用管他了，反正当时是饶了他的小命一条，谁让兄弟你爱他呢，总是这个孩子祖上有德。'

　　"说着从身上拿出一个小瓶儿，倒出一点儿药面儿，托在手里，冲着小孩儿一阵地笑道：'孩子，你记住了，我姓萧，是徐州府庆阳山县的住家，我叫九头乌鸦萧大龙，杀你全家满门的，就是你的萧爷爷一个人。这位救活你命的，他叫小泥鳅祝泗，你记住了，你要是活到大的话，将来你要恩报恩，仇报仇，恩怨分明，才是好小子。今天你遇见了贵人，得逃一条命去吧！'

"说到去字这里，噗的一口气，把手上托的药面儿，完全吹在小孩儿鼻子里，当时小孩儿阿嚏一声，两眼发直，灵性全迷。小泥鳅祝泗，方一诧异，忽听前边长哨儿一声，知道是在齐了，他掷下小孩儿拉了萧大龙慌忙去了。就在他们走出不到十丈远近，从小孩儿身后转出一位慈眉善眼，苦口婆心的老尼，正是比丘元素，口里念着：'善哉，善哉！一步来迟，积怨未能解，可怕！可怕！'

"说完这两句，一领小孩儿胳膊，就到了这座庙里。一看小孩儿昏迷不醒，知道受的是下五门的毒药'离魂散'所致，便亲自配了几味解药，每天灌治，经过两个多月，才慢慢明白过来。一问他姓名，居然还能说得挺利落，姓江，还没有学名儿，只有小名儿叫福官，当时自己父母被杀，全家遭难，全都记得很清，就是不知道自己怎么会来到此地了。经元素一说，小孩儿福至心灵，跪倒了就磕头，嘴里直叫师父。元素点头暗叹叫道：'福官儿，按说我是出家人，不应收你一个俗家孩子为徒弟，第一你年纪太小，又没有三亲六姑可投；二则你全家大仇，我知之最详，佛家最重因果，强盗抢钱抢米，还可以说是生计逼的，如果持械伤人，就无情可原了。念你一家死非其罪，我暂时把你留下，教给你一点儿武学，到了时候，再给你请上几位师父，帮你把仇报了，也就是了，现在你就算我的徒弟吧。'

"当时就把小孩儿收下，并且给他起了一个名字叫江擒龙，暗示父母仇人的姓氏在内。这孩子在庙里已经六年，能为武艺，虽不能说太高，普通的把式匠，三个五个，到了手里，绝算不了回事。这就是这个小孩儿来历。"

赵南向意珠说完，意珠不由点头暗羡，自己到了什么年月，才能学会功夫，也把从前倾害自己的那些万恶之辈，刀刀斩净，剑剑杀绝，才可以出一口胸头积气。方一寻思，忽听赵南笑道："这个还是没有办法，谁叫人家先进的门呢，意珠，你见见你这位小师兄。"

意珠一听毫不怠慢，走过去恭而敬之福了一福，叫了一声"师兄"，江擒龙把头点了点说："不客气，一边坐下吧。"

赵南一看他这老气横秋的样儿，不由大笑起来。手一摸胸口，忽然想起一件事来，便笑向江擒龙说："小师兄，你先别臭美，我这里有点儿小事，我们跑一次，去送一个信儿，可肯给辛苦？"

江擒龙说道："上哪儿去？我不认识的道儿，我去不了，你说什么地方？"

赵南遂把方才的一切经过，说到末了伤了宋生儿，没有说明，想怕连累了好人，托他送个信儿，小孩儿一听，满脸是笑道："行，行，我去，我去。"说着就要往外走，赵南一把把他拉住道："你上什么地方去你知道吗？"

小孩儿一摇头，赵南道："还是呀！你先别忙，听我跟你说完了"。又说到宋生儿死，锡禄必要报官，还好迎着头儿，给他送个信去。

小孩儿道："行啦，行啦，你等一等。"说完转身走去，不大工夫，掌了根红纸旗子，来到面前向赵南道："师叔，你有什么话，你就写在这个上头吧，准保能送到就是了。"

赵南微然一笑道："怎么着，咱们真要闯闯这个外号'小红旗'吗？"笑着点头，找笔蘸墨，写了那么几句，交给小孩儿，说声小心。小孩儿一乐，方拿着往外跑，不想从外面跑进来一个人，迎面碰上。只听江擒龙哎呀一声，已被来人轻轻举起。意珠不认识来人，不由得吓了一跳，回头一看赵南，却听赵南早已喊了出来："饶师兄，你老人家来得正好，快把福官儿放下，我还有事求你老人家呢。"

来人哈哈一笑道："这么一说，我倒是来早了不如来巧了，来得正是时候，对不起，我今天也还有正经事，没有工夫帮着屠户去干杀人的勾当呢。"说着已把江擒龙放下，意珠才看得明白，来人原来是个老头子，穿着打扮，活像一个老管家模样，意珠心说真是他们这一行的，什么样人都有，听自己师父都管他叫师兄，不用说又是什么侠客之流。偏是这样一种打扮，走在街上，我要不拿他当作谁家的听差才怪呢。

才在寻思，却听赵南道："我这件事并不是什么要紧，只是师兄一举手之劳就可以把事办了，无论多忙，也得助我一臂之力，来，来，来，我先给你们爷儿俩引见一下吧。"说着向意珠一招手道："意珠，你来见过，这也是你的师伯，在我们这一道里有名的闪电迦蓝饶万吉饶师伯。"

意珠赶紧过去跪倒磕头。

饶万吉哈哈一笑道："五屠户大开山门，又收了一个小屠户，太好，太好，只不知你这位师父又给人改了本姓没有。起来，磕头也是白磕，我这个穷师伯可没有什么见面礼儿。"说得意珠简直摸不着一点儿头脑。

赵南却笑道："谁稀罕你老人家什么见面礼儿，就求你以后多多照应他们一点儿，他们就够了。这个孩子，也是苦孩子。"遂把意珠出身经过细说了一遍，又说："她虽也是我的徒弟，却跟福官儿不一样。福官儿所以改姓的原因，一则因为他父母之仇未报，仇人未死，难免后来遇上，说出实姓，也许为仇人所忌，受到伤害。二则改陆为江，正是表示他父母死在水里，可以给他提醒儿，一天大仇不报，一天不准复姓，也就是给他一种惊奇。这个徒弟跟他全不同，为什么也要改姓？师兄总喜开心，却不管是怎么回事，真是……"

才说到这里，饶万吉一笑道："算我说错了，罚我去当差好不好？"

一句话说得赵南也笑了道："既是这样，就将罪折功吧。"又把方才如何叫江擒龙二次送信的事一说。

94

饶万吉道："这孩子太好了，叫他去吧，又用我做什么呢？"

赵南道："福官儿虽然机灵，究竟年纪太小，你老人家既是来了，少不得就要麻烦你老人家一次。你老人家跟在他后头，看他把事做完了，就算没你老人家什么事。这件事并不要紧，你老人家就辛苦一趟吧。"

饶万吉道："行，行，谁叫我赶上了呢，应当我去保驾，自是义不容辞。不过有一节，你派我的事，我可以答应，我要有事，你也不要耍赖才好。"说着一拉擒龙道："这么大的岁数，还有这样的兴致，真是不易。"

比丘元素也一笑道："你机灵了半辈子，今天可上了他的当了！"

赵南道："这话怎么讲？"

元素道："他今天来得慌慌张张，一定是有什么急事，来找我商量，原不好意思就说出来，偏是你给了他这个台阶儿，你等着吧，一会儿回来，准会有事就是了。"

赵南道："他找我们也不会有什么别的事，大概还是为了他那宝贝兄弟的事，真要是为了那个，我才懒得管呢，等他回来，听听再说吧。"

彼此又说了几句闲话，工夫不大，饶万吉拉了福官儿已然笑容满面地从外头跑了进来。赵南向擒龙道："福官儿，怎么样？信已然送过去了吗？"

擒龙一点头道："送过去了，我外送了他们一把刀。"

赵南一瞪眼道："小孩子就是不听话爱多事，谁叫你动什么刀啦枪啦，你要伤人该怎么办？"

擒龙一听，也不敢再说了，饶万吉却一笑道："真不愧你叫女屠户，过河就拆桥，干脆跟你说，你求我的事，我已然办了，你不用打算借着说孩子，把我的事借过去。不过我先问你一句，现在你的胆子跟从前是不是还一样？"

赵南道："这话我不明白。"

饶万吉道："这话没有什么难懂，就是我找你这件事，不亚如上刀山下油锅，简直就是龙潭虎穴，不去是便宜，去的时候，我虽想到你从前那种风火劲儿，确实不让小伙子，不过又想到你这几年名成业就，又因从前结仇太多，躲还躲不及，未便还有从前刚强劲儿。本打算另约旁人，又恐你得了便宜卖乖，所以才来找你。不过是跟你说声儿，去不去都不要紧，因为这是拼命的行当儿，不便往里头拽好朋友，只求你不要事情过了，又关上门说大话也就是了。"

饶万吉话没说完，赵南早已喊起来道："你老人家先不用把我看成一钱不值，有什么话，只管说出来。我还别无长处，胆子倒虽不至于那么小，就是不怕死，只要你老人家敢去，姓赵的总奉陪就是了。"

元素在旁扑哧一笑，赵南也明白过来了，才说了一句上当，饶万吉早一笑道："女屠户，你也是侠义门徒，可不能说了不算呀！"

赵南也笑道："我就不佩服你老人家还是大师兄呢，干什么就不讲光明正大，总免不了欺骗人，我既是上当了，无论刀山油锅，我也不怕，你老人家就痛痛快快说出对点子是谁吧。"

饶万吉道："你既是答应了，我跟你说吧，既不是刀山，也不是油锅。不过这件事，都是非你不可。"还缕缕滔滔地说这件事，只听屋里这几个人，一阵笑，一阵骂，一阵咬牙，一阵怒目，一阵叹息，一阵悲痛，因为不是三言五语能叙清，只好暂时请他们几位歇息歇息。

另把笔锋儿一转，说说这件事的从头至尾，以清眉目。在河南洛阳城，开公巷里住着一位饱学宿儒，姓鲁，名琦，号叫小珊，老伴儿邹氏，膝下只有一个男孩儿，学名大器。鲁琦博览群书，精研典籍，诸子百宗，无所不读，三坟文艺，无所不习，诗词歌赋，金石篆刻，无一不精，当时念书的讲学的，提鲁小珊，真是大名鼎鼎。

无如文章虽好，功名却是无分，年过半百，还没有进过学。好在性情疏旷，知道文人不入时，并不怨天尤人，以科名为念。每日除去找几个老友谈风说月、下棋赋诗以外，只是在家里教教大器，讲书论文，倒也颇有清福。

大器长到十八岁，一表人才，实不亚如玉树临风，清渠出水，谈诗风雅，性质温和。老夫妻固是疼爱，就是亲友见了，也莫不交口称赞。于是前来做媒说亲的，那是踢破了门槛，扶碎了门框。鲁老爱子心切，自不能不加意选择。选来选去，选中了也是本城一家念书门第的小姐，老人家早已过世，只剩下老太太郑氏，带着这位小姐韦瑛过日子。

小姐不但相貌长得很美，而且文学女红，并有优良，还有样特别，就是这位小姐，生下来的第三天，便有一个老尼姑登门化缘，家人施以钱米，她是完全不要，问她意思打算怎么样，她才说起，听说府上生了一位千金，和她有缘，特此来登门求一见。家人往里一回。那时韦瑛的父亲韦建还没有下世，念书的人，向不信什么三姑六婆，这些邪魔外祟，当时便一口拒绝，不让见面。偏是郑氏迷信神佛，一听是个尼僧，以为也许有些道理，便和韦建商量，无妨让她一见，也听听她说些什么。

韦建跟郑氏半辈夫妻，素即敬爱，向未争吵过一言半语，况且又在月子里，更是不忍深加拦挡，便叫家人把老尼姑请了进来。才一照面，韦建不由便大加惊异，原来这个老尼，实在深出自己逆料。那老尼不但是慈祥和蔼，而且是相貌清癯，两只眼睛，又亮又圆，又有精神。衣裳穿得非常朴素，却是只见一片庄严，并不觉得丝毫寒酸之态，便知老尼来路不凡绝非常流。登时把已往厌恶姑婆一层心思，丢得一干二净，上前深深一揖道："老比丘这是从什么地方来到此地？又怎肯光临舍下，真是镇铍不祥，慈悲之至！"

老尼一笑道："贫僧大可，是浙江佛肚山神心寺静慈师太门下，今日此来，正是奉了家师，到此来结一点儿善缘。只因家师擅演先天之教，得知今日府上获一千金，与鄙寺略有瓜葛，特命小僧趋赴尊府。所为趁她先天灵性未迷，前生善果未忘，先将她灵性保住，

97

不要叫她忘了本来，这便是小僧前来搅扰的地方。不知檀越可肯使千金赐予小僧一观吗？"

韦建一见老尼丰采，早已心折，如今又听她说得委婉动听，更是无可无不可，便满面带笑道："岂敢，岂敢，为了这么小女孩子，反而劳动大师千里奔波，实在过意不去，既说与小女前缘未了，自是小女尚有仙福，寒家大小，说不定将来都会受着她的好处，哪有不使大师一见之理。不过这个孩子，生才三日，抱出抱进，既多不便，要是劳动老比丘的仙驾，又恐怕产房之中，多有不洁，于大驾有所不便，这一节还求大师自裁，弟子无不遵命。"

大可师太一听韦建又是比丘，又是大师，又是仙驾，嘴里说了一片，唯知道他是真诚高兴才会这样，不由得也笑了一笑，向韦建道："檀越这话说得不对了，产房之中，是孕麟育凤的所在，自古仙佛圣贤，谁不是由造化所生？出家人岂能便自忘本，檀越所说，只是那些骗些酒食的游方弟子，方才有此一说，小僧对于这一点，倒是不理会，只问檀越如何方便如何办理好了。"

韦建一听，自是大喜，便同了大可两个，一同走进产房，郑氏一看老尼，也是诧异，看着非常面熟，好像是在什么地方见过，倒又想她不起，方在一怔，大可早已一笑就座，闭目盘腿，嘴里不住叨念。大概有一杯茶的工夫，这才把眼睛睁开，走向床前。初生三日的小孩儿，一见大可走近，便如素识一般，乌黑的两只眼睛，不住乱转，两只小手儿也一挣一挣，打算脱出包裹，挣扎不起，便哇的一声哭了。大可一见，把头乱点道："果然，果然，师父所说一点儿不差，依然还是从前那种神儿，不过师父一则怕你肯昧前因，忘了本来，二则盼你记着前错，不要再踏覆前辙，因为这次的接引，师父就费了很大精力了。师父本想自己前来，只因正在练习诛魔心法，实在没有工夫，才差我来此。今天我暂时闭住你的性门以全天都，俟候到了日子，我自会前来接你。"

说话的时候，脸上笑容全敛，把只手不住在小孩儿脑门儿摸擦。

98

说完了话，只见她把手向上一提，跟着一按，小儿哭声骤止，张着一张小嘴笑得简直要出声儿，大可微微一笑道："何易哭，何易笑，数十年事瞎胡闹，莫躁，莫躁，前因后果快掷掉！"

她一念完，小孩儿哭笑全止，闭眼睡去，韦建和郑氏方觉可怪，只听大可一声笑道："小尼奉命行事，贤夫妇果然德泽深厚，令千金福泽正长，容再相见吧！"

说完这话，身子一晃，仿佛起了一阵微风，再看老尼，踪迹不见，韦建跟郑氏虽是不免惊异，却知自己女儿确不同凡人，心里也觉高兴，从此积心扶养，又加了一层爱护。可怪韦瑛虽是长得那样聪明，办起事来，说起话来，总带有几分傻气。在三岁至五岁，就会笑，什么也不懂。五岁到七岁，还是这个样儿，韦建不由有点儿着急，别的不说，怎么单养活一个傻姑娘呢？这可是麻烦，找了几位当代名医，到家诊视据说六脉正常，一点儿病也没有。韦建又托人求偏方儿找炉药，无论如何，总是无效，一直到了韦瑛九岁那一年，韦建夫妇也觉得有点儿腻了，只好是听其自然，不再医看。

这一天，天气微雪，十分寒冷，韦建烧了一个炭火盆，跟郑氏搬了两个小机凳坐着，所为是取暖，正在夫妻谈话，只见韦瑛蹦蹦跳跳而来，一眼看见火盆，十分高兴，往前一抢，把炭盆上铁丝罩子推了下去，跟着人便往盆里一跳。因为她来势太猛，韦建夫妇，真没想起来她会有这么一手儿，一看她往里头蹦，就知道不好，可是来不及了，一盆的火炭，烧在衣裳上，焉有不着之理。呼的一下子，这把火就起来了。郑氏哎呀一声，从盆里往外就拽，虽然拽了出来，连郑氏身上都着了。

韦建招呼家人抢救，算是把火扑灭，没成火灾，可是韦瑛的腰腿，全被烧伤很重，连郑氏也受了一点儿伤。韦建只好找大夫看吧，谁知韦瑛，虽说烧伤腰腿，她也不喊烫，也不喊疼，依然张着嘴像先前那样傻笑。

韦建看着更是难受，给她上好了药，她也不知道，碰她一下，

99

她也不理会，上去的药，丝毫效力没有，伤势越来越大，一直十一天，什么也不吃，什么也不喝。有时候笑一笑，有时候便昏沉睡去，有时候就说："我要走了！"说完一闭眼，便又睡去，一息奄奄，眼看垂毙了，韦建心里自然难受，郑氏早已哭得死去活来。

韦建虽说平时对于这个傻姑娘爱惜得不十分厉害，但是天下的父母，对于自己的儿女，总会特别体谅而加以十分的爱护，因此韦瑛一天比一天透出脑子不清楚，韦建却仍然请医生找偏方给她治病，总希望她一下子就能好转过来。万也没想到病是越来越重，末了儿会闹得这个样子，心里自是着急，但比郑氏却是镇静得多。这时只觉寒风一闪，说着不信，就在自己面前，凭空多添出一个人来，凝神一看，正是从前那个老尼。一看她来得这种神速，益发知道她不是普通尼僧，便赶紧深深一揖道："不知仙驾惠然肯来，也没有虔诚迎接，实在有罪，还望老比丘多多海谅！"

神尼大可一笑道："檀越总是这样客气，贫僧和令千金别有缘法，这次前来，正是前来接引……"一句话没说完，郑氏便呜的一声哭了起来，韦建忙问所以，郑氏一边抽噎一边说道："你没有听见老师父说要来接引她吗？万没想到一辈子就是这么一个大孩子也养不住，真是哪一辈子把事做错了！"说完了又哭。

大可一笑道："原来如此，这是施主把话听急了。这位小姐，她还有许多前因后果未清，如何便会化去，这一节施主倒不必如此设想，贫僧和你们二位一谈就可以知道了。"

郑氏一听，才知道韦瑛所谓接引，并不是去西天正路，才略放宽心，便跟着眼看着神尼听她说。

大可道："你们可还记得在你们这位小姐降生时候，贫僧来的那一次吗？贫僧便是奉了家师之命特为而来，皆因家师以元女修真，潜通造化，能晓过去未来。令千金前生原是家师弟子，只因她生性太刚，疾恶如仇，年纪不到三十，已然杀人无数。虽说那些被杀的人罪有应得，究属也违天和，家师和同门姐妹，也曾再三劝告，无如她禀赋难移，依然是恩仇必报，太已分明，终于被一伙强敌的后辈，联合一起，又约了几个能手，围攻了她一天一夜。家师明知她被困的地方，却因天数难违，并不派人往救。直到她临死的时候，才派了掌门师兄赶到，只护住她的尸体，没有被仇人全给毁掉，她却不免一死，终于尸解。

"又经家师推测，她已投生到府上，恐她昧了前因，又结恶果，所以在三朝那天，便派我来把她灵根凤慧一概迷住。前几天忽然家师又对我说，令千金现在已然到了脱难复原之日，特命我再来一次。我因不愿惊动俗人，所以才从后边悄悄进来，果然家师所见不差，令爱确实正在难中。只是一节，要跟你们二位说个明白，那时贫僧一伸手，万事大吉，倘若不肯答应，虽说当时可以免去灾难，将来恐怕还是难免，这一节总是说在前边的好。"

郑氏这时早已心急，听到大可能够有法，她是早已心急，便向大可道："老菩萨，你老人家只要把这个小孩子救转过来，除去是不叫她死，无论什么事我都可以答应，就求你老人家可怜可怜我们老夫妇吧！"

韦建一看郑氏急得这个样子，心里虽是赞叹，不过他却明白，韦瑛这个孩子，不是普通的儿女，绝不能长期养在家里。如今一看这种神气，以及大可说话的调儿，益发知道不好，便强自镇抑道："老比丘，你有什么话，只管说出来好了。"

大可也一笑道："既是二位施主，都这样看得开，这件事就好办了，其实说出来，也没有什么，就是令千金命岂太硬，不宜家居，只有出家一法，始可无病长生。"

神尼大可一说这个话，韦建还没有怎么样，郑氏早一行鼻两行泪地哭了出来，大可一见，不由暗自点头，微微笑了一声道："施主，你先不要哭，这件事并不是一定，若要当时把你们这位小姐消除灾难，自是叫她即刻跟我出家的好。如果你们是顾念儿女私情，不肯叫她当时跟我就走，也不过使她多受些磨难而已。反正无论如何，她也会全真皈依，绝不会昧堕落。到了这个时候，也不过是特来术道，但能使她早归清门，免受尘劫。也是从前同行一场义气，希望她能如此。

"谁知人力究难胜天，总是她前孽过重所致，其实贫僧一定要引渡她时，并非难事，只是背天而行，对她非但无益，而且有损，反而违了初意。佛门虽广，只讲随缘二字，机缘不到，便是她磨难未满。

"二老既是如此爱惜她，也是一个缘字驱使，那是强拗不来的。在这两难之间，贫僧倒有一个双全的办法，不过也要施主裁夺之后，才可以办，只不知二位檀越意下如何？"

郑氏这个时候，哭得成了泪人儿，大可说了半天，一共连一句她也没有听进去，倒是韦建文深识广，老尼一边说，他是一边听，对于因缘二字，心里十分明白，但一时却也舍不得把一个娇小玲珑、平常爱如珍宝一般的女儿，轻易便送入空门。心里方在委决不了，忽听大可说出两全办法，心神为之一振，便赶紧一笑道："老比丘所谈，甚是透彻，在下也深明此意，不拙夫妇两个，平生只此一女，在人情上，未免多有顾惜。既是老比丘能有两全办法，在下极所愿闻，只要不叫她立刻走，彼此便有商量，愿听老比丘高论。"

大可道："此番奉命前来，原是想把令爱早引到门下，以免多受折磨，如今既是她的前孽过重，自不便强违天命。但是家师既所命，似乎也不应违背，所以在这情法两尽之中，贫僧却想得个法子在此。

"第一令爱现在所有的病状，并非真病，只要贫僧一举手之间，她便会霍然痊愈，还你一个玲珑剔透的宝贝。不过若她恢复灵性之后，不要拘于世俗之见，为她剪耳缠足，最要紧的一件事，就是无论如何有什么人前来提起亲事，千万不可答应，因为她不是坠寰中人，不该再受这些魔障。如果不听，恐怕是在她花烛之夜，就是府上大祸临头之时。到了那个时候，不但害了她，也害了自己，连带贫僧也要多受师父责备。这一点儿事，不知檀越可能心口如一

102

不能?"

韦建一听,并不是什么难题,便一口答应。大可又看了韦建一眼,只把头点了两点,不再往下说什么,过去把韦瑛拉了过来道:"师妹,师妹,只因你前孽太重,虽有师父再三卫护,恐怕人力终难胜天,如今复你灵性,除去孝养二老,待修天年,静候我来接你之外,一切还要自加小心,免致再坠色相,辜负师父厚意,谨记!谨记!不要忘了才好!"

说着用手抚摩韦瑛天灵盖,抚摩了几转,忽地就是一掌,韦瑛浑身一抖,一个冷战,忽然眼神一转,不奔自己,却向大可怀里一扑道:"师兄,你是怎样答应我的,为什么迟到今天才来?"

大可一笑道:"师妹,你只为一念贪嗔,才坠恶业,轮回未毕,怎么还是如此景象?无怪师父说的孽缘过重,不易摆脱。你要知道,既种前因,定有后果,现在你已身履人世,最好还是养光韬晦,免炫世界,静待时机一到,师父自会前来接引。第一你要想到现在有生你的爹娘的养育之恩,岂可不报?你且等完了这层公案,就是师父不来,到时我也会来找你,此时切不可随便谈起,决然一走,实在不重人情,反增恶孽。师妹,你暂时忍耐一些吧。"

韦瑛点点头道:"我都知道,不过师兄你不要骗我,并且师父面前,多给我说上几句好话,就说我现在已然深知后悔,就求师父不要看我堕落,早来接我。"

大可点头,又从身上拿下一个锦盒,递给韦瑛道:"这里头是你从前得用的东西,只有两件你心爱的东西,师父怕你再造恶因,已经收回,等将来环满,再行还你。方才说的话,你要牢牢记住,到时我必来接你,再见吧!"说完这句话又向韦建一笑道:"令爱原异常人,诸事须听贫僧所嘱,免生意外,再会吧!"大袍一展,一阵寒风,竟自踪迹不见。

本来大可跟韦瑛一阵谈话,韦建就觉得诧异,因为知道是个孩子,平常连个数目都不懂,如何能够听进这些话去?及至看见韦瑛往大可身上一扑，说出那一套话，竟是明明白白，全无一些傻意，才知老尼不是凡人，自己女儿也非常流，方一惊疑，大可袍袖一展，又复影子不见，便当作遇了真仙，急忙一拉郑氏，夫妻两个，往地下一跪，口里连声喊起："阿弥陀佛！"其实哪里还能找着一点儿影子。

夫妻两个，虽然当时没有得着神仙赏赐和好处，但是一个多年引以为病的傻女儿，忽然经老尼一掌竟会完全不治而愈，变了一个千伶百俐的大姑娘，这一喜也就实非小可。除去立了大可的牌位，供着清香素水，晨昏三叩首，早晚一炉香之外，对于斋僧布道之事，绝能办到众善奉行的地步。

至于韦瑛自从大可去后，把从前的傻气改得一点儿都没有了，机灵得真是连一根眉毛也是灵的。无论什么事，是一看就能明白；无论什么话，是一说就能清楚。承欢色笑之余，还能帮同料理家务井井有条，韦建夫妇自是欢喜。

不过在欢喜之中，又隐着一层愁烦，就是因为这个姑娘，生有许多怪异，老尼大可所说之话，总不免存在心里，时时发生嘀咕。但是一晃十年的工夫，韦瑛不但没有闹出其他的事故由儿，连老尼大可始终也没有再来一次。

这时韦瑛出落得真跟一朵鲜花儿相似，老夫妇越看越爱，但是韦建由爱中又犯了一种心事，便是韦瑛年已长成，婚姻大事，也该提了。不过韦建却因当年老尼所说，韦瑛绝不是一个普通的女孩子，谁要给她一提人家，谈起婚姻之事，难免不又找出旁的麻烦，因此还有些犹疑不决。

轮到郑氏跟韦建意见，就大不一样了，她以为一个姑娘家如果老是这么搁着，将来不免再出毛病，反不如及早找个人家，把她一嫁。虽说出了家门儿，总还有日子可以常常见面儿，就是老尼再来，做神仙的也没有拆散人家好好夫妻，硬要叫人家出家的。

有此一想，便把口风儿吐了出去。韦家在当地本是大户，韦瑛生有异样，以及冰雪聪明，又早由家人传了出去，不过有许多人家，不敢冒冒失失来提亲事，恐怕是白碰钉子，闹得没有面儿。如今一听有了口风儿，便疯狂了当地自命可以够得上攀龙附凤的大户，你也托张来提，我也求姓李的来说，真是一家女儿百家求，忙坏了婆子两条细腿。不是王千顷，就是赵百万，不是甄中堂的少爷，就是贾总督的儿子。一天到晚，关不上大门，这一来把那个郑氏忙了个寝食不安，听听这家也好，那家也不错，反倒弄得一点儿准主意都没有了。

还是韦建看老伴儿为难，出几个主意，告诉她自己这个姑娘，虽也十月怀胎，不跟普通一样，当然父母可以做主，可也不能委屈了她，最好是跟她自己把话说明，她愿意办就办，她乐意谁就是谁，那样既比较好一点儿，又可以省去自己许多麻烦。

郑氏一时不得主意，想着也就是这样还可以省点儿事，便把韦瑛找到向她一说，谁知韦瑛毫不羞涩地道："既是爸爸跟妈妈愿意办这件事，我是怎样都行，只要你二位看着好就好，反正都是一样的，叫我怎么走我就怎么走，本来早晚也要走的。"

郑氏先还怕自己一张嘴，韦瑛一哭一闹下不来台，万没想到这样大方不拘，实在出乎自己意料之外，至于韦瑛说的话是什么意思，也就完全没想。不过稍微觉得有点儿可怪，就是跟她为人不同，反以为儿女大了，这是常情，便也没有放在心上。

偏是这一年，正值瘟疫流行，韦建由于偶感风邪，医治不当，虚症变成实症，再请得明医来诊，已成不治之症。临危之时，只对郑氏说出瑛儿亲事四个字，底下便再说不出话来，口眼一闭，竟自身归那世去了。在这穿孝之中虽然也有人来提亲事，总以孝服未满推辞去了。

一晃过了三年，韦瑛已然长成，那时盛行早婚，仿佛是一过年龄，对于儿女便像有了什么亏欠一样。郑氏当然也不能例外，只是为了韦建临死前那四个字，也明白是韦建告诉自己，对于韦瑛亲事要特别留神选择。所以在媒人来的时候，郑氏总是再三斟问一个底儿掉。

其实一个做媒人的，不外是受了人家的托付，前来保亲，当然都是有枝添叶，尽量往里头说，究竟男家怎样女家怎样，她也不过是略有所谓，并不十分清楚。遇见郑氏这么一刨根问底，自不免张口结舌，扫兴而去。虽然媒婆子不断三起五起地来，而实际上却是一个成功的也没有。

这一天郑氏正在屋里跟韦瑛闲谈，忽然走进一个本家的嫂子。因为她身体过胖，大家都称她胖二奶奶。一见郑氏双手一福，连称大喜。郑氏一笑道："胖二嫂，什么事这么大喜呀？"

胖二嫂也一笑道："还有什么事呢？就是咱们大姑娘的喜事呢！"

郑氏道："算了吧！提起来我都烦了，根儿也不清楚，底儿也不明白，一进门说得天花乱坠，等到仔细一问，就说什么不是什么了，你这又是受了谁的托付来的呢？"

胖二嫂哟了一声道："怎么你拿我也当了媒人了？我是谁？孩子是谁？不闹清楚了，我能来吗？这门亲事据我看可是给得过儿，真是人有人才，文有文才，家有家财……"

郑氏笑着道："得了，得了，你从什么地方练的，真比媒人说得还溜爽呢，说了半天，倒是谁家呀？"

胖二嫂道："这一家提出来，你是准能愿意，不过怎样谢谢媒人哪？"

郑氏道："你也不害羞，为了给自己侄女提亲，还要讲什么谢候，真是比媒人还狠。你先说出来，果然不错，当然要加倍谢候大娘。要是不实不尽，对不起可叫你侄女把你推出去，再不准登门儿。"

胖二嫂道："你再说厉害一点儿，当媒人的有充军罪没有啊？别打哈哈，说正经的吧。提起这家儿，大概你也有个认识，也就是咱们本城里头开公庵鲁小珊的少爷鲁大器。老夫妻两个，并没有三男二女，就是这一位少爷，不但相貌好，而且脾气好，学问更好。论家世可以说是书香门第，论产业可以说富厚人家，本人比姑娘才大两岁，过门去，不愁吃，不愁喝，准能茶来张手，饭来张口。结亲以后，过个一年半载，姑老爷一得功名，姑奶奶一添外孙子，要据我看，可是再好没有，只不知你以为如何？"

郑氏听了点点头道："哦！原来提的是鲁家，这事我倒是知道，从前和瑛儿他爸爸在一起还作过诗的，就是那位鲁老太爷，这家人倒是不错，不过我要问问你，那位鲁老太太脾气怎么样啊？"

胖二嫂道："那可太好了，人家都称她女菩萨，你想好不好？这一层你可以放心，如果将来受了一点儿委屈，你唯我是问，你看好不好？"

郑氏先道了谢，然后托她打听打听，又在外头找人合了八字，不冲不克，这才放了心，择了个日子，鲁家来放了定。又过了半年，定日完娶。郑氏就是这一个姑娘，当然是陪奁丰富，应有尽有，很费了一番心思。

这一天到了吉日，花轿到门，胖二嫂带着把韦瑛抱进轿内，轿夫抬着一走，郑氏又是难受，又是可怪，难受的自己就是这么一个姑娘，从此一嫁，虽说尚能常常见面，总算人家的人，不如有个儿子好。可怪的是韦瑛，自提亲到上轿，连一个眼泪珠也没掉。以平常这个孩子说，天性是那样厚，如何能够这次会这样安稳？心里虽然有点儿不放心，可是能够这样平平安安上轿去了，倒也省了一件心事。心里难过了一会儿，也就放下，自去预备什么接回门那一些礼节不提。

再说轿子到了鲁家之后，那边人情很多，来的客人不少，很是特别热闹，什么入洞房，拜天地，吃子孙饽饽，挑长寿面，这一切繁文细节，因为底下便要演入正文，没有工夫细去铺排，只好是略而不详了。

到了晚上宾客都已散去，屋里只剩了鲁大器跟韦瑛两个。鲁大器对于韦瑛，虽是久已闻名，知道是人才出众，相貌超群，并且诗词文赋，样样精通，心里自是高兴。不过那个年月，不管男女，都是脸皮子薄，虽说明知夫妇，终有一点儿羞臊之意。

两个人坐在屋里，对坐了一会儿，一句话都没有。听了听外头已然交了二更，鲁大器正想如何想出一句什么话先找个头儿，好往下去说，谁知自己还没得开口，韦瑛早已站了起来，微微一笑。这时候屋里高烧红烛，十分明亮，两个人彼此坐得又都不远，鲁大器借着烛光，一看韦瑛，长身玉立，明眸皓齿，真如出水芙蓉含苞菡萏一样，真有叫人目迷五色心醉神怡的意思。又见她这一笑，暗含无穷温柔，不由心里动了一动，方在一怔，却听韦瑛说道："相公，今天一天累劳，我想你一定很劳乏了吧。我今天有几句话，要跟相公讲一讲，不知相公肯得一听吗？"

鲁大器一听连连点头道："小姐有话只管请讲，我愿洗耳静听。"

韦瑛道："如此我便饶舌了。想今天是大喜的日子，本当陪侍相公，共效于飞，以报堂上养育之意，不过这件事情，我却万万不能。相公可要听明白了，我并不是对于相公有什么不满，也不是对于这件事有什么不愿，其中却有一点儿难言之隐，这件事我可以这样说，今天是嫁到相公家里，我还可以完成这个礼节，如果换了别人，恐怕连今天这种形式都不能有。

"我虽是个姑娘，我也明白从父从夫，方才已经说过，里头另有隐情，第一我不是一个普通女人，这句话并不是怪力乱神，我家生我以来，将来定能知道。第二我还有许多大事未办，如果一谈燕之私，恐怕误了我的前程，彼此都有不便。如果相公肯其原谅我这番意思，我们无妨借作名头夫妻，等到时机一到，我还另有去处，至于为了延宗接嗣，乃是人生大事，相公只管另置姬妾，我是绝不阻拦。至于我为的是什么，希望相公暂时别问，久后自知，只不知相公肯得答应吗？"

鲁大器一听，如同兜头泼下一盆凉水相似，怔了一怔，猛然灵机一动，他本是学问渊博的人，不难遇事会悟，心里想着这位小姐也许是试探自己到底是个什么人物，才说出这样话来，这倒不可叫她看轻了，便也微然一笑道："小姐既是这样说，我一切依你就是，但是在外表上不要叫堂上看出神色，以免老人伤心了才好。"

韦瑛还没想到这么容易，一听大喜，便也笑了一笑道："既是相公这样说，那就好了，天气不早，我们也可以安歇了。"说完一笑，脱去了新娘的装束，露出一身贴身的袄裤，走到床边，脱去弓鞋，一倒身便向里床躺下。鲁大器便也脱去长衣，才往床边一走，猛听后墙边咻咻声音，不由一怔，还怕韦瑛害怕，假装不知道，坐在床上，瞪眼发怔，却听韦瑛一笑道："这个屋子怎么会有耗子呀？这可不行，回头再把东西咬坏了，我得看看。"

说着一挺身从床里走了出来，蹬上了鞋，走到地下，扒着鲁大器耳朵边上轻轻说了一声："你不要言语，你就看着我的就行了。"说完往前一摆步，噗的一口，就把一对红烛全都吹灭。

鲁大器吓了一跳，用手一揪韦瑛道："你干什么起来？又干什么把灯吹灭了？这是什么意思？"

韦瑛用手一推低声儿道："你坐在这边，不要言语外头来了贼了。"

这一句话不要紧，把一个鲁大器可给吓坏了，爽得一把揪住韦瑛道："什么？外头来了什么人？你是一个女人，我又一点儿力气没有，如果是个歹人闯进来，那可怎么好？你拦我，我也要拦你，还是我去告诉家里人一声儿，到外边看一看，如果不是好人，把他们惊动走了也就完了，总之无论如何，就是我们两个人总不是一个办法。"

鲁大器唠叨不完，这时候墙上的响声，比先更大了，韦瑛知道多说无益，便爽得把大器一推，推到床边，往下一按道："你不要多管，也不要多出一点儿声音，什么事都有我呢。你要一乱嚷，说不定今天晚上就许多出几条人命，你只听我的，保你能够平安无事就是。"

　　说完也不再多说，便奔那墙犄角，恰好放着小立柜，韦瑛过去，先把立柜，轻轻挪开，然后一腾身便坐在立柜上面。屋里虽没有灯，因为是办喜事，院子里灯烛未灭，照着屋里还有一点儿亮光，鲁大器看得很是清楚，心口不住怦怦乱蹦，头热身烧，手脚发凉，真是说不出这股子滋味来。有心喊嚷，又怕真个闹出什么事来，不喊又怕韦瑛出点儿差错，瞪着两只大眼，一上一下看看柜上的韦瑛，看看柜下的墙角，也就是一碗茶的工夫，果然墙上哗的一声，掉下一片泥皮，从外头便露进一点儿光来。

　　鲁大器一颗心差不离要从嗓子眼儿里蹦了出来，心里不住纳闷儿，怎么她会一听见声音，就知道是外头有人？幸亏这事出在今天，有她听见，这要搁在平时，神不知鬼不觉，这一家人岂不都遭了暗算？但是……他才想到这里，眼睛并没离开那个墙洞。猛见从洞里钻进一个人头，可是柜上的韦瑛，却还是一动没动。正在着急，洞里那个人头又出去了，如是一进一出闹了三四回，心说这是什么玩意儿。猛见这回人头退出之后，又钻进来了，不但人头，连身子也钻进来了。钻得还是非常之快，一眨眼的工夫，从地下一长身，一个人已然立在房里。鲁大器简直疑心是在做梦。

　　就在他才一怔神儿，猛见韦瑛从柜上往下一纵，仿佛是一横腿，一伸手，进来那个人便身不由己地被推到了自己身边，跟着就听韦瑛道："你快把裤带递给我。"

　　鲁大器这时候已然明白自己的妻氏并不是普通的姑娘，胆子往上一撞，一伸手把裤带解下，递给了韦瑛。再看韦瑛仿佛是办案的差人一样，捆人很是利落，一根裤腰带拿去往背后一抖一晃，已然把那个人捆上，跟着横着一腿，那人便倒了下来。

　　韦瑛只用带子那一头儿，连腿也给他捆上，低声道："你有手绢儿没有？"鲁大器道："干什么使？"韦瑛道："你不用管，有用处，越快越好，是一块布就成。"

110

鲁大器也不知道是干什么使，屋里没有什么布，便把自己的包脚布就递过去了。韦瑛接过，往那个人嘴里一塞，然后往炕上一扔。然后又走到墙窟窿那里，轻轻用手一拍，从外头又钻进一个来。韦瑛横腿一扫，这个更省事，当时就捆上了。

走过去又拍了两下巴掌，外头没了动静，过去把灯点着了，一看地下扔着一把刀，把刀拾起来一晃道："你们二位既是来到这里，必有所为，何妨谈谈，姓什么？叫什么？说出实话，也许把你们放走，要是不说实话，对不过，刀刃往下一平，恐怕二位后悔不及了。"

后进来这个道："你要问我，我叫米柱，他叫鱼崇，只因看见你们妆奁甚富，才想到这里搜寻几个，不想会被你们擒住。你要把我们放了，彼此交个朋友，不但无害，而且有益；倘若对我们加以无礼，除死方罢，否则你们一家老幼，终究难逃我们手里。"说完了瞪着两只凶眼，看着鲁大器，鲁大器吓得腿都软了。

猛见韦瑛哼的一声笑道："你拿这话吓谁？我倒要看看你是怎么一个厉害！"说着手里刀一晃，就听哧的一声，红血四流。

这一下子可把个素不出门的大学生鲁大器给吓坏了！有心过去拦挡，无如刀到鼻子掉，再过去也一点儿用都没有了。霎时之间，把一张脸吓得都成了白纸，不住跺脚搓拳，浑身乱抖，脸看着窗户，不敢再看那个米柱。

米柱的本心，知道鲁大器是个念书的人家，一切都要顾脸，又加上是新婚的头一天晚上，洞房之中，无论如何，也不能闹出吵子，叫人家笑话，他才高声喊嚷，意思之间，是惊动了室里的人，只要一出来，当时就可以解围。万也想不到遇见这么一位混世的女魔王，一点儿都不含糊，居然亮相竟会把自己鼻子削了下来，一疼一气，也不敢嚷了，只吭哧了一声便把头低了下去，什么话也说不出来了。

韦瑛冷笑了一声道："我当着你不怕死呢，到了这个时候，你还敢满嘴乱说，你以为我一怕你乱嚷，就不敢惹你了？你真是错翻了眼皮，不知天高地厚。现在我已然把你出气儿的东西削下来了，你为什么不接着还嚷？

"我告诉你，今天要不是因为大喜的日子，怕你这块料，把房子给人家脏了，我要不把你吃饭的家伙给分了家，我就不姓韦。现在叫你知道一点儿厉害，我也绝不过分为难你。你们两个，就冲你们的外号儿，就不是什么好人，平常在你们手里，一定糟践了不少好人，这也是老天爷有眼，所以借着我的手，稍微给你们一点儿警戒。

"对于你们这种下三烂的贼，原没有废话和你们说，就应当手起刀落，把你们除治了给人世除害，只是一节，杀了你们还怕你们不服。如今我把你们放了，可以约人找我报仇，可是有一样，这个仇是我结的，你们要是还有一点儿人心，出去之外，不管是明是暗，只找我一个人，不许找人家姓鲁的。

"我姓韦，我叫韦瑛，你们要是找我，可以到浙江西边佛肚山神心寺去找，我绝不能畏刀避剑怕死贪生，只要你们有能耐，准保大仇可报。如果你们脱不了那层贼皮，去不了那层贼味，不敢找我，仍然来找姓鲁的啰唆，不叫我遇上便罢，犯在我的手里，可是没有今天这样便宜。话是说完了，听不听在你们，你可认清了我的相貌，不要将来再找错了，又多招灾惹祸。"

说着话过去先把米柱的绑绳用刀子挑了。米柱这一松开，少微活动了活动，用眼不住四外乱转。韦瑛怒斥一声道："你还不打算走，还在这里打什么鬼主意？"

米柱没了鼻子，说话未免有点儿呜呜嚷嚷地道："我们弟兄无知冒犯，实在是罪有应得，如蒙大恩施放，感恩匪浅，将来自有回报一日。不过我这个兄弟，受了您的点制，动转不灵，我们一道来的，我焉能一个人单走？您要是真心放我们，请您把他穴道震开，我们好一同走去；如果您要把他留下，或是送官，或是治罪，请您一块儿下手，我绝不能一个人单走，叫他在这里受罪。"

韦瑛哦了一声道："原来你是为这个，我倒是一时忘记了。要放你们当然一块儿放，哪有放一个留一个之理？不过你受了一点儿小伤，他连一点儿肉皮儿没伤，一则差点儿公道，二则还怕他出去，说是我怕了你们。放他容易，你稍微等一等。"正说到这里，眼眉一挑，满脸生嗔，到了鱼崇面前，用手里刀一指道："你虽然被我点住，大概话还听得清楚，今天这一些事，全是我姓韦的一个人，你要记住了！"说着用手里刀，只在鱼崇头上一晃，只听哧的一声，左边一只耳朵已然掉了下来。跟着过去用刀背在鱼崇肋条上轻轻一敲，喊了一声："滚吧！"鱼崇当时长长出了一口气，怪眼一瞪道："领教领教，此仇必报！"

韦瑛冷笑了一声道："好，能够报仇的，才是人种，不过今天大概是报不成了，方才二位来的那条道，现在也用不着了，我来给二位带道，省得回头惊动了别人，就是我想放你们走，你们也走不成了！"

说着把屋门打开，米柱、鱼崇二话没说恶狠狠又看了韦瑛一眼，走出房外，双脚一跺，上房去了。鲁大器一看两贼已走，才长长出了一口气，正要和韦瑛说两句安慰话，却见韦瑛向自己一笑道："你吓坏了吧？不用害怕，这种东西，就是来上三十五十个，也闹不到哪里去。倒是我有一件事，你却要能体谅我，成全我。我前世本是一位神尼的弟子，只因一念贪嗔，未得真果，二次又复投生人生。前生师父怕我昧了本因，派我师姐时常来指点我，我本想随了师姐一走，不过父母之恩未报，才迁延到现在。偏是家母拗于世俗之见，非要把我嫁出去，千选万选，才选中了你。我本想今天晚上，跺脚一走，谁知见面之后，想不到你确是一个佳士，我倒不忍叫你骤受惊恐，深感痛苦，想着在没人时候，细细说了我的原委。你能体谅我，放我一走，自是最好，你要不放我走，我也要使我那么一招儿暗中一走，总之我得走是一定了。

"又没想到忽然出来这么两个玩意儿，耽误了我半天，现在总算平安过去，不过以后的事情还多，只是听你一句话，你是打算好人做到底呢？还是打算不欢而散？全听你一言而定了。"

　　鲁大器这时对于韦瑛，已然全都明白，心里虽不信她那前因后果，但是对于不放她走这一节，却准知道是办不通，不如放个大肚子，将来或许还有见面的时候，不过就是父母面前，应当怎么一个说法？心里正在为难，猛听窗户外头有人答话："大器呀，你放她走吧，还是走的好！"

　　要知后事，请看下回。

第二回

斩情丝毅然挥慧剑
报宿怨孤意送警镖

鲁大器跟韦瑛一听，虽然出其不意，吓了一跳，可是一听口吻，不但很熟，而且还极其和平，准知道不是外人。两个对看一眼，先后走出，刚刚到了门口，把屋门一开恰好外头人也正进来，凝神一看，来者不是一位，行行履履，一共好几位哪。顶头一位，是鲁大器的父亲，韦瑛的公公鲁琦鲁小珊，紧跟着一位是老伴儿邹氏，后头两位，一位是大器的舅舅邹学海，一位是舅奶奶林氏。鲁大器往前一扑仿佛小孩儿一样，哇的一声，可就哭了。

邹氏往后一退，坐在椅子上，用手抚摩着大器道："你瞧你这么大个子，怎么会哭了，快点儿起来，让人家瞧着多笑话。"老太太虽是这么说着，脸上发青发白，浑身也有点儿哆嗦。倒是鲁小珊不愧是个饱学的宿儒，居然能够临事不变，依然满面春风地道："不要乱，不要乱，有什么咱们坐下慢慢地说。"

说着让了舅爷舅奶奶的座，自己也在一只椅子上坐下，仆婢下人，在后头一站，连个出大气的都没有。韦瑛当时能够一手完结两个大贼，一个削了鼻子，一个削了耳朵，等到这个时候，可也有点儿沉不住气了，准知道已往经过，已然公公婆婆全都知道了，虽说早晚难免要费一番唇舌，究属今天是在做新娘子，无论如何，总也有一点儿腼腆。这就应了俗语那句话了，丑媳妇难免见公婆。今天

115

这件事总要有个说辞，既是早晚难免这一场，借着这个机会，能够当时把他说清办完，倒也不错。又看着鲁小珊一脸和颜悦色，跟方才没进门那种语调，也许能够顺利办了。

想着便走到鲁小珊面前，满脸带笑地叫了一声："爹爹。"又向邹氏叫了一声："妈妈。"双手拜了一拜，然后才说道："爹爹你老人家怎么到了这个时候，还没有歇息？这屋里出了一点儿小事儿，已然完了，怎么又惊动二位老人家？黑天半夜、冬寒时冷的，要是再着了一点儿凉，更使做儿女的不安了。"

鲁小珊不等韦瑛把话说完，点点头又摇摇头，然后长叹一口气道："咳！总是我鲁家无德，大器没有造化，才会遇见这样好的媳妇却不能白头到老。姑娘你先不用说，听我说一说好不好？

"想当初我和你们去世的老太爷就是一个腻友，感情就很不错。他死之后，我们两家结了亲，我还想着，虽然老友去世，有这一线因缘，又知道尊府上人口凋零，就剩下亲家太太一个人，我们有了这层亲戚关系，就是多照应一点儿，也不至落了人家闲话。

"等到喜事办完，跟姑娘商量把老太太接来一块儿，一则离得近好照应，二则姑娘就是这么一位老人家，伺候着也可以方便一点儿。这是我的心思，不过还没有容我匀出工夫，今天家里就出了这种事，以前的话，也就不必再说了。

"说到今天这件事，也是时逢凑巧，白天累了一天，到了晚上，我们两个正和舅爷舅奶奶谈说今天人情来往，头里来了歹人，连一点儿都不知道。忽然做活儿的李长顺同管事的鲁祥一块儿来见我，说是方才李长顺起夜解手儿，看见仿佛有两条人影儿从这院里翻墙出去了，怕是有那不开眼的小贼儿，瞧见了嫁妆太多，又趁着家人劳乏，起了歹心，打算偷咱们一下子。恐其这院里人都睡沉了，丢了什么没人理会，来给我送信儿，依着舅奶奶他们还不肯出来，说是李长顺睡得迷糊了，看得走了眼，绝不是什么小偷儿，是我认为不妥，打算出来看看，于是大家伙儿凑着胆子就出来了。

"及至来到这里一看，你们屋里灯既没有灭，并且有人说话的声儿，我想着也许是你们已然发现丢了东西，正在谈论这件事，可是又想着不像，真要有了那种事，你们哪能不言不语，在屋里说闲话儿。我一犯疑心，便想听听你们倒是说些什么，因此我们在窗根底下听了一个够。姑娘所说的，我是听了个清清楚楚，原来姑娘有这么些难言之隐呢。怪不得昨天亲家太太还叮咛嘱咐叫我们特别留神，说是这件亲事，姑娘原不乐意，怕是难免跟大器有什么言差语错呢！敢情是这么回事。

　　"我先前只以为是门当户对，才做了这门子亲，现在既是如此，我可就不敢耽误姑娘前程了，这总是鲁门无德，小儿无福，遇见这么好的儿媳妇儿，却不能使你们白头到老！"说着又长叹了一口气。

　　这个时候，韦瑛怔怔呵呵仿佛傻了一样，站在那里连一句话都没有了。鲁小珊说一句她听一句，鲁小珊说到完，她也听到完。鲁小珊说完了一声长叹，她也随着这一声长叹，扑簌簌流下泪来，左右两看，走到邹氏面前，也跟大器一样，往邹氏怀里一扎，呜呜地哭了起来。

　　邹氏不住哎哟道："好姑娘你先起来，要不然大器你先起来，我这腿上趴着一个，我已然有点儿禁当不起，要是再加上一个，我可实在担不了啦。好姑娘你先不用哭，有什么话，你可以好好地说。你别看你是我们家头一天娶来的新媳妇，我跟你公公准是拿你当自己家里亲闺女一样疼，有什么话，你都可以慢慢地说。只要我们老两口子能够办得到，不拘什么事，我们都可以答应，别这么哭天抹泪的，无论怎么说，今天咱们办的也是喜事呀。"

　　韦瑛听了，先自站起，大器也跟着站了起来。在这灯光底下这么一站，真像一对金童玉女，就是面捏的纸糊的，也没有这么水灵鲜亮。鲁小珊看着心里是非常难过，如果一点儿岔子别出，准要能够白头到老，真是一对璧人，佳儿佳妇，谁知德薄无福，反会因此闹出岔子，实在令人难过之至。

这时候韦瑛取过手巾，擦了一擦脸上、眼上的泪痕，然后把手巾往大器面上一递，大器一看摇了一摇头，往后一退把嘴一撇往邹氏怀里一倒，呜呜两声又自哭了起来。邹氏一看心里一酸，不由也老泪纵横落了下来。

旁边那位舅奶奶看着姑太太一伤心，也跟着不住抽噎，舅爷跟鲁小珊看这种神气，也觉黯然，虽没有出声流泪，也不免愁上双眉唉声叹气。仆婢下人，一见主人遇见这种搔头的事，平素都是受恩未报，心里自也不免难过，一个一个低下头去，暗自焦急，呼啦啦站着坐着一屋子人，除去略略听见唉声叹气之外，别无一点儿声息，仿佛入了庙堂，正在举行大典那样寂静肃穆。

正在这个时候，鲁大器虽在邹氏怀里趴着，却不时用眼在偷看韦瑛究竟是怎么一个举动。就见韦瑛脸上一阵透红，一阵转白，忽然凝眉，忽然闭目，忽然摇头，忽然搓手，上牙扣住下嘴唇，不住嘘嘘吸气。明知她重大心事，并非对于自己薄情，此时芳心万转，愁绪千端，苦恼已到极顶。论她的心意，自是打算一走，完成夙愿，不过因为家人对于她的这种情感，使她当时不肯毅然决然。只看她这种欲走不舍、欲留不能、情理难得两全的神气，心里痛楚，定较自己为甚。

其实这件事情，只要自己肯说一句痛快话，准其当时就走，父母一向钟爱自己，绝对不会阻难。不过世上女人虽多，美人也不少，要再找这样德言容工四美具备的家室，恐怕是不可再得。倘若自己只逞一时之快，贪图做个爽快人，只怕事情一过，就要追悔不及。世上什么病都可以有药治，唯独后悔病是无药可医，不如暂取观望态度。她若去心已坚，那也别无旁法，只好是说两句痛快话放她一走，再作后图。倘若能够用这种软攻计把她留住，慢慢暖过她的心来，也许能够混到白头偕老，那岂不是掉在造化堆里？心里这么一想，便依然一声不响地趴在邹氏怀里静观其变。

韦瑛这时候心里说不出来一种滋味儿，看着两位老人家对待自己这份爱厚，夫婿这样钟情，真要是得遂倡随，百年偕老，也不能不算是庸福。只是一件，自己师父，对于自己那样期冀，前世今生，这样照看，所怕的就是自己昧了本因，堕落情网，几世修积，完全白费，不惜苦口婆心，再三渡化，真要是为了儿女之私，耽误了正业，岂不辜负她老人家这一番盛意？便是为了自己十几年来不辞辛苦的同门师兄，也自对她不过。

再者人生如梦，能够活到多久，一朝春梦醒，白骨乱蓬蒿，管你什么圣贤庸愚，谁又能够躲过那个土馒头的滋味儿。这样一想，当时心便凉了一半儿，不过眼看这一屋子人，全都大气不出，瞪着眼睛看着自己，准知道自己一句话说出来，失望的失望，伤情的伤情，当时便会闹成凄凉状况。无论如何，总有一番人情，做神仙也不应当就没有父母骨肉之情，心里好生为难，欲言又止总觉得说不出来。正在这个时候，就听窗户外头有人说话："师弟，我给你道喜来了。"

韦瑛一听，正是同门师兄大可的声音。这一喜非同小可，当时也忘了还有长亲在座，便要推门出去。才往外一走，便被鲁小珊迎面拦住道："姑娘你先不要忙着出去，方才你伤了好几个人，难免人家又约了余党，是来找你报仇。黑天半夜，若受了误伤，那该怎么办？我听说话，好像不似外人，何妨请屋里一谈。"

韦瑛因为喜极忘形，及至被鲁小珊一拦住，已然老大不是意思，又听鲁小珊说话，并不嗔怪自己无礼，反替自己着想，真差点儿没有流下泪来，正要搭话屋门一开，大可已然笑容满面从外头走了进来。

这要放在平时，大家自不免要大吃一惊，只是方才已然听见韦瑛说了一个大概，大家虽不彻底明白，心中也略微有了一点儿影子，故此看见大可进来，虽不免有点儿诧异，却没有十分惊恐。

大可进得门来，好像素识一样，先向鲁小珊、邹氏打了一个问讯，然后又向诸人见过礼，这才说道："鲁施主，贫僧黑天半夜，贸然造府，实在感觉不安，先向施主谢罪。"说着又打了个问讯。

鲁小珊在韦建在的时候，闲谈之中，早就听说韦瑛生有异征，并一切奇迹，今天又证以前言，心中早已雪亮，便赶紧也还了一礼道："不知老比丘驾到，未能熏沐相迎，已是失礼，怎么老比丘倒客气起来了？老比丘请坐谈话。"

大可谢了坐下，微一沉思，便向鲁小珊道："贫僧此来，原是奉了家师之命，到此来和施主商谈一点儿小事。初意施主既是著名儒者，难免见了我们方外，总要觉得是攻乎异端，难免要多饶唇舌，哪知施主竟是大智大慧，夙有根源，居然能够容纳异流，这一来却要少说许多无味憎厌的话语了。"说着指韦瑛道："府上新娶的这位新娘韦宅的小姐，说一句又要使施主暗笑的话，她却是贫僧前生同门师弟，只因她杀孽太重，不能够皈依佛门，受佛光引渡，临了尸解以后，又堕人世，便是韦家小姐。

"家师从前最是疼爱，唯恐迷了本性，不知原来，在她初生三天，便命贫僧去把她先灵闭住，直到她已然明了人事，又由贫僧去震开泥凡，复了她的灵性，从此以后，便由贫僧不时去到韦府，依照她前世修为，教她一些本门的心法。幸她虽堕人世，未泯真灵，一说就会，一点即通，韬光养晦，静候时机。只有一样苦楚，就是韦公韦母生下贫僧师弟一个之后，便无第二生养。师弟原是性情中人，又不敢说出自己心思，怕是使二老难堪，原想终了二老天年，再由贫僧把她引回本门。谁知韦公先行，韦母因为疼爱弱女，便不免循于世俗之见，打算摘一位福慧双修的公子，把女儿嫁了，好完了自己一桩心事。师弟再不敢过伤亲心之下，宁愿再转劫一次，也不愿使老母不快，始终未敢把实情告诉老母。

"选来选去，便选中府上的公子，要按世俗说，府上世代书香，簪缨门第，施主的谦和，女施主的慈祥，再加上公子的冲渠丰夷，豪华温厚，不只是能克绍箕裘，并且定能焕发门阀。如果有女待嫁，像这样一位家世门第与才貌品德完全具备的姑爷，恐怕打着灯笼也

120

找不出来第二位。

"韦夫人既疼爱女，遇着这样女婿，焉能放过，所以才一言而定。在这定局之后，我又见到了我这个师弟，她除去哭之外，更没一句话说，贫僧虽然焦急，却知天命难违，也是一点儿办法没有。回山之后，见了家师，一说底细，家师静中推思，得到结果，才知我这师弟与府上令郎，另有一段渊源。

"令郎前生是一个朝廷大员，误断了一件案子，屈了两条人命。师弟那时正在外面行事，知道此事，不问皂白，便把那位大员刺死，等到明白里面有因由，却是事早过去，无心之中，造了这么一个恶因，但事实说起来，不完全是师弟之过。

"天道好还，今生便有了这样一宗公案，如果我师弟能够百年偕老，便可了结，却又不免再堕一次轮回。就是今天来的两个小贼，也在家师默算之中，那两个便是前生被屈判死的百姓。佛家因果，施主您看可怕不可怕？也许贫僧说这些话，施主不免腹诽，以为信口开河，妄谈是非，这也难怪，不过少时再有应验，就不得不使施主心服口服了。"

鲁小珊虽然听着点头，念书的人，当然对于这种攻乎异端，定然不能凭信。不过面子上却不好说什么。正在想找两句话敷衍一下子，就见鲁大器突然走了过来，到了大可面前，双膝一跪道："师父，你老人家方说这一片话，仿佛从前在什么地方听过一样，弟子现在已然略明前因，唯恐又结恶果，只有恳求师父发大愿力，把弟子收下，免致再堕孽道，感恩匪浅。"

大家正在一怔，大可却哈哈一笑道："鲁施主，事到如今，贫僧再给施主一点儿东西看，大概就可以知道贫僧不是妄谈佛法了。"说着从袍袖里摸出一张黄纸，上面疏疏拉拉地有几行字，鲁小珊头一个看见，看了不到三行，便已目定口呆，怔呵呵地看着坐着的大可、跪着的大器，连一句话也说不出来了。

原来那张纸上写的是："前世种因，今世结果。数定往生，岂徒饮啄？原期比翼，摩海狂波。凌霄依树，柯附茑萝。劳人无怨，福慧合德。椿萱并茂，递折兰棵。刘鲍偕老，簪缨世泽。一祖丹成，举腾大罗。失得无戚，天作之合。莫恋乌私，慧剑轻磨。乘风遨游，迟汝嵋阿。老蚌珠生，会晤如隔。耄耋可期，昌大乐和。各适所适，永无蝎螫。各挥灵性，抽力其割！"

鲁小珊一边看，一边不住心酸手颤，把字帖儿看完，禁不住老泪纵横，往前一扑，一手拉住韦瑛，一手拉住大器，竟自痛哭起来。邹氏见鲁小珊哭得这样悲痛，准知绝非佳兆，不由也跟着痛哭起来。

鲁大器反而弄到摸不着头脑，方才自己说了一句，要跟着韦瑛走的话，也不过是少年夫妻，舍不得放走韦瑛，所以才说出那么一句话，以为韦瑛听着受了感动，丢了修真的心肠，还可以得随倡随之乐。哪知大可陡然就会拿出一张写好的黄纸，递给老父一看，老父一向总是欢天喜地，从没有见过这种情形，一定是那张纸上写了什么特别的词句，勾动老人家伤心，才会如此。

他本是生有至性，如何能够看得这种情形，不由急躁起来，用力一挣，甩脱了鲁小珊站了起来，把温柔情肠，和蔼的声调一概收起，拧眉瞪眼向韦瑛道："韦小姐，我想我们两家亲事原是爱好做亲，全无一点儿勉强，既是小姐不乐意这门亲事，就该早早说明，说一句不好听的话，天下有的是女人，不见得离了小姐，姓鲁的便娶不上一个家室，也不见得除去我鲁大器，小姐便找不着一个乘龙快婿。事先既是只字不提，到了今天，已然行完大礼，小姐忽然说出许多无情无理的话，我想小姐或者是儿女娇羞，或是见我不才，故意地给我一种磨折。为了讨堂上老人的高兴，所以才一再隐忍，一味对付，实指望小姐念在事已成熟，两家门第上的体面，心回意转，打消初意。

"小可虽是不才，自问向非庸俗，只要小姐肯得少微俯就，管起风流，梁孟福慧，闺房之中，不难求得。谁知小姐竟是别具深心，实出小可预料之外，一意孤行，竟是才结红鸾，便赋分飞，无论如何屈就，势难挽回，并且唯恐话出不行，又预先埋伏了一个出家人在这里，越说越妙，简直要恃强到底，也不知弄了一张什么样破纸，竟伤堂上老人疼爱儿女一番慈心。

"韦小姐我听你说的，你是要修仙成道的了，士各有志，当然小可不敢勉强，不过小可读书虽少，却也听人说过，自古仙佛道里，很少无父无长的神仙吧？现在事已如此，说也无益，既是小姐去意已决，留亦无味，并且小姐也绝不肯为三五句话而改变初衷，小姐可自知进退，绝不再作神仙眷属之想。

"小姐要走请走，定不再留，不过有一节，小姐来到舍下，是有三媒六证，并且是花轿迎娶过来的，人所共知，有目尽观。如今小姐既要他去，我想最好是由我们这里送小姐回到府上，或是到府上把令堂太夫人请到舍下，把话说明了，令堂说是许可小姐走，小姐当时就可以走，令堂倘另有话说，那时小姐也可以自己申说。

"总之小姐既是来到我们舍下，无论如何，也不能随便让小姐这样任意他去，家父母为了小可，受了多大的劳累，结果惹到这样的痛苦伤心，做儿女的已然感到万分不安，百身难赎。倘若小姐由这里不辞而别，令堂太夫人再疑心我们出了什么诡病，那时既找不着小姐，纵使身有百口，也是难得申辩。再由这个闹成公堂相见，寒家虽然德薄，却从来还没有弄到妇女出入公堂的笑话。那样一来，岂不是更对不住家母家父？

"可是小姐请你放心，小可说这个话的意思，并不是打算找出令堂太夫人的人情，拦挡小姐的去处。即使太夫人执意这门亲事，小可也绝不乐意，因为婚姻之事，定要出于自愿，否则一点儿意味没有，将来也必不欢而散的。凶终隙末，彼此无益，那又何必呢？"

鲁大器只管滔滔地说了下去，韦瑛却涨红了脸，辩也不是，不辩也不是。本来人家说的句句在理，如何驳倒？不过真要那样一来，老母的为人自己深知，一则膝前就是自己一个，绝不允许自己推辞婚姻去找师父；二则一向以家教自诩的老太太，如今出了这样一个女儿，叫她向人如何解说？不来则已，一来便真个再走不脱身。

事到如今，为了自己前途问题，说不得只好是硬做了。想着便把柳眉一竖，正待发话，却见鲁小珊陡然站起，双手乱摇道："大器不要信口开河，这纸条上的话，我还没得跟你细说，你们都在旁边坐下，等我说完了这一段怪事，咱们再想正经道儿。"说着便勉强笑了一笑问大可道："在下实在是个俗人，遇到这么一点儿小事，便自摆脱不开，倒惹大师耻笑！"

大可也一笑道："施主言重了，本来人生在世，谁也不能离去情感，有大智慧还要有大定力，然后才能有大作为。但是千百年来又有几人？可见得说着容易，办着实难，施主一家祥和，得天独厚，将来簪缨焕发，世守勿替，可贺可贺。不过就是现在这一节，却是一个磨折，还要审慎而行才好！"

鲁小珊道："什么磨折不磨折？现在这件事我已然有所决定，因为我虽是读书的人，不能拘泥迷信一途，但是因果二字，我却也有一种极深的印象。在大师才一进门时候，不客气说，这要放在平时，我当然难免惊诧，可是在大师没来之先，我已然听见韦小姐一番谈话，她是生有自来，绝不是另有旁的隐情，所以大师来了之后，我也不过想着能够再多听一点儿闻所未闻的故事。

"等到小儿说出那番激烈话语，他不过是受了刺激，言出无心。谁知大师拿出令师上人的法谕，竟是事有前定，词句之中，并有这个孩子不能终养的话，至于寒家传宗接代，另有别人。这要放在一个普通人的身上，自然爱犊情深，不肯割舍，唯独到我，却是不明原委则已，即是明白了一切因果，不但韦小姐的事毫无说辞，就是小儿也要求大师一力成全，免得误入歧途，反倒不可收拾。

"至于将来我家是否能够另有福泽再生一子，那是后话，暂时可以不说。还有韦小姐家里，如果把实话向韦太太一说，恐怕妇女之见，便不能像我这样看得开，难免另有纠纷。不如现在就由大师带着他们一走，韦家那里，自有我去开说，韦小姐只管放心去办正事，

124

这里一切，都有我一手担任，绝不致另生枝节。事不宜迟，天光一亮，反惹他人注目，大师就带他们走吧！"

韦瑛万没想到鲁小珊会这样开通，听了这一片话，还在半信半疑，旁边邹氏早已站了起来，两手不住乱摆道："不行，不行，我不能够舍去我这个儿子，韦小姐如果不愿这个亲事，尽可退婚，无论如何，我也不能看着我的孩子就这么一走。"边说边哭，走过去就把大器两只手揪住了。

鲁小珊心里也是难受，不过他亲眼看见大可种种怪异，准知不来则已，她既是说出这样办法，一定不依，就许闹出别的事来，不如做个人情，将来还许有可以常常见面的机会，所以才肯那么说。如今一看邹氏连哭带喊，拉着大器不肯撒手，知道这件事还要多费唇舌，正要想个什么法子再去解脱，猛见大可站了起来向自己一笑道："鲁施主您方才那一片话却是明心见性的话，只不知是出于肺腑，还是为了敷衍小僧说的？"

鲁小珊一正色道："大师这话，未免太不知道我了。半生读书，自愧学无专长，只是自问对于忠信二字，尚能一半儿做到。我如果不肯，我就不必这样说，难道大师还能强我所难吗？"

大可微微一笑道："既是如此，那就太好了。贫僧此来，虽是奉了师命，也要对方情甘愿意，然后才能办事，绝不敢一意孤行，致违天和。如今既是施主出言不悔，贫僧便有道理了！"

说话时候往前一伸手，一只手揪住韦瑛，一只手揪住鲁大器，喊声："施主保重，容再相见！"袍袖一挥，屋里凭空起了一道金光，便有一股子寒风，吹得灯烛摇摇欲灭，屋里的人，觉得微微有点儿寒冷，逼得出不来气。金光一闪，眼睛也有点儿照耀得要睁不开，及至寒气一息，金光一灭，再看韦瑛、鲁大器，连那个大可全都连个影儿都没有了。

头一个邹氏放声痛哭，并且叨唠小珊不该答应她的。鲁小珊这时心里也照样儿难受，还得安慰邹氏，便强笑了一笑道："你不要乱

125

好不好？你没有看见吗？真神仙咱没有看见过，方才这种走的意思，不是跟神仙一样了吗？就凭你我能够拦得住拦不住？现在无论如何，总还没有伤了面子，将来或者还有回来的希望，如今把她得罪苦了，人照样拦不住，弄得将来连个见面的时候都没有，那又何必呢。"

邹氏道："好！好！你倒满不在乎，咱们儿子任你送人情，可是人家韦家的姑娘恐怕不能这样由你，等到三天来接回门，我看你拿什么话去对付人家？"说着又哭了起来，旁边舅爷、舅奶奶一阵好劝歹劝才把邹氏劝住。

这时候天就要亮了，鲁小珊正在盘思明天如何去见郑氏，见面怎么一个说法，正在这个时候，底下人慌慌张张从外头跑了进来道："老爷、太太，现有新亲韦家太太到了！"邹氏一听问鲁小珊道："你听见了没有？亲家太太可是来了，你有什么办法没有？你可预备好了，别回头抓头不是尾，倒显出咱们有什么毛病似的。"

鲁小珊道："这个我都知道，不过有一节可怪得很，亲家太太怎么今天就来了？要说接回门，今天才第二天，还差着一天呢，难道是还有什么旁的事吗？"心里这样想着，已然同邹氏迎了出去。

按说新亲见面，彼此应当互相道喜，这位韦夫人郑氏却是不然，两眼一阵发直，见着小珊夫妇，头一句就是："大哥，大嫂，我的女儿失于调教，倒叫大哥大嫂跟着受累，真是十分对不过，我这里给您二位赔罪来了。"说着话脸上颜色一惨，仿佛是哭而且哭不出来的样儿。小珊夫妇就知道她已然知道这件事了，恐她再多说多道，旁人听见，究属不大相宜，赶紧假装不知道这回事，满脸带笑道："大嫂，您太客气了！都是自己的儿女，有什么说的，走吧，里头请坐着说话。"

郑氏跟着也明白过来，走到里面，分宾主落座之后，郑氏才又向小珊夫妇道："昨天您府上之事，我已尽知，总是小女无福，很是可惜，倒是有一件事，我却不能不跟二位亲家谈一谈。"

小珊夫妇忙问是什么事，郑氏从衣兜里掏出一个手巾包，从手巾包里拿出一张纸条儿，递给小珊。小珊接过一看，只见上面写的是："令爱返璞还令爱，已为我师收去，他日自有相晤机遇，此时不必徒自悲痛，将来似能有益于家也。唯瑛儿不应临去之刹那间，又造恶因，恐连累鲁家大小，鲁家盛德，虽无大碍，然终以有备无患为是。可告鲁氏梁孟，日后无论有何意外，可不惜卑躬屈节，亲去白马头菩提庵觅异人维护，定可无凶。或更有机遇，种越仁厚慈爱，必食其果，无儿有儿，不可深虑，珍摄玉体，静俟喜福，大可留上。"

鲁小珊看完勉强一笑道："哦！亲家太太已然知令爱的事了?"

郑氏脸上一红道："我是见了这个条儿才知道的，总是小女无福，反累府上不安，真是十分过意不去。"

鲁小珊叹了一口气道："亲家太太大概还没有知道连我那小儿也一起走了！"

郑氏哎哟一声道："怎么府上少爷出了事了? 这一来更使我们惭愧无地了，怎么一个经过，大哥大嫂可以跟我说一下吗?"

鲁小珊遂把昨晚经过说了一遍，郑氏听完，不住双手乱搓道："这怎么说！这怎么说！真是……"

邹氏不等郑氏再往下说，便强笑了一笑道："大嫂不必再往下说了，我已然是想开了，是儿不死，是财不散，这两个孩子根本不是咱们的孩子，何必为他们伤了咱们呢? 他们要真是有父母在念，无论怎样，就不会有这个事。事情既已这样，我们难过伤了身体，那才不值呢！虽则咱们是半天的亲戚，可是我对于大嫂十分投缘，并且又知道大嫂家里更无别人，如果不拿我当外人的话，我想大嫂可以把家搬到我这里，不知大嫂肯其如此不肯?"

郑氏一听，人家丢了儿子，比自己还大方，又愿意照顾自己，那是最好没有，便赶紧答道："那最好没有，就依亲家吩咐，过几天收拾收拾我就来搅扰亲家吧！这件事好在易办，还没有什么，最要紧的我看还是方才纸条上所说，恐怕还有后患，总是谨慎一点儿才好。"

鲁小珊接过来道:"那倒不是现在的事,我们只要以后多留一点儿神就是了。倒是这个白马头在什么地方?明天托人出去打听打听,可以去一趟看看,如果真要有什么异人,我们无妨把他请到家里,免得日后临时去找人家不是要好一点儿吗?我跟故去的大哥,性情莫逆,犹如兄弟一样,大嫂既肯受屈,我想还是早点儿搬过来的为是。"

说到这里,郑氏哎呀一声道:"你看我多糊涂,把一件大事几乎误了!"

鲁小珊急问什么事,郑氏道:"这两个孩子,我们不管他是到什么地方去,反正是已经走了,不过府上成亲的第二天,少不了还有亲友,如果有人问起来,我们应当怎么一个说法呢?"

鲁小珊道:"这一节倒是大嫂想得周到,我真还把这件事忘了。"说着低头想了一想道:"这件事事先谁也没有想到会有这么一手儿,许多亲友全是昨天来的。来了之后,也全都走了,现在除去我们这位舅爷舅奶奶之外,大概没有别人,好在他们二位,一切都是眼见,我们也没有什么可瞒着的。他们二位也绝不会到外头去说,这一层我们倒可以放心。至于别位亲友,一时不会再来,即使来了,我还有一个办法。

"我有一个本家,住在卫辉城里,就说他们小夫妻结亲之后,都到那里去了,一时不能回来,等到回来之后,一定再到各位府上去道谢请安。我想这样一说,大家不会不信,也就可以过去了。大嫂,您看以为如何?"

郑氏叹了一口气道:"事到如今,也只好是这样办了。"

当下又由鲁小珊把家里所有下人,全都叫了上来,把话对他们一说,叫他们严守秘密。好在鲁府这些下人,都是多年世仆,对于主家多是特别忠心,又知道小主人是被一位高僧渡走,将来回来就是仙佛之流,谁还敢乱说一句,自是唯唯答应。

过了几天，鲁小珊跟邹氏把房子拾掇出来，把郑氏接了进来，邹氏也不寂寞了，郑氏也不枯闷了，是相处得很不错，一过就是半年多。

　　这一天赶上是五月初五，端阳佳节，各处风俗差不多都是一样，包粽子，做五毒饼，左不是那些应节的故事。

　　这一天邹氏老早起来，特意收拾了收拾，为的是过了中午，同郑氏到南门外去看龙船，家里预备的雄黄酒，所谓吃酒去毒。天到正午，酒饭摆齐，鲁小珊和邹氏夫妇两个请了郑氏出来，拜过了节，入座吃饭。

　　正在吃喝高兴之际，忽见老家人鲁福手里拿了一封信，另外还有一样东西，慌慌张张从外头跑了进来，一见鲁小珊喊了一声："老爷，可是了不得了!"

　　鲁小珊一看鲁福满头是汗，脸上颜色也不对了，准知道定有怪事，不过自己是一家之主，不能从自己先乱起，便一边笑着一边说道："什么事也值得这么大惊小怪的? 有什么话你慢慢说，你这样一来，连我都糊涂了!"

　　鲁福道："老爷，不是小的胆子小，实在是这件事闹得太大。方才小的正在门房跟升儿、禄儿在一起喝酒过节，外头忽然有人叫门，升儿出去一看，是一个三十多岁的汉子，手里拿着这封信，问咱们这里是不是姓鲁，升儿告诉他是姓鲁，他又问少奶奶娘家是不是姓韦，升儿一则因为他问得太絮烦，二则不是老爷吩咐过有人问起少爷少奶奶要多加小心吗? 升儿就留了一个心，说是自己上工不久，不明白宅里的事，问他到底有什么事，他忽然脸上颜色一变，冷笑一声说，管你们姓鲁姓韦呢! 反正找到一个就成了，这里有一封信，你们拿进去，说着他就把这封信递过来了。升儿接信才往里走，他又喊升儿站住。"

　　鲁小珊道："那么他又给了你什么呢?"

　　鲁福道："他又从身上掏出这么一个玩意儿给我，我接过来之后，他冲我一乐，他就走了。"

鲁小珊道："这个人是个什么长相儿?"

鲁福道："这件事实在有点儿异怪，那个人从脖子后头系着一块青布，把整个儿脸全都挡严了，因此看不出是什么一个面目。不过还有一点儿特别，就是那块布底下鼻子那个当儿，特别显着瘪，乍看仿佛是没有鼻子似的。余外什么也看不出来。"

鲁小珊一听恍然有所悟，便点了点头，把信拆开一看，只见上面寥寥的几句话是："鼻耳之仇，谨记心头。登门拜谒，弱死强留。畏刀避剑，白发生愁。寄镖代回，本月当头。"

鲁小珊看完微然一笑道："这话真应验了，大可师太可称神人。"

说着又从鲁福手里把那支镖接过来一看，只见这只镖有四寸长短，八分粗细，争光耀眼，雪白奇亮，镖尾上还坠着一个钢环儿，环儿上拴着一块白绸子，拿在手里，很有一点儿分量。

鲁小珊看完，把那支镖跟信往桌子上一放，向鲁福一笑道："这件事并没有什么要紧，不过到了外头，不拘见着什么人，都不要提说这回事。还有就是外头如果有人找我或是找少爷、少奶奶的话，你就说我们都到五台山朝山进香去了，不定什么时候才能回来，来人无论说话怎么无礼，你们千万不要跟他计较，我自有法子办理这件事，更不要轻举妄动，否则闹出事来，甚至有丢了性命，你们可不要来怨我。另外有一件事，你今天到外头去跟人家打听打听，方近左右，可有这么一个白马头，如果有白马头，究竟离这里有多远，怎么一个走法，就手儿再问一问白马头那里是不是有个菩提庵。打听清楚之后，快快回来告诉我，我还有要紧的等着去办。一切都要小心，不拘见着什么人，总是以少说话的为是。你听明白没有?"

鲁福道："全听明白了。"

鲁小珊道："既是听明白了，就赶紧去办吧!"

鲁福答应一声自去。

这里邹氏在　听鲁福说那话时候，已然猜着了一点儿影子，再听鲁小珊派鲁福打听白马头，又想起从前大可留下的那张纸条儿，准知道一定是为了当初神鬼闹洞房、刀削鼻子、耳朵那件事。一看鲁福走了，郑氏首先向鲁小珊道："大哥，大概这封信，就是瑛儿惹的那桩祸吧？"鲁小珊点了点头。

郑氏道："这件事可怎么好啊？要不然咱们托个人到官面儿上去报一下子做个准备好不好？"

鲁小珊道："那个恐怕不是什么安全的法子吧，据我所知，前回来的两个人，大概都是有名儿的飞贼，绝不是普通官人所能把他们拿住的，如果真要是那样，大可禅师临走的时候，又不必留下那个条儿，叫咱们去找什么白马头菩提庵去了。倘若我们报了官面儿之后，能够把这个人一下子拿住送到官厅去办个什么罪，那倒也不必说了；假如一个制不住他们，由恨生仇，咱们这一家子，谁能是飞贼的敌手？那样一来，咱们还怎么往下混哪！"

邹氏道："既是这么说，咱们赶紧派个人去打听打听白马头在什么地方，赶紧把那位能人请来，住在咱们家里，免得他们来了之后，我们这里一点儿准备没有，那不是瞪着眼等死吗？"

鲁小珊道："这一层你倒可以不必着急了，方才我不是已然派人打听去了吗？等他们打听清楚之后，我还得自己去一趟，这种事情，不是托人能办的，好在他既是留下这封信，总要等咱们几天，咱们倒可以不必太忙，也不要发慌，一切的事，还要跟平常一个样，不要遇事张皇，反倒弄得没了准主意。"

正在说着，鲁福又走进来说道："方才老爷派我去打听的这个白马头，倒是有这么个地方，在卫辉府城东边呢！至于那里有没有什么菩提庵可就不知道了。"

鲁小珊道："既有白马头，就有菩提庵，我们也不必打听了，到了那里，自然可以问得出来，你现在就出去雇车，雇到白马头，就带你一个人，并且雇车时候，不必说出什么白马头，就说要到外头去办一样事，就是赶车的都不必跟他说明白是什么地方，你就叫到卫辉府东门外就行了。反正多给他几个钱，他不会有什么说的，并且告诉他不在城里头上车，在城外不拘什么地方停好了咱们去找他就行了。你明白了没有？事不宜迟，你今天就把车定好了，明天一清早咱们就走，你就快快去办吧。"鲁福答应一声便自去了。

果然就在这天夜里，鲁小珊带了鲁福坐了那辆车便一道地奔往卫辉府。车走了一天一夜，才到了卫辉府，跟人家一打听，白马头确实是在东门外，不过那个地方并不大，而且非常荒僻，至于那个菩提庵就没人知道了。

连问了几个地方，都是如此，鲁小珊便不愿意再问了，叫赶车的把车赶到东门外找着了白马头，仔细一看，果然是一片荒凉。一边是山坡，一边是河沟子，连个住家的都找不着。鲁小珊一看，这可是麻烦，大可留的字条儿上明明写的是白马头菩提庵，怎么会没有呢？难道另外还有什么菩提庵不成吗？

就在这么一个时候，忽听一阵木鱼响声，仿佛还有念经的声儿随着风儿吹了过来。才要跟鲁福说，就见鲁福拿手一指道："老爷您看前边那个山洼子里，是不是有座小庙儿？"

鲁小珊道："在哪里？"

鲁福随即用手一指道："老爷您看，就是那一堆烂草过去，不是有个山洼子吗？在那山洼子中间，您看是不是一座小庙儿？我看着可是有一片红，仿佛像一座庙墙，可是我又觉乎不对，谁家盖庙能盖在那个山洼子里头？说不定也许是一堆什么花木开的花，显着一片红，仿佛是一座庙似的。"

鲁小珊不等他说完，便拦住他道："得了，得了，你既看着像，咱们就过去看一趟，是庙当然好，是菩提庵更好，不是也不要紧，好在咱们已然来了，并且又为的就是一座庙，根本和人打听，都没有人知道，难道咱们就这样回去不成吗？不管它是与不是，咱们先过去看一下子再说。不过这股道既窄又陡，牲口跟车是绝对不能下去，咱们从旁边这股道上走过去，到了临近看一看再说吧。"

说着跳下车来，告诉赶车的把牲口卸了，在此处死等，是与不是，一会儿准会回来。赶车的答应，卸牲口喂料上草不提。单说鲁小珊扶着鲁福，一步一步顺着这股小道往前走了下去，越走越窄，越走越陡，走着走着脚下一滑，差点儿就是一个跟斗。鲁福脚下也有点儿倒不开，越走越觉吃力，鲁小珊一边走一边嘱咐鲁福："你可小心，别掉下去，虽说底下不是什么深坑，究属掉下去再打算往上来就麻烦了。"

鲁福道："老爷，要据小的说，前面这块地方未必是个什么庙，别回头白走了半天，要依我的主意，老爷在这里稍微坐一坐，等小的我自己先过去一趟，到了那边去看一看。如果是菩提庵，你老人家再过去不晚，如果不是，省得你老又白跑一趟，你老看好不好?"

鲁小珊一笑道："不用不用，要按真的说，我比你还小两岁呢，你能过得去。当然我就过得去，咱们这次出来，原是有要紧的事。事办不成，就是平安回去，全家性命也未必保得住。既到了这里，无论如何，咱们也得过去，能够把事办了，比什么都好，事情办不成，鲁福啊，我也就不必回去了。别的话不用说，你就小心一点儿脚底下，别摔倒了，别掉下去，比什么都好。"

鲁福一听，也就不敢再说别的了，提心吊胆，一步一蹭，蹭来蹭去，脚底下倒越来越宽，越走越好了。这么一走，主仆两个全都浑身是汗，脚步下也觉乎着发软了。走着约计总在三四里地远近了，鲁福在头里嚷："老爷，上天不负苦心人，里头真是有一座小庙。"

鲁小珊这时候也看见了，果然在前边不远，影影绰绰似有一座小庙。不过这座庙小得太可怜了，往周围里说，大概也过不去二亩地，连庙墙都在其内了。不管庙大庙小，是不是菩提庵，反正有了一座庙，心里先踏实了一半儿，精神一壮，又往前紧走了一程子，这座庙便在面前了。

主仆两个，挨挨蹭蹭，提心吊胆，好容易走出这块险地，果然看见前边有了庙啦。当时心里一松，精神一振，也忘了累了，抢走几步，到了平地，才缓过这口气来，来到临近，一看这座庙可太小啦，想不到真会有高人住在这里。

大概这座庙建筑的年程已然不少，不但谈不到金碧辉煌，简直有点儿是要坍塌倒坏。也不知道什么人许的愿心，会在这么个地方，盖了这么一座庙，居然会连本地的人，都不知道这里有这座庙，可见这座庙之不显眼啦。不管如何，总算第一步找着这个庙啦，再办第二步找高人吧。

主仆两个略微定了一定神，这才又努力走几步，来到了庙门前边，一看庙门上槛上，模模糊糊是有几个字，可是因为年久失修，字迹已然不大清楚，影影绰绰似乎是有一个菩字有一个寺字，当中那个字却看不清楚啦，大概是菩提寺不会错了。

两扇庙门，已然破烂不堪，虽然关着，可是从缝子外头，已然可以看见里头，满院子长的都是青草，不像有人在里头住的样儿，在院子当中摆着一个香火炉，看炉后边，大约就是所谓正殿了。

说也可怜，就仿佛像普通的庙里的配殿，比那个还小，隔扇也关着，也是破败不堪。鲁小珊看着不由倒吸一口凉气，别的不说，真要是一个人看不见，这趟跑得才叫冤呢。既是已然到了这里，不管如何，总是进去看一看才能死心。

鲁福早就急了，一迈门磕着了门环子，其实门环子早就掉了，只剩下底下那个环钵，提起拳头，就要往上砸了，鲁小珊赶紧一把把他揪住低声儿道："你先不要着急，好在我们已经找着这个地方了，什么事都可以慢慢办了。你不用忙，等我来。"

说着推开鲁福，走过去轻轻用手指弹着那扇破门，低着声儿道："辛苦！辛苦！请问庙里当家的老和尚，贵宝刹可是菩提庵吗？"问了一遍，里头没有人答应，跟着又提高了一点儿嗓门儿，又喊了一遍，里头还是没人搭茬儿，连喊了四五声，已然连一点儿动静没有。

鲁小珊还在平心静气地喊着敲着，旁边鲁福早就急了，用手一揪鲁小珊道："老爷，奴才不想这么说，您这个人可也太老实了！本来就凭人家那么一张纸条儿，您也不问真假，不管是福是祸，昼夜不歇，吃喝都没踏实，跑出这么老远，受了多大罪，才找着这么一座破庙，我就不信，真有高人能够住在这个地方。

"既是来到这里，所为的是找人，您又不敢大声儿叫门，就冲您这样紧一下慢一下儿，不用就是看神气不一定有人，就是有人，像您这样儿叫门的意思，简直就叫听不见。老爷您可得想着，方才咱们来的时候，走了是多大的工夫，回去时候，当然也省不了事，这块地方，要多僻静有多僻静，倘若回去时候，遇见一个什么歹人，或是有个虫虫蚁蚁的，是您能跑？是我能打？

"要依奴才我说，既是有那位大师父那张纸条儿，叫咱们到这里来，当然就有一定的高手，或者跟这庙里的方丈有特别的交情，早就托付过人家，只要您能够见面一说，大概绝没有不成一说。不如趁早儿使点儿劲把门叫开，见着里头的人，把话一说，是行是不行，是管是不管，总可以有个办法。要就是这个样儿下去，恐怕这里事既办不完，家里碰巧都闹出事来了。

"老爷想清，奴才这话是对不对？按说奴才随着老爷出来，当然老爷说什么是什么，奴才没有多说话的份儿，不过奴才受着老爷栽培，一家连大人带孩子，都吃着老爷，喝着老爷，托着老爷的福，奴才才有一个家。如今看见老爷着急，小的比老爷还急，所以才说出这么几句不知进退的话来，您可千万别生气，实在小的是为这件事有点儿起急。"

鲁小珊一听点了点头，本来鲁福在鲁家已然是父子两辈了，平常真是忠心耿耿如同家人父子一样，自从跟韦家结亲之后，从当天晚上闹起，所有的事，他是无一不知。这次跟了自己出来，一路之上，起早睡晚，唯恐自己受惊害怕，真可以说是无微不至。好容易盼着到了地头，偏又是这么一个局面。在自己的意思，既是大可师太暗示到这里来，便有前知之明，绝不会使自己落空。自己有求于人，岂可全无礼貌，因此方低声下气，唯恐招惹异人生气不管，那岂不是大糟特糟？鲁福只知为主情急，哪里知道这种方寸。

不过看他为主情殷，心里也自嘉许，便点了一点头，略一沉吟，想找两句话既安慰他又给他解释。哪里知道他却会错了意了，他以为鲁小珊的点头是已经默许，准可他大声叫门，心里大喜，抢一步嘴里喊着："里头有人没人？赶紧走出一个来！"提起拳头，使足了劲照着那两扇大门，咚地就是一捶。哪里知道，这两扇门已是久病之身，哪里还吃得起这样烈性的泻药，拳头方挨上，咚的声响未歇，跟着哐啷哗啦，两扇门早已倒了一对。

鲁小珊一句话没说出来，鲁福已然闯下大祸。鲁小珊就知道不好，才叫鲁福赶紧退下台阶，鲁福也自一怔，便听殿里忽然一声怪笑，声音非常难听，加上这个地方地僻，益发使人听了毛骨悚然。

可别瞧鲁小珊这个念书的，一肚子诗云子曰，向例不信服怪力乱神，自从家里闹事之后，眼看着大可神尼大袖一抖，一道亮光，连儿子带儿媳妇儿走得连个影儿都没有了，可见圣人所云"六合之外，存而不论"，又说什么"鬼神之为德，其盛矣乎！"又说"敬鬼神而远之""祭神如神在""获罪于天，无所祷也"。可见得老圣人也不敢公然下个肯断，硬说鬼神没有。就是"怪力乱神"，老圣人也没有一定加以否认，只是不语不说而已。自己亲眼已然得见，怎么还能够固执，一定说是没有呢？再者即以大可留下那张纸条，何以就会知道在若干日后会闹出这种事呢？等到如今，真比文王马前课还要灵还要准，岂不真是神仙一流？所以这才不辞劳瘁，千山万水，跑到这白马头，居然还就有这么一座菩提庵。

现是旁的事可以事先前知，那么纸条上所说的那位异人，当然也不会是假的了。因此心里先存了一切敬畏的心，故而连叫门都不敢冒失。万没想到带来这么一个忠心耿耿的鲁福，偏是天也不怕地也不怕，为了连叫不应，一怒之下，便毫无顾忌地嚷了起来，并且还把一扇多年风吹雨洒的糟门给弄下来了，就知道难免出事。

正在心里一惊，果然耳旁起了一种凄厉难听的怪声音，又是在这荒僻的境地里，听着不由人从脊梁沟里一阵发麻发酸，浑身不由得打了一个冷战，两条腿便像久病多日一样，再打算抬起来，走上几步，那简直就叫不易。

正在这一怔之间，再听一点儿声音都没有了。又等了半天，依然一点儿声音没有了，鲁小珊向鲁福道："咱们不用管这些个，还是进去吧。"

于是鲁小珊在前，鲁福在后，进庙一看，只见迎面三间正殿，殿门敞着，一眼可见佛像，却是供的观音大士。鲁小珊道："我们此来，虽说为的寻访异人，如今这里既是什么人没见，只有这一尊佛像，我们总应当一拜才是。你给我拿着东西，等我先行一个礼再说。"

说着便把帽子包袱全都交给了鲁福，伸手拈起三支香来插在香炉里头，然后退下，走在蒲团前边，一弯腰跪了下去，深深地磕了三个头，站起身来，接过帽子包袱。鲁福也早一头磕了下去，并且嘴里还不住叨念道："上面这位菩萨老爷子，我鲁福跟随我家主人，来到贵宝刹，原是受了一位活佛的指示，到这里来找一位什么异人，所为救家主目下的危难。千辛万苦，好容易才到此地，哪里知道上天不佑，不要说是异人没有出来指示，甚至连个普通的人，我们都没有见着。本当在这里多待两天，等见着异人，究竟如何，我们再走。不过家主一腔心事，急如星火，真要是等到见着了异人，只怕家里事早已闹出来了，那时不要说是异人，就是神人出来，只怕也无能为力了。在这种情形之下，我们主仆，等当然是等不下去了，可是又没有法子能够求其早见，所以才想起这么一个笨招儿。好在菩萨心目如电，定会知道小人心里，一个头磕在地下，唯有恳求菩萨老爷子您是大发慈悲，转给托付一下儿，告诉那位异人就说我们主仆确是来过了。如果他老人家能够看在我们主仆一片赤诚，就求他老人家，念在我家主人一世忠厚，从来没有过刻薄奸猾，现在遭受无妄之灾，眼看要受血光之祸，倘能大发慈悲，施救家主脱去危

137

难，不但是感念异人再生之恩，应当图报，就是菩萨老爷子，您这一番好生之德，也绝不敢忘。多则半年，少者三月，必再亲来此处，重塑金身，重修庙宇。如果事过变心，说了不算，叫他在生断子绝孙，然后掉在九幽一十八层寒冰地狱，千年万世，不得超生。神仙老爷子，我是个跟主儿的奴才，不会说什么，言语之间，有个到与不到，你老人家可别见怪。即或有气，只找我鲁福一个人，没有我家主人什么事，因为这话是我一个人说的，原与我家主人毫无相干。多了也不会说，就是这两句，神仙老爷子您就大发慈悲吧！"

说完了又磕了三个响头，然后这才站起身来向鲁小珊道："老爷，咱们走吧，再要晚了更不好走了。"

鲁小珊一看也没了别的法子，只好是走吧，转身出了大殿，又往东西屋里看了一看，仍是一点儿什么都没有，这才无精打采，随了鲁福照着原道又走了回来。走了一会儿，又到了那股窄道那里，鲁小珊说了一声"小心"，便提起了衣襟儿，顺着那道窄边儿往前慢慢地蹭着走，走得差不多有一半儿，虽说心惊胆怕，力尽筋疲，可是心里一松，再走这么一会儿，就可以到了平地了。

本来是鲁福在前头走，鲁小珊在后头跟着，因为一边是陡壁悬崖，一边是深沟险涧，一个不留神，掉下去是准死无疑，故此提心吊胆，眼睛不敢斜视一点儿。正在这个时候，忽听鲁福前边一声怒叱，借着山音儿，真像打了一个沉雷相似，出其不意，吓得鲁小珊一哆嗦，腿一软差一点儿没有掉下去。

赶紧抢了几步，走到前面一看，只见在那股窄窄的道儿上，横躺着一个人，仔细一看，才看明白，原来是要饭的乞丐，身上褴褛不堪，并且是一身脓疮疥疤，冒出来的臭味儿，真是冲鼻欲呕，十分难禁。

再看那个乞丐，年纪已不在小处，往小里说，也有七十开外，瞪着两只眼睛，嘴里是哼哈不止。鲁小珊想着一定是鲁福走路心急，又知道这里没有人，一个不留神，碰了他一下子。大概踩得不轻，老年人禁不住，所以才大怒之下。无论如何，自己总比他的境遇好，绝不能欺负这样一个苦人，并且自己这次出来，是为的什么？岂可再无故结怨，更是不对，最好跟他说上两句客气话，认个不是也就完了，想着便一拉。鲁福这时候叉着腰瞪着眼，神气非常难看，鲁小珊一拉他道："鲁福你怎么走路不留神，碰了人还是这种神气？真是万不应该，还不快快跟人家赔个不是，怎么还是这种神气？"

鲁福道："老爷您不要一个劲儿责备小的，小的实在没有碰着他。是小的走到这里，他不但往这窄路上一躺，并且他出其不意地手里抡起一条七八尺长的大长虫，差一点儿就抡在了小的脸上，小的一躲，差一点儿没有掉了下去。小的一害怕，嚷了一嗓子，他就大喊起来了。老爷您看我走的这点儿地方，如何能够走得开两个人，如果您要从此一过，他要是一耍他那条长蛇，您要一个站不住，真要是掉了下去，该当如何？他在这条路上一躺，无论如何，咱们也不能不从这条路过去，现在他在这里搅着，您可以问一问他就知道了。"

鲁福气昂昂地说了一大套，鲁小珊只笑了一笑，明知鲁福跟随自己多年，向例不会说谎话，并且他也绝不会欺负人。大概是躺着那个乞丐无理闹事，这一定是他穷急无聊，看见有人从此路过，故意来了这么一手儿，所为是拦住道路，讹上几个钱，至多他的用意不过如此，鲁福不懂这种诀窍，当然是说不到一起了。

自己平常虽没有自居善士，但是像周济个穷人这种事，倒也没有少做，如今他的意思既是这种情形，无妨掏出几个钱来一定可以平安过去，想着便叫鲁福走了过来。鲁福一边往这边走一边说道："老爷留神，他手里可拿着一条长虫呢。"

鲁小珊道："哪里这些废话！"

叱过鲁福，便走到了那个乞丐面前道："老朋友，我们这个伙伴儿，实在是不懂事，走路不看着道儿，无心之中，碰着了老朋友，实在太不过了。不过我们也确是有一腔子心事，急于回去办理，才有了这种疏忽，老朋友千万不要见怪。请问老朋友，他碰了你什么地方？如果真是疼得厉害，我可以派他到外头去找几个人来把老朋友抬出去，我愿意给老朋友治伤看病，如果不至于十分太重，对付能走的话，我这里有几个钱，您把他带着，买一点儿药治一治，如果不够，我再给您想法子。"

说着用手在身上掏出来一锭银子，往那老乞丐手里一递。那个老乞丐本来是合着眼睛一声儿没有言语，只是哼哈，鲁小珊这一递银子，忽然把眼一睁，一阵冷笑道："怎么样？有这几个臭钱就要满街来找人家的晦气啦？为什么不留着这几个钱去买命呢？为什么不留着几个钱去当棺材本儿呢？官街官道，老爷就是在这里待惯了，不愿意动弹，看他哪一个绿了毛的敢动老太爷一手指头！"

鲁小珊一听，这个要饭的简直迹近于无赖了，心里未免也有点儿往上撞气，不过看他那种神气，又不敢过分地得罪他。因为在这穷乡僻境连个人都看不见的地方，真要是跟他闹翻了，一个粗人，什么干不出来，就许大小闹出点儿事来。凭自己跟鲁福还未必是人家对手，真要是在这里惹出一点儿意外，那才叫作不值。不如暂时忍耐一时，再跟他说几句好的，但愿能够平平安安无事比什么都强。

正在寻思，怎样对付这个要饭的，旁边鲁福早已耐不住了，一声狂喊道："你这个臭要饭的，干什么？青天白日，朗朗乾坤，你还打算断道劫财是怎么样？要依我说，你要是明白事的，趁早儿躲开这里，是你的便宜；如果不然，你要是惹翻了我，可别说我做伤天害理的事，要把你扔下山沟，你是躲开不躲吧！"

鲁小珊正听着鲁福这话说得不是滋味儿，恐怕要惹起反感，方要申斥鲁福，不要任意乱说，猛听那个要饭的微微一笑道："我还真没有看见过这三条腿的蛤蟆呢。我要是怕了你，也对不起那位朋友。话既是说到这里了，你要能够把我扔到山沟里，那是再好没有，那时候我自然可以让开你们；你要是不敢把我扔下去，对不过，我今天非要断道劫财不可。这话大概你也听明白了，你还不要尽自候着，我可是没有那种工夫陪着你们解闷儿。这话你们听明白了没有？"

说完了又把怪眼睁了一睁，跟着又复闭上，往那里一躺，又一声儿不言了。鲁小珊一看，这个事情，就叫僵了，即使再说出什么来，恐怕他也一样儿听不进去。又怕鲁福一个忍耐不住，过去一动手这事难免大糟。正在寻思，鲁福早已蹦了过去道："哦！你这是讹上了，我今天豁出死去，我也要看看你是怎么一个人物！"说着往前一抢步，提拳一晃，实拍拍就照着那个要饭的后背砸去。

那个要饭的，就仿佛没知道这回事的，鲁福两只拳头已像油槌子一样地砸了下去。鲁小珊才说："不可……"底下话还没说出来，鲁小珊就知道不好，果然就见鲁福双拳往下一砸，就像砸在石头上一样。要饭的一声儿没言语，鲁福陡地身子往起一颠，差不离把鲁福颠起有一两丈高矮，鲁福往下一落，眼看落得快和自己差不多高了，一时情急，自己才要过去把鲁福揪住，却叫那个要饭的一声怪喊道："这个里头没有你。"

这一句话喊完，自己再想过去，那就叫实非容易，爽得连一步都走不上来了。心里不由害怕，赶紧就又喊："别价，看着我的面子，把他放下来吧！"

就听那个要饭的一声怪笑，跟着把手向下一抓，真像有一根线相似，那鲁福在空中连打了两个滚儿，便堕了下来。到了要饭的临近，只见他双手向上一指，便有两个绳子似的东西飞了出来，迎个正着，掏着腰便把鲁福捆住，往地一落，便掉在要饭的旁边。

鲁小珊一看，哪里是什么绳子，原来捆鲁福的却是两条斑斓五彩的长蛇。这下子可把个不言语的鲁小珊给吓坏了。再看这两条长虫，还真是张牙舞爪欢蹦乱跳，在鲁福身上，不住钻前刺后，伸出很长很长一条火一样的红芯子，出来进去，钻刺不休。

鲁小珊可真急了，把两只手不住乱摇乱摆地道："老神仙，老菩萨，你不要跟他一般见识，他是一个粗人，任什么都不懂，请您不要跟他生气，饶了他吧！"

鲁小珊又是作揖，又是说好话，把老菩萨、老神仙叫个不歇。那个要饭的却行若无事一样，连理也不理，只把个脸看着天上，一任鲁小珊乱喊乱叫，只给他个不瞅不睬。鲁小珊喊了半天，看那个要饭的并不搭理自己，再看地下蛇捆的鲁福，却是一点儿声息没有，好像失去知觉一般，那两条长虫仍在鲁福身上、脸上不住钻刺。

自己一想，这个要饭的真是可恶，自己这样央求他却不理，这可怎么办法？就是他把毒蛇退下，鲁福也未必还活得了。自己愤怒之下，就要上前拼命，猛然想起，这个要饭的跟自己主仆，原不相识，当然谈不到什么叫有仇，可见他并没有一定跟自己为难的心思。大概还是为了他见面要钱，鲁福不该得罪他，所以他才这样。自己何妨现在把钱给他或者他也许把鲁福就放了。

想到这里，用手一掏，谁知带的银子，全在鲁福身上，并没有搁在自己身边，鲁福被蛇缠住，自己如何敢过去在他身上伸手拿钱。自己一急，忽然想起身上还带着一个金的螭虎，本是自幼带在身边，所为镇压的东西，如今事到紧急，只有把这个东西暂搪一下子再说，如果能行更好，倘若不行，只有跟他一拼，死就跟鲁福死在一起吧。

想着便把那个螭虎解了下来，往那个要饭的前边一递道："老菩萨，方才敝仆得罪了老神仙，在下替他赔礼，这里一点儿微物，算是在下一点儿小意思，请老神仙把它收下，换了之后，多买几股水香，给诸天菩萨上一上供，替在下赎赎罪过！"

嘴里说着往前一递，那个要饭的本来是闭着眼睛的，一听小珊这套话，忽然把眼睁开，伸手把螭虎接了过去，笑了一笑道："几十年没见天日的东西，忽然这一见风，还不定怎么样呢。不过这是人家好意，不拘怎么样，也得把它收下，况且这点儿东西，还要受很大的累呢，倒也不算是却之不恭，受之有愧了！"说着把那个螭虎往怀里一揣道："得！拿人银财，与人消灾，既是收了买路钱，当然要让出这条道来。走吧，这个月酒钱又有了。"说着站起身来就走。

鲁小珊先是盼他让这条路，如今却是盼他把鲁福救过来了。一看他一声儿不言语，站起来就走，鲁小珊就急了，过去用力一揪他的衣裳，要饭的往前一挣，咔哧一声，衣裳掉了一块，要饭的往前一栽，扑咚一声，竟自坠下那个斜坡，滚入涧底。

鲁小珊一跺脚，一个没救了，倒又害了一个。心里正在后悔，猛听鲁福一声狂喊："老爷您别把东西给他，他可是骗子，您揪住了他，别叫他走了！"

鲁小珊一听，大为怪异，鲁福怎么忽然会醒过来了？回头一看，鲁福不但醒转，并且已然站了起来，身上那两条毒蛇，已然连一点儿影儿都没有了。鲁小珊不由诧异，赶紧过去问道："那长虫没有咬着你吗？"

鲁福一摇头道："老爷您叫他给骗了，哪里有什么长虫，不过就是一根裤腰带吧。怎好一锭金子，倒被他骗了去了。"

鲁小珊叹了一口气道："他骗什么，这个人也可怜，很费了半天劲，结果倒死在山涧里头了！"

鲁福道："老爷您就不用为他难过了，这个家伙，穷到这个样儿，还没有忘了害人，大概平常不定被他毁了多少人呢。今天也是恶贯满盈，才受了天罚，普通的人，绝不能是这样死，这叫受了水土二雷，若非积恶太深，绝不至于落到如此收场。他这一死，我倒佩服老天爷有眼睛！"

鲁小珊想了一想，方才要饭的那种穷凶极恶的样儿，落到这个地步并不为过，不过究属也觉得收缘太惨，听了鲁福的话便点点头道："我倒没有替他难过，只是咱们白跑了这么一趟，未免有点儿叫人不痛快。"

鲁福道："这件事不是小的说话有点儿犯上，实在都是老爷把这件小事看大了。小的虽没有念过什么书，可是对于什么神仙鬼怪的事，向例就没有信过有这么一回事。少爷、少奶奶那件事，就许是受了那个老姑子的骗局，说不定连来的那两个小贼儿，还许跟他们是一道来的，故意做出这个活局子，所为显出他们的灵应儿，好哄着您上当。临走又留下那么一张纸条儿，无缘无故跑到这么一个旷野荒郊的地方来，连个正经人都没有见着，还差点儿搭上两条命。要依我说，这种事情，不惊动官面儿就叫办不到，咱们赶回去，把这件事前前后后详详细细写上一张说帖儿，往县衙门里一送。县官老爷跟您又有交情，只要派上几个精明强干的办差官，出不了半个月，准能办个水落石出，碰巧连少爷、少奶奶都能找回来。这可是小的大胆这么一说，可不知道老爷以为怎么样？"

鲁小珊点点头道："事到如今，我们已然来过了，连个人影儿都没见着，就碰见这么一个要饭的，难道还能算是什么异人吗？在这里尽待着，当然是没有益处，并且家里的事，也十分紧急，也放心不下，依着你咱们就回去吧。到了家里之后，再想法子，到了万不得已，也只有依着你的道儿走，反正不能坐在家里等死不是？"

主仆两个商量好了，提心吊胆，绕着这股山道，便走出去了，到了东关，找着骡车，连夜赶回自己家里。主仆下车，才往大门里一走，里头几个仆人做工的早从门房里拥了出来，请安行礼，跟着就说："老爷您回来了？这趟真叫不慢，可是您怎么不一块儿回来呀？"

鲁小珊诧异道："跟谁一块儿回来？"

家人道："您不是请了一位醉侠客包老英雄来了吗？"

鲁小珊简直摸不着头脑，当着许多人，又不便多说，只笑了笑道："有什么事到里头再说吧。"

才走进里头院子，便见邹氏、郑氏迎了出来，邹氏笑道："你们主仆二位真不错，家里事情都完了你们才回来，要不是人家那位侠客赶到，真不定出什么事呢！"

鲁小珊一听，邹氏跟前边下人说的一样，明知有事，但是自己一点儿也不明白，便向邹氏一笑道："你看你，没头没脑说了一套也不怕郑大嫂笑话。"

说着便向郑氏道："大嫂，您这几天好？"

郑氏道："托您福，这次可真难为大哥，您到屋里歇歇吧。"

大家走进屋里，鲁小珊洗脸喝茶之后，这才向邹氏道："这次出去，就算不易。方才听你说的，什么侠客不侠客，我是全不知道。这回跑了一趟，不但没有见着什么侠客义士，还差点儿没把命饶在里头。"

遂把这次出外一切经过从头至尾细说了一遍。只把邹氏、郑氏说得目瞪口呆，连呼怪事不止。鲁小珊道："什么事这样可怪？你怎么该说又不说了？"

邹氏道："这件事可是太怪了！今天是十七，就在十三那天晚上，我跟大嫂方才躺下，便听院子有了响动，我一喊嚷，房上就有人答话了。果然就是上次受伤的那两个人，不过这回他又约了不少人，口口声声要找大器跟他媳妇。我们吓得哪里还敢说话，幸亏我先嚷的那一嗓子，发生了效力，外头禄儿、寿儿带了七八个做工的跑进来了。我们在窗户里面看看外头，敢情他们带着有明晃晃的家伙，见着咱们家的人，不但不怕，反倒全都蹦下房来了。我一看是非出人命不可，真要把我急死。就在这么个工夫，对面房上又有人嚷：'哟！我可喝醉了！我怎么走到山坡上去了？哟！哟！我要掉下去！相好的，你们接着我点儿！'房上瓦咕噜噜一阵响，院子里扑咚一声，真从房上掉下来一个，无巧不巧，正跌在一个贼的身上！我是亲眼得见，正把地下那个贼砸了一个趔趄。这些贼可就急了，全都奔了那个人，先前我们也不知道来的准是谁，不过就是觉得可怪，后来一听他说话，才知道是你请来的醉侠客。

"他这一下来，那些贼就把他围上了。我们还直提着心，唯恐他不是那些人的对手。谁知他一边东倒西歪，说些个醉话，什么他是菩提寺的醉菩提，奉了他师父的法谕，来到咱们家捉拿什么耗子精。一边手还不歇着，东边指一下儿，西边戳一下儿。最可怪的就是那拨儿贼，空自人多，手里白拿着家伙，一个也够不着那位醉侠客，反叫他一手指头一个，好像定身法儿似的，把那些个贼全都定在院里头，一个个如同木雕泥塑一样，连转动挪移全都不能。他把这拨儿人全都定住了，然后才跟禄儿他们说，你们主仆两个，已然到了什么白马头，大约不久就可以回来。不过这次福儿为了说话粗鲁，已然得罪了庙里的罗汉，恐怕这里事完了，福儿的事完不了。并且疯言疯语的，说是他有什么一对神蟒鞭，预备着给咱们大器。

"我在屋里听了半天不懂，他说完了又叫人把这些贼捆好了，然后他才走了。他走了之后，我们才报了官府，把一干贼人弄走了。完事之后，家人收拾客厅，在那座褥下找出一对破腰带相似的东西，我因为先听了他所说的，才知道那就是留给大器的那个什么神蟒鞭。我嫌它肮脏不过，一直扔在客厅里，也没有去动它。直到今天，还在那里扔着呢。"

鲁小珊一听，这简直透乱，哪里来的这么一位醉侠客？根本这次白马头除去那个要饭的之外，就没有看见过第二个人，这话是从哪里说起？忽然又听到什么神蟒鞭，不由心里动道："这个事可是透着有点儿邪，在菩提寺虽没见着异人，可是听着像裤带似的这个东西，确是有点儿耳熟，莫不成就是……?"想到这里便赶紧问道："你们说的那条裤带在什么地方？"

邹氏道："在客厅里头呢。"

鲁小珊向鲁福道："鲁福，你也跟着一块儿去看看去。"

鲁福答应一声，便跟着走进了客厅。邹氏用手一指道："就是左边那个座褥底下，那不就是吗？"

鲁小珊过去用手一掀，底下可不是两条裤腰带吗？心里想着可怪，走过用手一扯，谁知事出意料，便会一点儿都没有扯动，凝神过去一看，敢情是一对铁的。鲁福早已喊了起来道："老爷咱们果然碰见异人了！这两条鞭正是捆小的那个家伙。老爷您快，上头还有小的留的记号呢。"

鲁小珊道："什么记号？"

鲁福道："小的被他捆上之后，唯恐不能逃走，便把自己衣襟解开，扣在上头，所为的是死了之后，家里有人来找，可以看见我的衣襟儿，知道我确已身遭不测，也好给我报仇。谁知今天一看这两根东西，上头还系着小的的衣襟呢，由此看来，那个要饭的不就是异人了吗？"

大家一听，这个要饭的实在可以称得起是异人，鲁小珊这个后悔不用提了。据家里这样说，来的这个人既是受了大可之托，当然跟大可是熟人，那么一定也会跟鲁大器他们常见面了，可惜竟会失之交臂，没有能够跟他谈谈自己儿女之事，究竟他们在那里是怎么一个情形？真是自己无福，竟致当面错过。

正在想着难受，忽听鲁福道："老爷您看这是什么？"已顺着鲁福手指处一看，只见在那一对说长虫不长虫、说兵器不兵器的玩意儿底下，压着一张纸条儿，赶紧过去用劲把那对怪东西往旁一挪，才把那张纸条扯了出来，只见上面曲曲弯弯地写着两行字，仔细一看，这才看出来，写的是："菩提寺前摆战场，假装疯魔戏鲁郎。并非故意拒佳客，实因庙破少余房。纹银一锭见忠厚，舍身救主亦非常。大可邀我击群丑，借水一遁到信阳。小小幺麽群授首，从此高枕豫且康。双蟒神鞭来非易，留供双佳扫荆芒。雏凤声高腾老凤，麟趾螽斯大吉祥。区区小事君须记，莫忘蟹肥莉花黄！醉衲和南。"

鲁小珊看完，细一寻思，把双脚跺道："嘻！可惜！可惜！果然是他！"

邹氏道："你说的是谁？"

鲁小珊道："还有谁？就是那个玩蛇的乞丐，就是那位异人哪。可惜我却无福会见！"

邹氏道："这个事已过去，也没有什么可后悔的。倒是他那张纸条上还提什么别的没有？"

鲁小珊道："他还提到大器跟他媳妇儿。"

这句话连邹氏都听得有了劲了，赶紧问道："他怎么说的？这两个孩子现在在什么地方呢？"

鲁小珊道："这两个孩子在什么地方他倒没说，他就说这两个孩子，将来定能有了出息，并且告诉你们喜欢，日后孩子绝少不了，这一来你们也可以放心了。"

邹氏念了声佛道："阿弥陀佛！只要他们平平安安就好，儿女财帛，那是老天爷给的，咱们倒不必特别盼着。"

鲁小珊道："据这个条儿上所写，大概日子远不了，他们还许能够回来呢。"

家里险难已过，便安安待了下去，一晃儿就是三年工夫，这一天正赶上九月初九，是重阳节。鲁小珊素好风雅，有了这种佳日，便邀了几个老朋友，在城外有个地名叫清凉阁，举行了一次登高雅会，只恰好邹氏凑趣，又买了几斤大螃蟹蒸得娇红欲滴，留供小珊畅饮。

这一次酒直喝到夜深，才要安歇入睡，猛听房上瓦垄一响，跟着就听有人喊嚷："姓鲁的，你还没有死吗？大太爷特来报两次深仇，快拿命来！"

呼哨一声，四外响应，这一嗓子，屋子里可就毛了烟儿了！这时候郑氏已然走过自己院里，这里仅有鲁小珊跟邹氏夫妇两人，余外还有两个婆子两个丫头，正在屋里收拾那些残酒剩菜。一个婆子姓张，平常爱说爱笑，人极和气，又极忠实，还是邹氏于归鲁家的时候，从娘家带过来的用人，这年已然是六十的高寿。因为鲁小珊最是谦恭和蔼又看在夫人面上，从不曾拿她当下人看待。今天是佳节吃酒，便把她也找了来，叫她坐在一起吃一点儿喝一点儿。张妈酒量还很大，斤把两斤酒，到了她的肚子里，简直算不了一回事，牙齿也还好，居然还能吃螃蟹。另外两个丫头，一个叫芳芳，一个叫环环，全都明眸皓齿，善语解意，在旁边伺候斟酒剥蟹，直到吃完，洗净手脸。郑氏因为心里一痛快，酒喝多了一点儿，觉得头晕心跳，支持不住，便向小珊道了谢，又告诉邹氏自己有点儿不适要先回去一会儿，邹氏便叫人把郑氏送了过去。

鲁小珊道："今天这一趟清凉阁，跑得真有些累了，叫他们把东西捡去，我们今天也早一点儿歇了吧。"

邹氏点头便指挥婆子丫头收拾东西。张妈拿了一张油盘，一边捡一边说，把油盘里装得都成了小山儿。芳芳便笑着道："张大妈，我可不是成心这么说，你少拿一点儿好不好？这要是脚底下一滑，手里一哆嗦，这一盘子家伙，可就全毁了！"

张妈道："姑娘，你说两句吉祥的好不好？我是因为厨房离这里太远，要不多拿一点儿，就要多跑好几趟，累不累倒还在其次，多耽搁工夫呀！你不说帮着我拿点儿什么，反倒在旁边给我念好听的，我又没敢得罪姑娘你，干吗咒我，叫我出彩儿呢！"

芳芳道："不是不是，我倒不是怕你把家伙摔了，我是怕您为了舍不得家伙，再把人摔下子，那可就值得太多了。"

张妈轻轻啐了一口道："呸！你别废话了，越说越好，爽得连我本人你都咒上了！我今天要是不出事，咱们是任话没有，要是伤了家伙或是碰了我，咱们完不了，谁叫你红口白牙满嘴咒我呢？"说着话，伸手往起一托那块油盘，里头盘子碗乱响。

邹氏道："张妈，你不要以为芳芳说得不对，我看你还是分两趟吧。"

张妈一笑道："太太您真叫芳姑娘给您说信，您忘了那回吃豆馒，我一人拿了两个油盘，比这个多了足有一倍，那天还下着小雨，跑到厨房，连一样儿也没有磕碰，何况今天东西少了一半儿，外头又没下雨，哪里就会出事呢。跟太太打一句哈哈儿，不摔不砸，您也不用赏我什么，您就给我一天假，我也回家去看看。要是伤了一个调羹，您就从我工钱里头刨，多摔多刨，什么时候刨完了，什么时候您再给我工钱的，您看好不好？"

邹氏笑道："谁说要刨你工钱了？越说越不像话了，你就快一点儿走吧！只要别摔了人，怎样都可以的。"

张妈一笑端起油盘往外就走，芳芳、环环两个赶紧过去把帘子打了起来。张妈才往外一迈步，她也是怕有雨，往起一抬头，所为的看看天上有星星没有，谁知就在她一抬头星星看见没看见，还不知道，对面房上站满了全是人她倒看清楚了，一声"哎哟！我的妈呀！"哗啦、啪嚓、哐当、扑咚乱成一片。把屋里的鲁小珊吓得浑身乱抖，知道已经出了人命，今天一定是凶多吉少，不由心里一阵难过，一甩邹氏的手，就要蹦出去，跟群贼拼命，邹氏一看鲁小珊要出去，当时就急了，赶紧上前一把揪住道："你上哪里去？"

鲁小珊道："事情到了这个时候，你不让我出去，难道他们就不会进来？还是放我出去，还许能够把他们拦住，否则他们进来之后，恐怕连你们也难幸免。"邹氏一听，鲁小珊出去有拼命的意思更不敢让他出去了。

这个时候，院子里的张妈，忽然又发出狂喊："老爷，太太，这可好了，少爷回来了！少奶奶也跟着回来了！哟！少爷，您快进屋来，这些贼您可惹不起，留神他们的刀！……"

张妈这一嚷，不但鲁小珊听见，就连邹氏也听见了。先还不信，扒着窗户往外一看，看得虽不甚清，却也看得出一些面迹，院子里站着一男一女，正是九年以来，自己千思万想，日夜焦思，唯一心疼爱子鲁大器跟着过门没有一天的媳妇韦瑛。

果然是他们两个站在院里，并且每人手里都拿着有兵器，全是一口长剑，旁边那些贼，足有二三十个，已然围了上来。邹氏又是着急，又是高兴，又是害怕，方才自己不肯放鲁小珊出去，怕是受了误伤，如今一看自己的儿子，仿佛忘了院里的一群贼，两只手一拍，便要夺门而出。

鲁小珊道："你先等一等，这件事情，据我看着，里头有些道理，着急没有用，你先看一看再说。"

邹氏道："你没有看见外头的这群贼吗？把咱们的儿子都围上了，手里有枪有刀，碰着一点儿是闹着玩呢吗？我打算出去，把他们先叫进来。"

鲁小珊一笑道："你真是喜欢糊涂了。你又不想想，外头既是一群贼又是报仇而来，口口声声，找的是他们两个，如今已经见面，岂能空空把他们放过，你出去拉不进他们来，还不得把你的命饶在里头吗？要依我说，你先在屋里看一看，我瞧这个意思，这两个孩子是学了能耐回来了。"

邹氏道："你是怎么看出来的？"

鲁小珊道："我虽没有亲眼得见，可是据我这么想着，方才张妈出去，把家伙全都掉了，一定是她看见房子上有了人，一害怕才扔了东西。可是我们又听见，这些贼蹦下房来，听他们说话，是打算要张妈的命，接着又听外面扑咚一声，当啷一响，要是真对张妈下了狠手，恐怕张妈早已死去多时，如今张妈既是没死，还许是这两个孩子救的。他们既然能够救下张妈，就许把群贼杀退，亦未可知。你不要因为着急，反而误了事情。"

邹氏一听也有理，当下便真不敢出去了，趴在窗户那里，瞪着眼睛往外看。这一来，更把郑氏吓坏了，只见鲁大器把手中长剑向那些贼一指道："诸位朋友，远道而来，多有辛苦，我姓鲁的，特意赶回恐怕疏慢了诸位。诸位来到这里，究竟为的是什么？哪一位领头的，无妨一说，我要领教领教！"

一句话没说完，从里头蹦出一个仿佛是短了半个耳朵的汉子来，手里一对斧，使劲一挫，锵啷啷一响，向鲁大器道："姓鲁的你别推干净，难道你就忘了当初削耳割鼻之仇吗？你家大太爷米柱、鱼崇，请来朋友要报当年的仇，趁早过来快快领死！"

鲁大器冷笑一声道："哦！原来你们就是那一回该死没死的两个鼠辈呀！你也不想一想，身为一个男子，不想务正上进，反做出那种不要脸的事情，偏又没有本事，闹得被获遭擒。按着你们的行为，就应当把你们往官厅一送，打完了往监牢里一收，圈你十年八年，再放你们出来。或者就当时把你们全都弄死，为世上除害，那个时候，你们还许认为是命该如此，死而无怨。不过看你们活到这么大，也不是一件容易事，才网开一面，仅仅给你们留了一点儿记号，放你们两条活命。所为是叫你们有了戒心，知道以前做错，从那时改悔，另做一个好人，总算是体念上天好生之德，做了一件好事。谁知你们这种东西，竟是天性如此，甘居下流，难道你别的书没有念过，连一部《孟子》你都没有念过？是以君子恶居下流，天下之恶皆归之，又道是羞恶之心，人皆有之，礼义廉耻，国之四维，四维不张，国乃灭亡，鸡鸣而起，孳孳为利，跖之徒也，其犹穿窬之盗也欤，是亦妄人也已矣！君子人欤？无乃梁上乎！君子哉若人，吾末如之何也已矣！……"

鲁大器大概是憋闷的日子太多了，今天这一痛快，可把他书毒招上来了，东一句西一句滔滔不断，念念不绝，把一个过街鼠米柱全给说傻了。听了半天，一句也不懂，听着仿佛跟念经似的，越听越烦，可就不往下听了，一抡手里夹钢斧，抖丹田一声喊道："姓鲁的你不用施展妖术邪法，大太爷我是任什么也不怕，今天是报定了仇啦，别走，吃我这一斧！"

说着双手往里一兜，两把斧子刃对着刃儿就奔了鲁大器的脖子了，屋里连邹氏带鲁小珊都吓了一跳。鲁小珊虽是念书的人，他可不酸，方才听鲁大器对这些贼一背四书，听得自己都差点儿没乐出来。心说这个书呆子，怎么到了这个时候，还没有忘了书毒呢！这些话贼他也得懂啊！这不是……

才想着可乐，米柱的斧子就举起来了，两只手一合一兜，唰的一声，就奔了鲁大器的脖子。鲁小珊一着急一哆嗦，旁边醉张妈直哎哟："老爷您这是怎么了？您怎么踩我的脚尖儿一下子呀？可真踩疼了我啦！"

鲁小珊这才知道自己一着急无心之中踩了张妈的脚指头。这时候连说闲话的工夫都没有了，瞪眼往外一看，只见米柱双斧已然到了鲁大器的脖子上，鲁大器往下一矮身儿，唰一声斧从头上过去，鲁小珊才念了一声阿弥陀佛，米柱两只斧一合一立，往下就劈。

鲁小珊一看，这回比那回还悬，因为他才往下一矮身儿，还没有站起来，想着这一斧下去，必定难躲。果然就见米柱双斧往下一落，咔嚓一声，红光崩现，哎呀一下，扑咚一声，两个里头，已然倒了一个。

这一下子吓得鲁小珊差一点儿也跟着倒了下去，定神往外一看，却听鲁大器一声喊道："胆大小辈，竟敢这样猖狂，我以为你有多大的能耐，原来不过如此！已然打发了一个，还有哪个该死的，还不快快过来领死！"

鲁小珊一听，再往地下一看，鲁大器好好地站在那里，身上连一点儿伤都没有受。地下却躺着一个，正是方才拿斧子的那人，心里这才明白，果然鲁大器学好了本事，真把贼人打倒。至于伤在何处，怎么会当时没命，他可就不知道了。心里一高兴，胆子也大了，手扶窗台儿，瞪着眼睛往外看。

只见从房上又蹦下一个，身高七尺，穿着一身黑衣裳，手里拿着一对金瓜锤，双锤一磕，当啷啷一声响，夜静天空，听出去很远，双锤一点，向鲁大器一声喊道："咚！姓鲁的，你胆敢伤我家好友，现有你家大太爷金锤将张恒，特来为友报仇，不要走，接锤"！双肘一伸，两手往前一锤，双锤分开，便奔鲁大器双耳去。鲁大器一挫腰，让过双锤，亮手里宝剑，往上一翻腕子，手里宝剑，剪张恒的手背。张恒往回一撤锤，使足了劲，往上一磕。鲁大器撤回剑来，长腰一腿，正踹在张恒的胯骨上，咚咚咚，倒退了三步，扑咚一声，摔在地下。

鲁大器一看，脱口而出就喊了一声："好。就凭尊家这种能力，也敢跑出来丢人现脸。"一句话没说完，就见张恒一抬手，噼啪一声响，一股黄烟直奔鲁大器的面门，鲁大器躲闪不及，当啷一声，剑掉人倒。张恒一挺腰，从地上纵了起来，哈哈一笑道："姓鲁的，难得你也有今日，你家张大太爷，要替好友报仇。"嘴里说着话，双锤一举，往前一抢步，照着鲁大器的脑袋，呼的一声，就砸下去了。

屋里鲁小珊，看得清楚明白，先看张恒摔倒，心里才一高兴，想不到张恒一伸手，打出一样东西，鲁大器竟自摔倒。又看张恒蹦起来奔了大器，知道这下子可完了，不由心里轰的一下子，差点儿没有晕过去，准知道这下子这个儿子是完了，没想到好容易见了面就是这么一会儿，又要看他死在自己面前。

正在这个时候，猛听一声娇叱："贼子你敢！"唰的一道白闪相似，便奔了张恒。张恒一看，也知道不好，再打算躲，可就不易了，连哎呀都没喊出来，哧的一声，扑咚一声，死尸便倒在了地下。

鲁小珊才把一口气缓了过来，嘴里不住念着疙瘩佛。再看杀张恒的那人，正是自己爱媳韦瑛，手里一口长剑，东削西砍，耳边只听一片喳喳声音，原来把那些贼人的家伙全都削折。这些贼一看，呼哨一声，四散奔逃，当时跑了个干干净净。

又见韦瑛走过去用手在鲁大器头顶上一拍，鲁大器竟是应手而起，一看贼人走净，这才走进屋里，见了鲁小珊便自跪倒，邹氏也奔了出来，因为大喜过望，反倒连一句话也没有了，还是鲁大器道："爸爸您先等一等，等我把她叫进来。"

到了院里一看，韦瑛已用消骨水把院里死尸消去。两个人又回到屋里，这才一说经过。原来他们两个，自从出去之后，又受了多少年苦，方得功成名就。奉了师长之命，回来探望父母，以后还要住在家里。鲁小珊自是高兴，邹氏郑氏也是欢喜非常，鲁小珊又把异人留的那条鞭找了出来，给韦瑛一看。韦瑛一笑道："原来是黑师伯的东西，早已说过了是送给我们用的了。"

从此以后，两个人便时来时往，一直到鲁小珊又生了第二个儿子，两个人才携返仙山，重修正果。书写至此，暂告段落，容后稍暇，再写一本韦瑛、鲁大器投师行道的热闹节目，给诸位消闲解闷儿。

铁马银旗

第一回

跑车赛马玉美人受辱

这话在前百十多年，北京还叫燕京，河北还叫直隶时候，天下正当承平，四海群享安乐，粮食收得多，东西卖得贱，朱门仅有肉臭，路上却无冻死之骨，可称得国宁家静，人乐年丰。

北京地势雄要，幅广人稠。又因是建都之地、科考之区，什么做官的、谋事的、求学的、赴试的、做买的、做卖的，全都不期而会聚一处，真所谓"冠盖京华，商贾云集"，把偌大的一座北京城，点缀得全是升平景象。

不过一样美中不足，就是消闲游逛的地方甚少，除去戏馆子听听好戏，饭庄子吃吃美食，至多也不过是玩玩"像姑"、逛逛堂子而已。至于打算娱目骋怀特别有个热闹，第一就是办万寿。

万寿也就是前一后二五，并且非身有重职的员司，也不能随便躬舆盛典，不得已而谈其次，那就非等应时开放的几处大庙会不可。例如从正月初一到十五，可以逛逛东岳庙，摸摸铜骡子，看看七十二司；二月二可以到趟太阳宫，吃点儿太阳糕、豌豆黄儿；三月三来趟蟠桃宫，给王母娘娘拜拜寿，给父母老人家许许愿，给炕头上媳妇儿求求子，好得一个又白又胖欢蹦乱跳的大小子。

还有一处跟东岳庙同时开放还晚关山门四天的，就是白云观。卧风桥打金钱眼，二道门摸石猴儿，顺星殿拜本命星，财神殿求财，娘娘殿求子，瓷碗儿山、老人儿堂吃艾窝窝（糯米糖团），买大糖葫芦，更有一样特别，还可以看跑马赛车。

这些地方，平常清锅冷灶，连一点儿动静都没有，必须要等到了日子，棚也搭了，摊子也摆了，什么身上穿的、头上戴的、脚下蹬的、嘴里吃的、眼里看的、耳里听的，应有尽有一概俱全。庙期一满，当时是棚拆、摊散、庙在、人空，依然恢复清凉地界，再来请等明年今日。

究实这些地方原没有什么可玩可逛，只是那时玩逛地方人山人海，车水马龙，老头儿、小孩儿、中年汉、大姑娘、小媳妇、挂着棍儿的老太太，全都拥拥挤挤挨挨蹭蹭，欢天喜地嘻嘻哈哈，说说笑笑地前来捧场。

这一年又赶上正月初八，是白云观开放山门的第八天，也就是白云观人最多的一天，因为这天是俗传顺星的日子，差不离的人，都要到这观里顺星殿去顺顺星，问问流年祸福。

这所顺星殿，是北屋五大间，里头满供着星宿，都是塑的泥像，相貌不同，名姓各异，反正全是古往今来历史上有名的人物。神像前边一块木牌子，一面是这尊神像的名姓和法讳，一面就是执掌流年的岁纪。

顺星的进殿顺着一数，自己的年岁和那位神像拿的牌子所写一样，那就是本命星宿，像忧亦忧，像喜亦喜，据说百不失一。不过遇见本命星恼在那里，可以有法儿让解，就是多买几股高香，交给值殿的老道，点着一烧往大化炉里一扔，就能转祸为福、化危为安。

不管穷富，谁也愿意多活着；不管男女，谁也愿意顺序。好在神圣并没有最低限度非多少不收，那个年月几股香谁烧不起？为什么不找吉利呢？所以不逛白云观则已，要逛总是摘初八这个日子，故此每年初八是白云观人最多的一天，真有从早晨去直到挨黑儿还没有顺上星的，至于什么蹬鞋踩袜子，丢了孩子挤掉胎，那是年年常见的事。

好在被难的人自己会解释"我就知道今年顺序不了，神仙老爷

158

子冲我直嘬嘴呢，那还好得了？好在就把胎挤下来了，这就是顺了星的灵验，不然连我本人都得挤死。这一来把一年的晦气全挤没啦，回头到娘娘殿再烧股香，求娘娘再赏一个大小子，明年这时候能抱着孩子来还愿来了，连今天挤下来这个，也是去年在本庙娘娘殿里求的，你能说不灵吗？”诸如此类，一言难尽。总之，这天比每天都挤都人多就是了。

这一年的初八，不但人多，而且多得邪行。原来庙里道长为了迎合施主善男子善女子起见，特在城里约请了一般有头有脸南北衙门仓库两面儿，以及大老阔少，成了名的青皮，响了蔓儿（亦成名之意）的光棍、文虚子、土混混儿，凡是有个名儿姓儿的，满都撒了一帖，定于初八初九初十三天，在白云观西墙外便道上跑车赛马，酬谢天神而报苍庥。这一来，除去顺星照样热闹儿，只苦了瞎子跟半身不遂实在来不了的之外，四九城的人来了足有三八城的。

这一天，才交子时，就有人来顺星，细一打听，初七来了没走，挨冻绕着庙墙跑了三个弯儿才进来。当然这位是头股香，上了香还没找着本命星。呼噜一声，又来了有二三十位，又一打听，是从京北来的。接着一拨儿跟一拨儿，一个挨一个，越来越多，越来越挤，挤来挤去，把老道挤得没了地方，抱着磬上了佛爷桌子，一边打着磬一边喊：“诸位施主，顺星可别忘了撂香钱，白烧香星君可是不能降福啊，无量寿……受不了！”仅顾了追香钱，胡子落在海灯上，烫得老道一边揪自己的胡子一边还嚷，“诸位施主，你们只顾了白烧香，贫道已然代施主们受罪了，慈悲慈悲，撂下香资再走吧！”

他嚷他的，大家跟没听见一样，你拿一股，我拿一股，有扔在大化炉里真烧的，有趁乱捣乱把香抢走的，还有往娘娘殿里运、预备换几个零钱到卧风桥打老道的。

里头有个老头儿，一看老道站在佛爷桌子上，他有点儿不大高兴，摇摇头叹了口气：“咳！这还是出家人呢，怎么目无佛法，居然上了神案子，这不是要跟神仙平起平坐了吗？哪里还像出家人。刚才那把火小了一点儿，怎么不教它再大些个，爽得把这个老道整个火化了倒好，省得他也是舍命不舍财，败坏三清教规，神仙有灵，干脆烧老道。"

老头儿正在叨念，猛听身后有人喊嚷："借光，借光，这里是大道南是大道北呀？"老头儿回头一看，不由一怔，原来问话的是个瞽目先生。这个时候，虽说是月黑天，好在殿里灯火齐明，虽不能说亮如白昼，无论如何，也能看清来人是怎么一个打扮。

只见这人，身高不到五尺，紫脸膛，一只眼闭着，一只眼睁着。睁着这只，完全是白眼珠，连一个黑星儿都没有，来回不住在眼眶子里乱转。短眉毛，四字口，小鼻子，翻鼻孔，戴了一顶紫呢子风帽，一根青缎子带儿，从后头兜着系了过来。上身穿一件灰色布面儿老羊皮袄，上头除去油就是泥，里头中衣因为在灯光之下，就看不清了。肩头上背着一个梢码子，在前面这头有四个字，看得清楚是"发财回家"。左手马杆（明杖），右手报君知（小锣儿），不拘谁看，一望而知就是算命的先生。

老头儿看着纳闷儿，心说真是夜静了什么事都有，黑天半夜，怎么又跑出一个算命的先生来了。你说他不是先生，他不能这样打扮；你说他是瞎子，无缘无故，怎么会来到此地？从前门到顺星殿，单说院子就是十几道，瞎眼黑乎他怎么进来的？这么多的人，真叫难为他挤。

老年人心眼儿实，虽然心里起了疑心，不但不盘问他，反倒告诉他："咳，先生，什么大道南大道北？这里是顺星殿，你怎么走到这里来了？"

瞎子一听，当时把白眼珠儿一翻道："好王八羔子！"

老头儿道："先生你怎么骂人呢？"

瞎子一乐道："不是，我没骂你，我骂那个杂毛儿老道呢。"

这时候殿里殿外老道站着足有二三十个，瞎子嚷的嗓门儿挺大，老道听得逼真，虽说不能跟一个残废人捣乱，究属谁也不能爱听，

160

里头就有好事的，从人群里走了过来，一拍瞎子肩膀道："先生你别这么说话呀，这里都是老道，你这是骂谁呢？"

瞎子听了把白眼珠一翻，说道："哟！我可实在是失言！我可不知道你这里是老道庙，要知道我天大的胆子也不敢。其实实在我是上了一个杂毛儿当了，我跟他打听道儿，我说从这里到白云观有多远，他告诉我没多少道儿，顺着他指的道儿一直奔西，过了一股大道，往南一拐，大道南边，就是白云观。我受了他的指使，我就奔这股道走下来了，越走越僻，爽得连人打听道儿的地方都没有了。后来也不知道怎么股子劲儿，我就到了这里了。方才有位老爷子告诉我，这里是什么顺星殿，平白无故，我走了这么些冤道儿，我能不骂他吗？我骂的是杂毛儿老道。道长，你可别生气，我是气糊涂了！好杂毛儿，好王八羔子。道长，劳驾，我再跟你打听打听，由这里再往白云观去，还有多少里地？得从哪方奔哪方？"

老道一听真是气不得笑不得，当着老道骂老道，他可口口声声直说没骂自己，当然没有好气，便气狠狠地道："这里就是白云观。"

瞎子一听，脱口而出又骂了出来："好你个老王八羔子！"

老道一瞪眼道："你这个人是疯子是怎么的了？为什么张嘴就骂人呢？"

瞎子摇头道："不是呀！刚才我以为上了老道的当，差点儿没把道长给得罪了，闹了半天，人家一点儿也没说错，倒是那个老家伙，拿我瞎子开心，他说什么顺星殿，敢情这里就是白云观哪。嗐，这倒怪对不住道长的，你别过意，眼睛瞧不见，就是活地狱，一点儿什么磕碰也受不了。道长你可别往心里去，你原谅我是个残废人。"

老道一听也有理，便笑了一笑道："没什么说的，真格的，你打听半天白云观，有什么事吗？"

瞎子道："嗐，道长，这句话要是别人问我，我还是真不能说，一则你不是外人，二则这件事，我还得求你指点，我跟你说了，你可得帮我一步忙儿。你别看我这辈子是个瞎子，下辈子只要不托生小猫小狗儿，也让我当个老道，我一定服侍你那半辈子。"

老道一听瞎子说话总是不大顺耳，不由从心里别扭，便赌气说道："什么事？你只管说吧，出家人以方便为门、慈悲为本，不用说你还是个瞎子，不拘什么人，只要我们力所能及，没有个不帮忙儿。你就痛痛快快说是什么事吧，因为这两天庙里烧香忙，没有工夫多陪你说闲话儿。"

瞎子慌忙作了一个揖道："实在对不过仙长，耽误你老事情，我跟你打听的不是别的事，就是听人传说你这庙里有善人舍元宝，不知真假？"

老道一听，瞎子是穷疯了，自从有这庙那天起，也没有一个舍元宝的，这不是瞎着两个瞎窟窿造魔吗？便呸了一口道："你瞧你是瞎废话不是？干脆告诉你吧，自从我进庙到今天，还没有听说有一个舍元宝的呢。等着吧，将来也许为你舍元宝。"说完了不愿再多废话，转身就走。

瞎子腿脚更快，走过去一把扯住道："道爷你太性急，我说话太慢，我的话还没说完呢，你就急了。我也是听人家传说，白云观今年有善人舍馒头，个儿真大，真有元宝那么大个儿，面也特别好，比银子都还白。我刚说了一个元宝，底下还没容我说出来，你就急了。道长，你就说有没有吧？"

老道一听，不由噘了一声道："噘！你怎么说话大喘气呀，舍元宝的没有，舍馒头的年年有，今年比每年还多五个府，礼王府、端王府、庆王府、郑王府、恭王府，还有九门提督赛大人，今年都放善堂。你来着了，不过还早着呢，现在才子时，等到午时再来不晚，你先别处活动活动吧。"

瞎子念了一声："无量寿佛！好家伙，一府赏一个，九门放九个，一天吃一个，半个月不用着急了。道长咱们午时三刻见，打搅打搅。"说着又作了一个揖，一转身往人群里一挤，再找连影儿都没有了。

老头儿回头再看，顺星殿上，人山人海，比方才又多出有十倍百倍的人来。顺星殿子时上了头股香，人是越来越多，越来越挤，一直到了未时，依然是拥挤不动。其中虔心顺星的，自是不在少数，但是趁风打劫的也是大有人在。有些青皮混混儿，专一在人群里头，少妇长女多的地方，挤出来又蹭进去，所为能在妇女面前挨下子蹭下子。

有那正经大户妇女，只是躲躲闪闪，谁也没拿他们当人。有那小家妇道，平常就没遇上这种苦子，一看他们来回乱挤，知道他们是成心找便宜，便不由得一边吐沫乱唾，一边大声大喊地骂道："挨刀的，你他妈蹭什么？你碰我干什么？打算他妈的吃接奶是怎么着？他妈的，有妈生没爹养的臭王八羔子！"

他们听了，不但不恼，反倒引以为荣，依然乱拥乱挤。更有一种白钱圣手，趁乱裹乱，大施身手，什么吃下一个表，弄下一个荷包，也跟着里出外进，走马灯儿相似转个不休不停。

只苦了拿磬槌的老道，从早上到未时，水米未进，虽说半仙之体，究竟还没练到完全不吃烟火之食，累得连磬槌都快拿不住了，却依然一点儿散堂信儿没有，心里不由十分着急。这一急便生出飞智，一边打着磬，一边嘴里乱嚷："众位施主，外头马场可到了时候了，烧完了香的施主，请到外边看跑马的去吧，去晚了可没了好地方了。"这一嗓子还是真有效，呼噜一声，当时走去足有一大半。

离着顺星殿不远，就是角门儿，出了角门儿，南北的大道，大道东西是大土坡儿，坡儿离地也有丈数来高。坡儿上头两边都是高搭席棚，缕缕行行，足有五六十座。

烧完香的人们，才一出庙门，就听见有人嚷："众位喝茶歇腿请到这边儿。又高爽，又眼亮，正在场口，瞧跑车跑马，可是太已瞧得见了。喝茶吧，水甜叶子好，歇歇腿吧您哪！"

这几嗓子不要紧，呼噜一下子，就全拥上去了。当时这座茶棚就满了。后来的一看这座已满，只好再找第二座，于是扶着老头儿，扶着老太太，揪着姑娘，抱着小子，见了茶棚就进，见了板凳就坐。果然高爽眼亮，车马下来，可以看个清清楚楚，明明白白。

茶棚里伙计，又是特别和气，一边忙着倒茶端瓜子花生，一边还满嘴应酬着："老爷子，老没见，你倒还是那么硬朗，从你府上到此地，足够八里多地，你坐轿车儿来的？你猜怎么着？你还是真来着了。今年这个马会，可太齐了，连八棵槐成八爷今年都给惊动来了。成八爷讲究玩牲口，你是知道的，大概那也瞒不了你，听说最近也不是哪位做外官的从口外给八爷带来了一匹马，叫什么玉蹄银面云里飞，腿底下太快了，从平则门到鬼见愁，不到半个时辰打来回儿。这不是咱们说，成八爷人家是干什么的？不赶在他老人家高兴头上，不是请也请不出来吗？这不是千载一时开眼的巧劲儿吗？"

老头儿道："马倒不错，咱们这个地方瞧得见哪？这么些人……"

伙计道："老爷子你只管放心，你别瞧这么些个茶棚，说起实的来，谁也比不了这块地方，咱们这里，坐在居中，管保你是两头儿瞧得着。还告诉你，你千万可别挪窝儿，因为今天人太多，你一离开，人家往上一挤，你的座位儿可就没了，连我们也是一点儿法子没有。老爷子不怕你要吃饭吃得早，这时候有点儿饿了，你也只管言语，咱们这里自己预备的炸子鸡儿、炸丸子、老豆腐、豆腐脑儿、苏造肉、烧饼麻花、豆汁粥，你随便要着，什么都方便，你只管言语，我可不张罗你啦。"嘴里一边叨念着，一边又张罗旁的座儿去了。

这些善男信女，家出来都早，在人群里挤着倒是不觉得，如今几碗茶下去，当时肚子里咕噜咕噜一阵叫，就觉得出饿来了。这个要烧饼，那个要炸子鸡儿，你喊我叫，乱成一片。

正在这个时候，猛听有人侉声侉气地嚷道："人人都说北京城房子盖得好，怎么都是席缝的，连个窗户都没有？这要是赶上刮北风，拿什么搪呀？"

164

大家一听，就是一怔，跟着就听茶棚梯子响，踢踢踏踏，扑咚扑咚，哼哼唧唧从梯子上走上一个人来。

　　北京城的人，唯一的长处，就是能耍嘴皮子。一看上来这个人，穿章打扮，模样戳个，便不由人都抿嘴一乐，这个就说："你们瞧这个一定是土财主。"那个就说："什么土财主？简直是大土包。"又有人扑哧一笑道："你们说的都不像，我要一说准对。干脆，这个老小子，准是老妈儿男人。"

　　原来上来这个人，年纪有六十来岁，穿着一身蓝布裤褂儿，腰里系着也是蓝布褡包，脚底下两只搬尖儿大掖把洒鞋。漆黑的一张脸，黑中透红，红中透亮，两撇儿灰白的胡子，通关鼻子，大眼睛，脑袋上头发不多，还梳了一个小辫儿，手里拿着一根铜锅儿铁杆儿白玉嘴儿的旱烟袋，踢踢踏踏，吧嗒吧嗒，一边抽，一边冒着白烟走了上来。

　　伙计一看，就是一皱眉，赶紧走了过来道："嚄！乡亲吗？什么时候上来的？怎么这么闲在？也到大城里头来逛来啦？不过，今年咱们这里棚搭得窄，没有富余地方，这个地方可是站不住闲人，你要打算看热闹……"说着用手一指茶棚底下道："你瞧见了没有？你要瞧热闹儿，可快站到那边去，又得看，又不挤，要去你还是快去，工夫一大，去晚了，人要挤满了，再打算去可就不行了。"

　　老头儿一听冲着伙计上下一打量，把眼一翻道："噢！这个地方站不住，我不会坐下吗？"恰好前头正有一个方凳儿，说着便一屁股坐了下去。

　　伙计正要为他打主意，还没容他说出来，老头儿嗐了一声，便先大骂特骂起来了："嗐，我儿子说的话，一点儿都不错。在我没来之先，他就跟我说，北京城里去不得，头一样儿嫌贫爱富，狗眼看人低，贫嘴恶舌头，专欺老实人，我想着北京城怎么样，只要他是人，也是十个月怀胎，父生母养，嫌贫爱富，他跟我提不着，我又不打算给他当女婿做小姑爷子，不招不惹，他凭什么欺侮我？一定

165

是我那个儿子，怕我多花了钱，亏了他的家当儿，所以打算用花言巧语把我拦住。我一赌气子没理他，抓了把银子，爽得连衣裳都没换一件我就来了。谁知还真应了他的话了，北京城的人果然是嫌贫爱富，不拘走在什么地方，他看我穿得差了一点儿，脸子该乐的也不乐了，说话的声儿短的也拉长了，我又不该他二百钱，什么王八小子？要是在前二年，我跟他准拼下子，叫他也明白明白谁也不是一根灯草就点得着的省油灯！看不起我，我把王八小子的苦胆掏出来，瞧瞧他是绿的是油腻住的？这位大哥你老说是不?"

老头儿这一阵连骂带嚷，嗓门儿挺大，所有茶座儿全都听见了，连先那几位说便宜话的主儿，也不敢往下再说啦，伙计先头真没看起这位老乡亲，听人家这一吵一骂，才知道人家是挑了眼啦，赶紧赔着笑道："你别错会了意，买卖太忙，没张罗过来，你喝什么茶？吃点儿什么点心，我好给你要去。"

老头儿一听又是哈哈一笑："这位大哥，你可真和气，我是一个乡下人，没到城里来过，该要什么我也不懂。这么办，你们这里有什么好吃的，随便不拘你给来点儿什么，我借着这个茬儿，也可以开开斋，喝水更不拘，只要开水，喝了不闹肚子就是了。"

伙计一听，这个老头儿，不但进过北京城，外带绝不是怯货儿，刚才自己走了眼，认错了人，无论如何，也得想法子把他拉回来。便又笑了笑道："老大爷既是你嫌麻烦，不愿自己要，全交给我了，我先给你来几样，你得先尝尝。吃着得味再要，不合口味，给你退回去。别瞧茶棚小，茶叶准保不错。我先给你沏壶香片，你喝着要是不对口的，再给你换龙井。你瞧好不好?"说着已然喊了下去，"香片一壶，果碟两个。"

工夫不大，茶沏来了，瓜子儿花生豆儿也摆上来了。伙计又招呼一声道："老大爷你先喝着，要什么你言语，柜上太忙，我可不陪你说话了。"说完伙计自去。老头儿一边嗑着瓜子儿，一边往四外看人。

这时候各茶棚都是起满坐满，连什么棚杆子树枝杈上都满站了是人。正在这个当儿，忽听有人高声喊嚷：“众位可都站好了，排马的到了，头拨儿马这就下来了，留神各人的零碎儿，人多手杂，丢了可就麻烦了。”

　　这一阵喊过去，人便也朝后拥挤混乱了一阵。再看马道左右，已然是水泄不通。跟着一片环铃声响，场子里下来了足有二十多匹马，全都是神健骨俊，鞍鲜辔明。排马的“马排子”，一律全是紫花布裤褂儿，每人腰里一根蓝布褡包，脚下全是刀郎肚儿绿皮头靴子，全部小辫打紧，留着大锅圈儿，抹着“扑蝴蝶儿”的鼻烟。有病没病，都贴两张太阳膏。每人手里一根鞭子，单手轻拢缰绳，缓着辔头慆慆从场子里轧了过去。

　　茶座儿又说上了：“今天可真来着了。你瞧见没有？那匹白的，不是玉美人家里那匹银鬃花赛吗？去年蟠桃宫就是它的头马，今天又来了，大概还得让它。”

　　这位没说完，那位又说上了：“那匹红的，脑门子有一撮黑毛的，我可认得，那是城里大衙门伊二爷的那匹枣花凤凰。这匹马可真有两下子，去年蟠桃宫，不是伊二爷闹病，这匹马要是去了，还不定谁打头哪！”

　　正说着，又一位嚷道：“你们瞧，这匹马是谁家的？样儿可太好了。”

　　这里头有认得的道：“嘿！嘿！你说的是匹黑的吗？那是八爷府的那匹小乌云哪。嗬！敢情方三爷那匹菊花青也来了！哟！那不是钟将军那匹小乌龙吗？”

　　你一言，我一语，马就过去了，人声方才一定跟着又有人嚷：“你们先不用瞎乱，你们再瞧这匹生马，大概你们众位全都说不上来了吧？我倒略知一二，这就是成八爷那匹银面玉蹄云里飞嘛！快看！”

　　这时候场子里就剩了这一匹马了，越发看得清楚，只见这匹马，高约四尺壮，长有七尺多。头至尾周身放亮乌黑，只从脑门子通到鼻子一道雪白，是既中且正。衬着四只银蹄，三尺长尾。小肚囊，薄蹄腕儿，果然是十分精壮。皮笼头，白银什件，软皮缰绳，紫绒挽手。朱红的皮鞍，花毡的垫子。赛雪欺霜两只白钢云头镫。判官头上搭着软缰，嚼口下头系着一挂米红的缨子。尾巴金鞲上垂下两个大红绸子大彩球。鞍子上跨着一个小伙子，二十多岁，一身青绸子裤褂儿，二蓝洋绉褡包，绿皮子掏云头抓地虎的靴子。手里提着三尺金漆长鞭，一步一轧走了过去。

茶座儿又是一阵乱，反正不离夸赞吧。还有的就是乱猜谁跑头马。一阵乱过，就有十几个穿天青褂子顶着一顶缨帽的老爷，手里提了小鞭子，轰赶看热闹的闲人呼噜地往后一退，孩子哭，大人喊，有丢鞋的，有踩袜子的，狂呼乱叫一过，马全盘回来了。

到了马道，一勒嚼环，马头一转，叭的一声，鞭子一响，就听踏踏踏一阵马蹄子声儿，到了场口，遛了一个弯儿松了一松肚带，这些马把式在马周身上下，全都找了一找，没有毛病把马缰绳往判官头上一搭，马的本主儿就全到了。彼此一点头，微笑了一笑，全都说了一句："你可让着我点儿。"

说完这句，接过鞭子，脚一点镫，便腾身而上，马排子领住嚼环，一边走，一边嚷："众位闪闪道口儿，马快道儿窄，倘若有个磕碰，可是有点儿对不过。辛苦，劳驾，闪一闪，马下来了！"

到了场口，一撒手，轻轻一推马屁股，马就开腿跑下去了。两边看热闹的人，往少里说，也有个一两万人，不用说是叫好儿，连一个出大气儿却都没有，全部捏着拳头瞪着眼，浑身出汗，跷脚长身，往场子里挤着瞧挤着看。玉美人的马，本来跟成八爷的马平着，玉美人脚尖儿一磕马镫，就是蹿出有半头去。伊二爷一抖嚼环，也越过了成八爷，塔奇布、钟将军、方三爷一看不能再缓，每人一磕肚带，全都大刨大挠起来，后头只剩了成八爷，依然不慌不忙，四六步儿跑着。

到了中场，前头那些马，离开成八爷的马，就有两丈多了。看热闹的人，一看成八爷这匹马有名无实，就都不愿再看这匹马，长起精神，看着头里几匹马身上玄了。成八爷毫不理会，猛地把两只脚尖儿一磕马镫，身子往起一立，腰板儿微然一挺，那匹马尾巴左右两摆，四只蹄腕就放开了。一不颠，二不挠，只听沙、沙、沙一点儿声响，仿佛一阵风一道电相似，嗖、嗖、嗖，看热闹的眼神一晃，再看成八爷稳坐雕鞍，纹丝不动那点儿稳劲儿，不像骑马，倒像打坐一样。看热闹的睁圆了眼睛，都没有马快，才看着一匹白的，又看成八爷一匹黑的，三晃两晃，前头的顶马，变成跟班了。

成八爷心里自是高兴，眼看到了场口，自己跑了头马，就算把脸露足了，心里方在一喜，猛听茶棚上有人侉声侉气地喊好儿："好！好马！"

成八爷心里一怔，一两万人，都没有叫好的，居然会有这么一个叫好的，不用说，一定是个行家。想着正要抬头看一看是什么人叫好儿，底下又喊出一嗓子，可就不大好听了："好马，真比瘸了腿的马快一点儿。"

因为场子里太静，这一嗓子调门儿又高，所以不但是成八爷听得清楚，这一场子倒有半场子都听见了，全都不由一怔。

成八爷早把马嚼子勒住，翻身回头一眼道："什么人？大胆搅乱，快快出来，我要看看你有几个脑袋！"马一打横，后头的马也过不去了，大家全都下马，冲着茶棚瞪眼要人。

这时候茶棚里那位伙计都吓傻了，心说这不是麻烦吗，就凭场子里这几位爷，不拘哪位，只要随便说一句连自己带掌柜的全都得废了。无论如何，先想法子把这位怯爹藏起来，就说找不着，至多挨一顿骂，也就完了。

想着不错，走到老头儿面前，不由一阵为难，准知道这个老头子是个刺儿头，说僵了更不好办，先把眼珠儿一转，咳嗽了一声，吐了一口唾沫，眉毛一舒，舌头一滚，肚子里打好了谱儿，才把话领到舌头尖儿上："我的老爷子您看热闹儿，您就看着得了，您可乱嚷什么呀？我告诉您，这是皇上眼皮子底下，有王法的地方，不像咱们家里那个塌塌儿，山高皇帝远，想什么是什么，您看见了没有？棚底下那些位，一位好惹的也没有，现在瞪眼要人呢，只要把您说出来，轻则是打一顿，弄不好就许把您发了。您这么大的岁数，何必招出这些麻烦呢？要依我劝您，趁着他们还没有上来，您快从那边一走，有点儿什么不痛快，我央告央告大概也就完了。这也就是您，咱们都是乡亲，要是别人我可不能管。您趁早儿请吧！"

伙计话还没有说完，老头儿早哈哈一笑道："什么？把咱发了？咱又没有偷皇上家里的地理图，又没杀三个砍两个，凭什么就把咱发了？幸亏你们这是大邦之地，有皇上有王法的地方，这要是没皇上的地方，还不能埋活人吗？你还觉着你怪不错的呢，张着张臭嘴，满嘴里放狗屁，你不说咱也不说了，冲你这一献殷勤，干脆斗定了他了，看看他倒是把我发到哪一方去？"说着站起身来来到棚口，一抢手里大烟袋向下边一点道："你别嚷嚷行吗？话是咱说的，那绝错不了，你的那匹马还就是比瘸马快一点儿你瞪什么眼？还告诉你放心，咱脑瓜子就是一个，没三个两个，干吗？你还敢给摘下来吗？你要不服，随你挑，咱都等着你，干吗呀哥哥？"

成八爷本来想问两句，没人言语，盖盖面子，也就完了，万也没想到居然敢有人出来搭话，他本来不是什么好惹的，一看叫好儿的不听这套，心里一把火可就起来了，走到茶棚前边，举手一指道："什么人，快滚下来！"

伙计一看，事是拦不住了，趁早儿把他送出去，省得更麻烦，便向老头儿冷笑一声道："得，你也不用闹了，这就有了你个乐子，成八爷叫你滚下去呢。"

老头儿一听，把烟袋往嘴里一叼摇了摇头，又把烟袋拿了下来一伸舌头道："想不到北京城里还会滚哪，咱是乡下人不会滚，咱也不能那么听话，咱偏爬下去。"嘴里说着，手一扶栏杆，整个儿身子，横着一滚，扑咚一声就掉在马道上了。

成八爷没有看见老头儿，以为一定不定是什么泥腿光棍，或是成了名的混混儿，安心和自己下不去，心里还在想着，及至看见老头儿往下一滚，这才看明白，原主是个乡下怯老头儿，心里不由有气，心说你要真是什么高人，跟我来逗闷子，我也许能怕你一点儿，就凭尊驾这个样儿，气死剃头的不让修脚的，也敢跑到这里滋毛瞪眼，我今天要不叫你知道厉害，你也不明白瘸子腿是怎么瘸的。想到这里，不由胆气一壮，冷笑一声道："刚才说便宜话的，就是你呀？"

老头儿一笑道："不是咱，还是孩子他二舅舅哥子？"

成八爷呸地啐了一口道："你这老头子，八成活腻了，跑到这块地方找棺材本儿来了？我告诉你，这里不是善地，我也不是善人，没有闲钱打发你这莽哈哈。若按你今天搅乱我的清兴，就当把你送到衙门，痛痛快快赏你一顿板子，叫你疼个十天半月的，也知道北京城里不比你们那小塌塌儿。不过我今天出来是为找乐，犯不上跟你这棺材瓢子计较，倒叫人说成八爷没有容人之量，欺负你一个乡下老头子。趁早儿夹着尾巴一滚，是你的便宜，你要一个劲儿找不自在，你可留神成八爷叫你立遭惨报。"

成八爷摇头晃脑，一阵乱嚷，话又说得俏皮，再一看老头儿那个神气，不由脱口叫起好儿来。再看老头儿两只手往两眼皮一擦，然后上下一打量成八爷，一摇头哈哈笑道："人家都说北京城里井水好，百灵鸟儿叫得好听，现在一看，北京城里井水果然甜甘，你这话说得比我媳妇儿还好听呢！咱是怯小子，不会耍巧舌儿，也不会论套地讲闲篇儿，好儿不错是咱叫的，说你这匹马比瘸马快一点儿，这话并不算是歹毒。咱是乡下人，离城还几百里，听说今天北京城有好马赛快，从头半个月起，就存钱做盘缠，好容易来到此地，听说有什么出快的好马，叫我饱饱眼福，万没想到把咱冤苦了，银子钱已然花了，道儿也白跑了，心气粗一点儿沉不住气，心疼钱才喊出一嗓子，也不是什么大不了的事，没想到会惹出事来了。据你这么一说，仿佛至少也得把咱发了，这话咱说大一点儿，咱还真没看见过谁撒出一丈二的尿去，话说了，那是收不回来，犯什么罪，咱接着，你就说吧。"

成八爷一听这个乡下佬儿，拿话可说不回去了，听他说话的意思，碰巧后头真许有什么硬门子，别打不成狐狸弄身臊，实在不值，不如给他一个台阶儿，叫他走了，也就完了。方要搭话，忽然一想，那可不行，这个老头子显然喊好儿说马不快，他也许见过什么好马，今天要逗他一下子，有马解解闷儿，没马再拿他出气不晚，便把脸色一转道："这么一说你倒嚷出理来了，也不用说你喊得对与不对，暂时丢开，你笑话我这匹马半天说它脚下不快，难道你在什么地方看见有比我这匹马还快的吗？"

老头儿微然一笑道："咱既说这匹马比瘸马快一点儿，当然就得说是看见过快马。咱现在有个法子，可以考验一下咱的话对不对。倘若你的马快，我说的有个不是，我当着众位，趴在地下认错儿赔不是，夹着尾巴，滚回咱的老家。要是你的马不能算快，咱的话就算说对了，那时大家哈哈一笑，算是没那么一回事，你看好不好？"

成八爷笑了一声道："这么一说，你还带着好马哪？"

老头儿一摇头道："好马咱可没有，倒是带着有一匹驴。咱这个驴，要比快马是比不了，可是跟你这路马比的话，还许能有富余。这第一次，我们绝不用驴赛马，咱想下场子，先跟您那匹宝马跑上一回，如果咱要赛不过再试驴不晚。如果马连人都跑不过，那匹驴也就不用叫它出场了。因为您那匹马，只好是先把它拉到汤锅去再说吧。"

老头儿话还没说完，成八爷可就沉不住气了，心说老头子，你可太难了，要说你看见过牲口，我也不能恼你，你怎么越说越悬了，就凭你一个老头子也敢说跟我这匹马赛，这不是找没脸吗？我要不跟下这趟场子，你一定还不甘心，不定还说出什么更难听的。既是你自己情愿，咱们就取个笑儿，来一回试试，大概你连个马屁也闻不着。想到这里，便笑了一声道："既是你也要练练，那咱们就试试吧，还有怎么个赛法儿，也全听你的，你看好不好？"

老头儿也笑了一笑道："当然得依着我。你把你那匹宝马，提到场子口儿上，咱们从那里赛起，谁先到那头，谁就算输了，这是第一回。这回完了，还有第二回比赛，说了大话，应了不点，还是那句话，咱就滚回去。时候也不早了，赛完了马，咱还要看过会儿的，不要为这档子，误了那档子，小哥子，就请你快一点儿吧。"

成八爷这时候肚子都快气破了，心里不住咬牙道："老小子，你不用吹，回头你要跟不上牲口，咱们再说，我要不把你扭一个对头儿弯，我对不起你，我就不叫成八爷。"

心里想着两句话没说，单手一领牲口，沙、沙、沙就奔到场口，大家再看老头儿一步一蹭，还没走出一半儿，大家心里都恨这个老头儿，要不是他跟着搅，这时候好几趟都跑过去了，就凭这两步道儿一走，要跟人家这匹赛马比快，不是找丢人戕脸吗？

老头儿他可不看大家脸色，依然一步三摇的，好容易走到场子口儿，长长地出了一口气道："嗬，敢情这个场子还真不小啊！"

成八爷也不理他，单手揪住嚼环向老头儿道："怎么样，现在就走吗？"

老头儿一笑道："现在不走还打算等娘家人吗？你走你的，反正是到了算。"

成八爷一听气更是往上一冲，手攀判官头，斜腿认镫，转腰就是一鞭子，那条腿还没跨过去，那马早就跑下去了。大家一看，这匹马可太快了，除去四个蹄腕儿以外，浑身上下连一点儿动的地方都没有，真能在鞍子上放一杯水全都不洒。又加上成八爷这回是赌气，裆上劲又使开了，那马便跟风一般撒了下去。

马出去已然有四五丈远，再一看老头儿，老头儿依然叼着旱烟袋站在那里看热闹，大家心里忽然一动，不好成八爷上了老头儿当了，合着他叫成八爷一个人骑着马跑，没他什么事，那可不行，大家动了公愤，不由众口同声道："老头儿，你倒是跑啊！"

老头儿一听，啊呀一声道："嗐，咱忘了，追……"一个追字没说完，就看他身子猛地往前一冲，腰板往下一塌，一只手夹着烟袋杆，一只手撩着小衣襟，前脚倒后脚，后脚跟打屁股，脚尖沾地，脚后跟不沾地，咏！仿佛是要蹦，可太快了，先还看得见他脚尖沾地，后来连脚都看不清了，越来越快，看着就像老头儿在平地飞一样，离着近的，也看不清楚人，就看见一股子白影儿，离着远的连个影子都看不出来，就看着一个大黑团，一个劲儿地往前飞。

成八爷的马本来就快，成八爷又给了它一鞭子，凡是这种好马，他都不让打，今天挨了一鞭子，心里一不痛快把身上骑着的人都忘了，两只耳朵往后一抿，尾巴一立，蹄子放开，就豁出命了，连看热闹的人，全都有点儿提心吊胆。

成八爷是个骑好马的，一看马犯了性子弄不好今天就许受伤，有心勒住，又一想后头还有那个老头子哪，无论如何，今天也不能输在他手里，就算人马都伤，也不能不跑，不但没勒，反倒裆上一使劲，这马就拼了命了。

成八爷一看，离着那边场子口已然没多远了，老头子既然没有追上，大概也就追不上了，本来这就是没有的事，凭他一个老头子，硬要跟这匹马赛，那个他焉能得到便宜。心里方觉一松，就听两旁边这一嗓子喊好的声音，真跟一个大霹雷相似，能听出十几里地去，心里想着一定是大家看着这匹马太快了，不由得都叫了一声好，更放心了，准知道老头子是不容易再追上。舒心满意地回头一看，可把这位成八爷给吓坏了。

原来那个老头子已然追上自己的马，而且他是一只手揪住马尾巴，一只手托着烟袋杆儿，嘴里还吧嗒吧嗒冒着白烟，两只脚横着一伸，整个身子完全悬空，在自己马屁股后头练功夫哪。

成八爷可就不能不勒住牲口了，准知道这个老头子，一定不是一个寻常乡下人，就冲他这一手儿，没有真功夫的绝办不到，百十来斤一个人坠在马尾巴上，骑马的不理会还可以，连马都没理会，那得什么样儿功夫。平常自己还真爱交这路朋友，就是没有见过一个有这么好功夫的，如今既是巧遇，再好没有，当然就是借这个机会结交不可错过。

想到这里，赶紧使劲一勒嚼环，那马不住乱挠，连又打了两个转儿，才算站住。成八爷骗腿下马，赶紧一抱拳道："得了，得了，我早就看出你是一位老把式来了，要不借这个题目，怎么能够见你的绝技？得了，这总是饱了眼福了，来，来，来，请吧您哪，咱们找个地方谈谈，我还得多跟您领教几手哪！"说着把缰绳往判官头上一搭，过去就要扶。那老头儿不等扶，一撒手咕咚一声，摔在地上，哎呀一声道："小哥子，你这就不对了，原说的咱输了叫咱滚去，如今咱还没输呢，你怎么打算让咱滚回去呢？那可就太不是意思了。咱跟你告个罪，你饶咱吧，咱从此起，可再也不敢来搅和你们的事了。对不过回头见，我可要跟您老告假了。"

成八爷这时候已然明白老头子是怎样一个人物了，哪里还敢得罪，便满脸赔笑道："老把式，你别说了，你多原谅我是一个青年没有多大阅历，话语之间，得罪了你，无论如何，你还能跟我一样见识吗？来，来，来，你别驳回，请你到我家里，咱们谈谈。"

老头儿一笑道："我不敢去，我怕你把我发了。"

成八爷一听老头子真咬牙，正要再说二句，猛然哨子一响，跟着就有人喊："哥儿们，看严了，可别让他水了，圈哪。"

成八爷一听，就是一怔，这是办案的番子话口儿，别让他走了，圈上他，怎么跑到这个地方办案来了。正在一怔，就听这老头儿哈哈一阵狂笑道："鹰爪孙，少圈，老百海海，亮青子挡手，玄门楼儿过把。"说着手里烟袋一立，向成八爷点头道："再见吧。"双脚一点，嗖的一声，就翻上了茶棚，跟着又提身一纵，就是棚架子上，单手一提，飘腿一甩，两只脚就钩住棚沿子，倒吊着向茶棚里伙计一笑道："伙计，茶钱咱扰了你了。等咱宰完了那些臭小子，再给你送钱来。"

伙计一声吓得差点儿没背过气去，双手方在一摇，茶棚底下又纵上来有七八个，全都青衣官帽，手拿单刀铁尺，头一个蹦上来，也是提身一纵，挺手里刀往上就扎。只听扑哧一声，哎呀一声，咕咚一声，上去得急，掉下来得更快，正掉在台板上，转身一跃，二次又起，这回有了防备，不敢舍身去找老头子，先用一只手，揪住棚杆子，那只手腾出来，才一挥手里单刀，看准了老头子，还在那里，嘴里吧嗒吧嗒不住往外冒白烟，满脸带笑，仿佛跟没这回事一样。那份神儿实在让人看着有气，嘴里喊一声："老小子，不用特意癫狂，让你尝尝紫燕子这一刀。"嘴里说着，那把刀已然直闪过去。

大家一看，老头儿纹丝不动，明光耀眼的刀子，奔肚子一扎，准保当时就完，不由全都一吸气，尤其是成八爷不住双手乱搓，一点儿法子也没有。就听又是扑哧一声，哎呀一声，扑咚一声，稀里哗啦一阵乱响，两个里头已然掉下一个来。

原来老头儿一上棚，番子手（办案的官差）贪功，往上一跃，挺手里单刀往上就扎，扑哧一声，扎在席上，老头儿伸腿一点，正在番子手肩窝，哎呀一声，扑哧一声，就掉在茶棚台板上，老头儿哈哈一笑道："饭桶大茶缸，能吃不能干，别在这里现眼，咱可要失陪了。"说完一声长啸，两只手一扶棚杆子，双腿一飘，嗖的一声，就见一道闪电相仿，早已跳过两座茶棚。

这些番子手齐喊嚷："众位哥儿们，追上他（跟随），别让他水了（跑）！"稀里哗啦一阵响，各持单刀铁尺就追下去了。会场当时一阵大乱，孩子哭，大人喊："众位，可快点儿躲开，千万别让他们撞上，这可是大案贼呀，撞上可就没了命了，跑啊，快点儿跑啊，跑慢了可活不了啊！"有从茶棚上往下蹦下去又爬上的，有爬上来又蹦下去的，桌子翻，椅子倒，茶壶茶杯碎了一片，真是喊声惊天，哭声震地。欢驰的小伙子、青年汉、土包、混混儿、文虚子，趁风

176

掌舵，借火抢钱，这个就蹭人家大姑娘，那个就挤人家小媳妇，瞪着眼佂往老太太脚上踩，老太太拿手一抚脚，钱包儿露了空，等弯腰再直起来，钱包儿连个影儿都没有了。

茶棚里一个钱没见，家伙全完了，拿什么赔人家，忽然想起，当地那些个戴红缨帽披号坎儿的老爷们都到什么地方去了？仔细一找，好，正赶上往这边跑哪，手里小鞭子一个劲儿地抽，嘴里是四六句子不住一个劲儿地骂："嘿，嘿，说你哪，没听见是怎么着，这个地方儿可没有便宜，你怎么净往人家大姑娘身上撞啊？你们家里就没有姐姐妹妹吗？再说一句不好听的，你们家里还有妈没有？叫你们出来，你们家里也放心哪？九马加一马，你算什么东西，装孙子，说你哪，你藏起人家两个茶杯安什么心，便宜吗？放下吧，孙子。"

啪，啪，啪，一阵胡打乱抽，这些爷儿们敢情没有什么真功夫，呼噜一声，四散奔逃，茶棚里才略见安静，拿鞭子的老爷们，又喊上了："没什么，没什么众位快落座喝茶吧，会就快过来了。"

这一嗓子真灵，当时噼扑一阵，又全都坐下，除去胆子特别小的，怕再出事，扶老抱小各自回家，剩下这些位，好了疮忘了疼，当时又谈说起来。这个就说："你看见了没有，咱们尽听见说评书的说的什么高来高去，来无踪，去无影，没想到现在真会遇见了。这要不亲眼得见，又该说是造旱谣言了。"那个就说："别提了，这一搅，把赛马的也给搅了，这不是没有的事吗？"第三个就说："真格的，成八爷跟玉美人全都跑到什么地方去了？"

这时候伙计也缓过气来了，便接过来笑着道："成八爷跟玉美人八成儿是追下去了，本来这二位平常就好练，如今真赶上有这路人，焉能不追下去看看，大概一会儿就回来，碰巧还许能够听见点儿什么新鲜的哪。"

这里大家胡猜乱讲，自去热闹。

玉美人道："八哥，你可真可以，放着城里大桌的席不吃，大台的戏不听，倒跑到城外头来喝满天飞的茶叶，蒸不熟煮不烂的硬面饼子，你可真是……"

成八爷不等他说完，便道："兄弟，你错了，咱们这不是百年不遇的事吗？你看还是真巧，离着咱们不远，就是一个小酒馆，撒上一辔头，到那里喝两杯。城外头倒许有好酒，兄弟，走！"说着一磕马肚子，马往下一撒，没多远转眼就算到了。东西的大道，路北一个酒馆，还真不小。有三间门面，里头全是碎石头子儿铺的地，还摆着不少的花草、石榴树、门招牌、上头写的是"南路烧酒""家常便饭""雨前毛尖""龙井香片"，正中间一块纸匾是"四路居"。

成八爷点头道："有点儿意思。"甩镫下马，玉美人也下了马，酒馆伙计一看二位穿章打扮，又看见马上扎着彩子，就知道是方从蟠桃宫玩马溜达下来的，不用说就是二位财神爷。赶紧走过去，一边接牲口一边赔着笑道："二位里边请吧。"

两个人走进棚里，伙计把马拴在棚杆子上，递过掸子。二位掸鞋，掸身子，伙计接过掸子，这才问道："大爷您这八成儿是从蟠桃宫赛完马，出城逛青儿来了吧！听说今年成八爷也加了马趟子，这可不是捧您二位，就是您二位这两匹马，哪匹可也不软，准要也下场子的话，恐怕成八爷那匹马未必准能跑在头里。二位大爷下场子了吗？给您二位先泡壶香片吧，真是城里头汪正大二百钱一包的，给您泡上您先喝着，要吃什么的，您二位再慢想。"说着并不等成八爷回话，一转身去了。

成八爷听着向玉美人一点头道："你看这个伙计，这真有点儿意思。"

玉美人道："什么有点儿意思，他们干这个的，哪个嘴里都有几句，你要全听他们的就没完了。"

正说着，只见人影一晃，从外头又进来两个人，头一个年约三十一二岁，七尺身材，光着脊梁，露出一身紫黑紫黑的肉，从胳膊到胸口两条青龙，窄脑门儿，短眉毛，一双三愣子眼，高鼻梁，翻鼻孔，薄片子嘴，露出两个大龅牙。三道锅圈，小辫打紧，辫梢儿像蝎子尾，扛着一件青绸大褂，青绸子中衣，腰里是蓝丝线，脚底下是白袜子，青缎子小双梁，手里拿着一把紫油桑皮纸折扇，上画一百单八将，走道儿摇头晃脑。后头跟着一个，年纪仿佛，五尺高，肥头、大脸，两只小眯缝眼，大头儿鼻子，噘嘴唇、吊嘴梢，似有如无两道眉毛，黑亮黑亮的一张脸，也是光着膀子，盘着辫子，腰宽，体厚，胳膊上棱起线，挺胸脯，撅屁股蛋儿，扛着一件二蓝绸子长衫，紫花布上身中衣。脚底下是一双叼郎肚挖云头踢山倒的靴子，单臂膀架着一个一尺七八高的头号大鹰，走道儿也是摇头晃脑，两人一前一后，走进凉棚。

成八爷和玉美人方在一起诧异，都听那个高个儿的向那矮胖子道："抬露把合，盘儿尖，三辫子，搭山，开呼开呼。"一边说着身子一歪，便在玉美人旁边那张桌上坐下。矮胖子单臂膀一举，先把鹰送到棚杆子上架好，也一歪身坐在成八爷身后。

成八爷就知道糟了，不用说这两个人定是匪类，听他们所说，虽然不全懂，可是准知道没好话，要就是自己一个人不要紧，一则自己练过几天功夫，不见得就输给这两个小子；二则看事不祥，一个人骑上马，跑也跑回去了。唯有玉美人，人家是个公子哥儿，不用说是动手干不过这两个，准要是明白这两个人是什么人，连跑也跑不动了。方才可是自己一力把人家拉了来的，这要是让人家受了一点儿委屈，就算再把这两个小子弄死，也是对不过人家玉美人，一着急汗都下来了。

这时候伙计就到了，一看后来这二位就一皱眉，两个人调的侃儿他也听见了，"抬露把合"是用眼看，"盘儿尖"是指长得好，"三辫子"是像姑娘，"搭山"是过去说话，"开呼开呼"是高兴高兴。心说可是真麻烦，这二位财神爷说不定是什么角儿，真要是在这里受点儿委屈，轻者封门，重者就许把我小子发了。可是那二位也不是省油的灯，明着跟他一说，他要一挂火，原不打算干的事，他都许干出来，这可是活糟！心里一急，忽然想起一个主意笑着向成八爷道："爷您不是正说您要雅座吗？现在收拾出来了，二位往屋里请吧。"

成八爷正为难，一听伙计所说，心里可太高兴了，就冲伙计这分机灵，回头多给二两银子，实不算多，才一点头正要叫伙计给往

天再能把他摔倒，定能闹个全须全尾，总算没有丢人。心里想着，也把胸脯往前一探，两只手不住跟他乱晃，两个照面儿，成八爷看出一个缝子，左脚一垫，进右手一搂矮胖子的左膀子里，往他裆里一拳腿，左手就把矮胖子的裤腰带揪住，右手往前一推，左手往里一带，膝盖顶膝盖，顶住了抽冷子一上右脚，往矮胖子左腿裆里一裹，往后一扬腿，心里想着，这一手儿所要的劲儿全都使对了，无论如何，也得给他弄个大"乾掉"儿。万也没想到自己连进四手儿，矮胖子连理都没理。到了成八爷这手"反钩子"使出来，矮胖子猛地把左腿一抽一抬，往前一蹲步，左手一扳成八爷左膀尖子，右手一搂成八爷肚带，一转身斜脸一长胳膊，小弯腰，大低头，两只脚尖儿一错，喊声"走！"成八爷两只脚就离了地了。

矮胖子一使这手儿"德和乐"，可把玉美人吓坏了，虽然自己没有下过场子摔过跤，可看见过摔好跤的。矮胖子这一手儿，只要把手往前一伸，成八爷就得跟面条儿一样，从这头摔到那头。平常摔跤的场子，地上铺着沙土黄土，这一手摔重了，都能来个小气闭，何况这个实啪啪的一片碎石头子儿地，要是摔下去，那还能轻得了？虽不能说骨断筋折，也得摔个鼻破脸肿。刚才给了高个儿一茶壶，解了围，如今何妨再来一壶，也许能够得力。及至往桌上一看，那太苦了，除去那一把壶之外，再找不出第二把茶壶来。旁的桌子上虽然有，可是离得太远，等茶壶拿到手里了，成八爷也早让人家摔完了。

眼看着成八爷要不得了，可就是一点儿法子也没有。正在着急，就见矮胖子往前一长腰，双手就要往下伸，玉美人闭眼一想，就知道成八爷今天完了。闭眼想着可怕，真是人有旦夕祸福，谁能想到就在这么一会儿工夫，一个欢蹦乱跳的小伙子，会落到这种结局。心里一惨，眼泪围着眼圈直转。

猛听矮胖子哎呀一声，音儿都岔了，赶紧睁眼一看，成八爷仍然是好生生地站在当地，连一根毫毛都没动，矮胖子却抟撑着两只手往棚杆子前边飞奔而去。仔细一看，原来在棚杆子那里站着一个人，正是那个从马场脱逃的老头儿，一直抓住大鹰的头皮，伸手举着，仿佛就是要往地下摔的样儿。

凡是这种玩鹰玩狗的就跟命一样，你真要打他爸爸按在地下，他倒许能够不急，轮到一动他的鹰狗，他能跟你拼命。矮胖子这只鹰，本来个儿就好，又加上喂养的是筋劲儿，确实是不可多得的这么一只扁毛畜生。矮胖子伺候它比张罗自己还在意，今天一看老头儿抓起鹰来要往地下摔，那他焉能不动心？手里本来举起了成八爷，就要往下摔了，赶紧往地下一顺，双手一阵乱摇道："老头儿你这是怎么了？它没招你惹你，你一抓它头皮，要是把它伤了，把你卖了你也赔不起。"说着往前一扑，就要去夺那大鹰。

老头儿往后一闪，伸一只胳膊就把矮胖子横住，微微一笑道："什么？你说的话，我怎么不明白？一个没主见的扁毛畜生，落在这里，说不定就许把人家养的小鸡子吃了走，我把它抓住，所谓给人除害，鹰跟你又不是三亲六故，你干吗这么着急？"

矮胖子本来是一个土混混儿，就仗着两个肩膀扛着一个脑袋，走东闯西，吃仓讹库，遇见老实的干不过他，当时又是银子，又是钱，吃喝玩，摆着头一充光棍；遇见比他横的，不怕让人家给弄躺下，好在有一身不要本钱的父母遗体，豁出去让人家一阵捶捶打打，伤不重当时站起来换条街再去充人，打重了养他十天半个月，依然摇头晃脑找生地方去道字号。这种人明着他没犯王法，也判不出他什么罪来，其实简直就是头号儿匪徒。不过这种人，眼睛耳朵都特别的好使唤，遇见什么人，当时就能说什么话；改做什么样儿，绝不能让自己吃了眼前亏。

老头儿伸胳膊一横，正撞在他心口上，就凭自己一身横纵，老头儿那么大的威风，居然这一下子，能够撞得自己两肋生疼，就知道老头儿必不是无能手。再者大鹰在老头儿手里，倘若老头儿撒手一摔，大鹰先完。无论如何，先把大鹰骗过来，能把老头儿对付走，就把老头儿对付走。别回头遇见吃生米的，再碰了硬钉子，这一点儿油水都没有的事，那才不值哪！心里这么一想，当时把气儿沉了一沉，笑着向老头儿道："嗬，二太爷你不认得我了吧，咱们爷儿两个是街坊，真格的。你别跟我闹着玩，这头鹰我养活了不少日子了，好容易才顺了把（手也），你回头把它给一惊，它就又许不干活儿了。得了，二大爷，你赏给我吧。"说着嬉皮笑脸往前一伸手。

瞪眼看着老头儿到底是怎么存这些东西。就见老头儿先用手摸了一摸那个石碾子，便喝了一声道："这个块儿可不小！"

矮胖子高个儿一听高兴，八成儿你没有什么高法子，只要你头样不成，底下的你也就不用练了，几句门面话，彼此一散，也就完了。再听老头儿底下的话，不由又吓了一跳："这个块儿，小多了，比我家里那块儿，小了一半儿还多呢。"说着话又用手摸了一摸，就见他用一个中指在那碾子空缝上不住乱摸，跟着又晃了晃，忽然一笑道："行了。"又见他往里一使力，两个中指便进了空缝里，跟着膝盖往碾子边上一顶，一只手一个手指头一用力，喊声"起！"只听噗啦一声，四外土根儿一拱，那个石碾子竟自随着那一根手指可就起来了。

老头儿一弯腰，把一份烟袋连那个小包儿全都往碾子底下一放，往下一落，这才又把手指头撤了出来。成八爷和玉美人不由全都脱口而出喊了一声"好！"伙计伸出舌头来，都觉着凉了，就是撤不回去。一着急，拿自己手握住往里头一送，这才送了进去，高兴得两眼发直，直冒金星儿。矮胖子腿肚子往前直转，脑袋觉乎发大，又听老头儿哈哈一笑道："东西是存好了，扁毛畜生不错是我弄死的，谁要不服气，请他过来，咱可以当面赔个罪。"

这两位要命也不敢过去了，矮胖子一推高个儿，心说不是你惹事，怎么会有这个事，你不过去谁过去？高个儿也一推矮胖子，心说不是你要鹰，怎么会招出麻烦？你不去应当我去，我更不能去！两个人一吵闹，老头儿就急了："你们这两块什么东西，青天白日，朗朗乾坤，竟敢在这大道之上，胡作非为？你当着咱没听见你们说的什么干的什么呢？可见你们恶习行为，一定是坑蒙拐骗，欺软怕硬，强行霸道，无所不为。咱一生恨的就是你们这一项人，今天既然遇见，岂肯容留你们，再生祸害！等咱把你们全都打发回去，也就算是替天行道了。"说着话往前一迈步，这两个跪倒下一对儿："老爷子，你别跟我一般见识，从小儿学文不爱，学武没成，肩不能挑担，手不能提篮，两个耳朵夹着一个嘴，得吃得喝，没法子才成了混混儿，这也是被吃饭所逼，万分无奈。得了，老爷子，你是天下第一号英雄，你何必跟我们一般见识？你今天把我们放了，从此必定改过前非，倘若再犯在你的手里，你就照摔鹰样把我两个摔死，我们是死而无怨。老爷子你把我们两个饶了得了。"

老头儿一笑道："冤有头，债有主，你们原来得罪的不是咱，如今你们求咱没有用。你们还是求你们得罪的本主儿去吧!"

到了这个时候，两个人可就没了法子了，只好一转身向成八爷和玉美人道："二位大爷，我们是油包了心，浑腻了胆，瞎了两只大眼，得罪了二位大爷。现在大爷说一句话叫我们活，我们就多活两天，二位大爷一摇头，我们两个当时就死。我们两条性命，死了不过臭了块地，原不足惜，不过上有八十多岁老母，下有没妈断乳的幼儿，我们一死，他们也得饿死，你饶了一个，救了一家，你杀一个，饿死全家，二位大爷，多福多寿，你就给说一句好话吧!"

这二位一看两个混混儿脸上颜色都变了，虽是痛恨他们先前无礼，现在也就不忍了，只说了一句："老英雄放你们，我们就放你们。"两个人才一转身，老头儿微然一笑道："二位朋友快请吧，从此以后，可别再满街'抓哥儿'（注，调戏人也）了。"这两个一听，哪里还敢说话，屁滚尿流就跑了。

如今先不说那个老头子是谁，另外开个头儿，等到老头儿再见一面，全书就告终啦。

这件事一开头是在徐州，徐州这个地方，坐在南北的要道口儿，南属江苏，北接山东，地方说大不大，却是南北重镇。自古以来，凡有战争，为兵家必争之地，人民大概因了必须竞争才能生存的关系，个个都有一副精壮的身体、好斗的性格。不但男的如此，就是姑娘堂客，也都一个个虎背熊腰，大有丈夫气概。在那徐州东门外，有一片广场，那里搭着有不少席棚，里面除去住着一半儿没有房屋可住的人们之外，还有一半儿是指着那块地方找吃饭的，什么相面的、算卦的、变戏法的、卖野药的、练把式的、跑马戏的，不外"金、披、彩、挂、快、柳、训、折"，一般走江湖的生意人，每当早饭已过，便有许多有钱有闲的浮浪子弟，在这里东游西逛，娱目骋怀，却是徐州消闲唯一胜地。

在这一片棚子里，单有一家席棚比别家搭得高，材料用得比别家新。在这席棚两旁柱子上，一边贴着一张六尺长短的大红报子，

他眼皮子浅，没见过美貌的女人，他把你们这个姑娘，捧得真是天下少有，地上难寻。我平常也不怎样爱这一手儿，不过今天为了跟他怄气，倒要瞧瞧谁说得对，谁说得不对。不过武不善做，我们这一拨儿，都是江湖上成了名的侠客，不愿意大庭广众之间，当着许多人，做出不体面的事，因此我来个前站。众位侠义一会儿全来，依我说趁着我们那里人也没来，你们这里也还没有上座，你把你门口儿挂的牌子，把它摘下去，不要卖座儿，好在有限几个钱，也算不了什么，我们听你一句话，你说多少我给多少，绝不能少给你一分八厘。等你们这里姑娘到了，叫她唱给我听，唱得好，多给钱，唱得差，少给钱。反正比起你们挣的，只多不少，绝不能白难为你。还有一节，准要她长得够个派头儿，不用你说，我们绝错待不了她。这话你听明白了没有？"

祝四儿一听，心说得，这不定是把谁得罪了，招出来这种事，看今天这个神气，善者不来，来者不善，活该我丢脸，怎么掌柜的也没来？东家也没来？什么账房先生都没来？挣钱大家分，有雷归我一个人顶着，我可真受不了！没法子，无论如何，也得把今天当时这场给敷衍过去。想着便又笑了一笑道："嗷！当着你老奔了谁来的？原来你老为的是我们这里这个小桃花呀！嘻！你老不定是听了谁的过耳之言，以为我们这个小桃花，跟她的名儿一样呢，长得够多美。你老那是没看，等到你见过一次，下次再请你老看，你老也就不看了。来吧，我给你老沏茶去。"

祝四儿才要扯句瞎话，转身就走，谁知史禄一声喊道："你回来，你跟我闹什么花胡哨？我告诉你，这爷们儿不在乎这个，我跟你说的什么话？你为什么不理我？又为什么不照着我的话办？你的意思我明白，打算把我对付走了就算完了，我告诉你小子，这爷们儿不吃这一套，你趁早儿把它收了，要不然把你家大太爷的脾气惹起来，对不过，我先要了你的狗命！快去把牌子摘回来，把所有的座儿给我撑了，把那个姑娘给我叫来，稍微迟延，对不过，我要叫你们这里成为一片平土，我要说得出来办不出来，我就不叫没皮象。"

史禄他这一瞪眼，扯着嗓子一喊，调门儿是真高，吵得大家全都听见。有几个胆小的，怕出事打官司，早已溜之乎也；有几个胆大的，本打算瞧瞧热闹，禁不住大家全都往外走，冲动阵容，也不得不跟着溜了出去。

祝四儿一看，就算今天把他对付走了，这个买卖也做不成了，莫如依着他，省得自己东西受糟践，然后瞧个工夫，赶紧给小桃花送信，叫她不要到馆子里来，找个地方躲一躲，过两天平复平复再说。想着便一口连声地答道："是！是！我这就去。众位，今天是我们本城里头史大爷在我们这里请客听玩意儿，我们这里地方太小，容不开许多位的座儿，诸位避屈，暂请回府，三天五天之内，必定特烦小桃花多唱几个好曲子，给众位乡亲大爷们补礼赔情。今天对不过，请众位回府休息吧！"

一边喊着，一边往外走，看棚里座客，已经去了个干净，心里稍为放心，不怕待会儿闹起事来，只要别碰着旁人，就是把馆子砸干净了，也没有什么说的。喊着喊着，眼看来到门口，忽听一阵打呼声音，又高又响，真有点儿震人耳朵。不由得有点儿诧异，什么人这么困？这个地方，这个阵仗儿他会睡着了？及至低头一找，离着自己不远，一张桌子头儿上，趴着一个人，脑袋枕在胳膊上，已然昏沉睡去。心里不由一动，今天真是有点儿不吉祥，方才刚一开门，就碰见这么个小子，跟我捣了半天乱，还没完呢，又赶上这一拨儿，这个穷要饭的，放着命不去算，来到这里讨厌，何不如此如此，叫他们也斗一回，他要把姓史的打了，我可以出气。姓史的把他打了，我也可以出气，我瞧这倒是一件好事。

想到这里，便用手一拍他的肩头道："先生，醒醒吧。"那瞎子猛地一抬头道："嗬！好大个儿兔子蛋！"跟着又向祝四儿一笑道："掌柜的，什么事？"祝四儿道："没什么，方才我这里喊了半天了，我们二可轩今天有人包了，请客，不拘是谁，都得出去，你睡着了没得听见，现在听明白了没有？赶紧走吧。"

瞎子一听，往起一进高喊一声道："什么？你叫人家给包了，你早说呀，我要知道能包，我还包呢，什么事不是有个先来后到吗？我告诉你火鸡（伙计），不拘他是谁，三头六臂，红了头发绿了毛，我也得斗斗他，我先包定了……"

193

两个精壮汉子，头一个身高七尺还壮，一张紫脸，在左额上有块"钱儿癣"紫中亮，亮中白，这么一张花脸，粗眉大眼，大鼻子，大嘴。头上青绢子罩头，穿一身蓝绸子裤褂，青缎子块，腰里系一根"腰里硬"的板带子。年纪在四十来岁，手里提着一杆镔铁点钢枪，倒是有些个威风煞气。第二个可就不是那个样儿了，身高不到四尺，瘦小枯干，细脖子，长脖颈儿，小脑袋，尖朝上，大下巴，大翻腮，小鼻子，翻鼻孔，三角眼，淡眉毛，薄片嘴，豁嘴唇，露出一嘴黑黄错落里出外进的小母狗牙。小耳朵，有个七八根黄不唧的狗绳胡子，有头发不多，挽了一个小鬏鬏，上身穿一件说蓝不蓝、说灰不灰的夏布褂儿，说大褂不到膝盖，说短褂可又过了小肚子，腰里系着一根凉带儿，青布的中衣儿，青布鞋，白布袜子，手里拿着一把"摇山动"的小快刀儿，摇头晃脑，跟在大个儿身后，挤了上来。

到了临近，才向史禄道："史大爷，'对点子'在什么地方哪？"史禄用手指向瞎子道："就是这个瞎东西。"大个儿一笑道："史大爷你可真是能闹着玩儿；就凭一个瞎小子，还用得着这么劳师动众的？你又不是没有带着人，也值当叫我们又跑一趟？你大概是为我们在您府上吃了一碗安生饭，你心里有点儿不大痛快，不然我想绝不能够，嗐，谁让吃着人家、拿着人家，就没有法子啦！"

说到这里，回头向那小个儿的道："兄弟咱们谁先过去？是瞧你的，还是看我的？"小个儿把眼一翻道："割鸡焉用宰牛刀！你往后，瞧我的！"说着抖丹田一声喝喊："瞎小子，别装蒜，出来试试你家大太爷这口鱼鳞紫金刀！"

祝四儿一看，可了不得！别瞧这小子穿章不济，常听人说，十个练好把式有九个是这样，讲究是真人不露相。刚才这拨人过去逮了苦子，谁也不是没瞧见，才跑回去搬兵，还有不说之理，这个小子一点儿不知道害怕，居然敢往上闯，不用说他就得有拿手的本事，不然他绝不敢过去。不用说是个瞎子，就算有眼，也未必能够找出便宜，这下子瞎子准得受罪，这可怎么好？

不提祝四儿着急，瘦小子手拿"摇山动"怔嚷鱼鳞紫金刀，一边嚷，一边往里闯，本来两下里离着就没多远，三步两步已然走进棚里。再看那个瞎子，仿佛就跟没听见一样，一边喝着茶，一边低

196

着头想心思，仿佛把方才那一节，早就忘了一样。

瘦小子嚷一句，往前挪一步，挪一步嚷一嗓子，来到临近，他一看这个瞎子始终没理他，他倒害怕了，他心里疑的八成不是这个瞎子，要是他的话，我这一边走，一边嚷，他怎么会一点儿没理会？大概许不是他，心里正在犹豫，就听后头史禄喊："二哥，你还不快快施展你的绝艺，上家伙把他切了，你还跟他逗什么闷子呢？赶紧把他放了血，咱们干什么来的？不是还有正事吗？谁有工夫跟他逗弄？二哥，就是他，下家伙吧！"

瘦小子这时候他才听明白了，果然就是这个瞎子。心里不由纳闷儿，方才他们来的人并不少，怎么会连这么一个瞎子都制不住？可是有点儿怪事，姓史的这小子，平常可是歪骨头，不是他因为我上回给他下不来，他故意弄出这个套儿来叫我自己钻？明摆着一个瞎子，一点儿什么瞧不见，他可能有什么能耐？怎么他们都不动手？站在一边瞧热闹，叫我手起刀落把瞎子除了，除瞎子虽不是难事，一刀下去，把他杀了，倒是容易，回头姓史的跟我一翻脸，说我无冤无仇，杀了一个瞎子，大庭广众之间，有目共睹，打算不认，全都不行，岂不是中了他的借刀之计？无可如何，总还是慎重为是，等我把瞎子惊动明白了，问个清楚，再打一定主意。想到这里，把手里刀一举，一扁腕子，这把刀就拍在桌子上了。叭的一声响，又加着劲头儿大一点儿，把桌上一个茶碗，震起来多高，里头半碗茶，也全溅了出来，流了一桌子一地，心想这下子无论如何，瞎子总可以有话说了吧。

哪知这一震之后，瞎子把头抬了一抬，自言自语道："原来这个茶馆还有楼呢，楼上走路的，一定是个胖子，不然绝不能把楼板踩得这样响，嘻！人要是倒霉了，什么事都可以遇得见，穷了吃不起饭，来泡一壶茶，打算弄个水饱，连这么一点儿福命都没有。抽冷子吓我一跳，我又是个没眼的，真要是楼板倒下来，连跑都没地方跑，真是，运去黄金失色，时来白铁成铜。既是这里乱糟糟的，还是躲开这里好，找个热闹一点儿地方，喊喊唱唱，说不定也许会能做几号生意，晚上混顿晚饭吃，也未可知。走了吧，走了吧。"

他说着就要往起站，瘦小子这时认准了他是真瞎子了，心里痛

运！细合生辰八字！瞧瞧眼前凶吉！问问未来祸福！占灵卦！算灵卦！"铛的一声，又是一下子"报君知"！

史禄一看，还是那捣乱的瞎子，心火一冲，一声暗令子，打算以多为胜，一拥齐上，给瞎子一个厉害的尝尝。正待喝喊一声，吩咐大家一齐动手，却见人群之中，早又蹦出来一个，身高体壮，膀大腰圆，山精海怪似的一个汉子，手里拿了一杆扎枪，一言不发，绕到瞎子后头，一摔手里枪，扑噜一声，碗大一个枪托，照着瞎子后脊梁扎去。

伙计祝四儿，虽然方才眼见瞎子一点儿劲儿没费，制住好几个青皮，准知道瞎子不是等闲之辈，今天这个局势，别看史禄人多，未必能占上风。心里方在一喜，正赶上二可轩主角唱手小桃花跟了几个园子雇的挡横的赶到，心里又有一急，唯恐两下对面闹了起来，不好下场。又听瞎子一唱，知道他史禄手下那帮碎催轰赶闲人，两下绝不能善罢甘休，刚准备下坐山观虎斗的心思，猛见那个小子，一声不哼不哈，绕道瞎子身后拧枪就扎，心里不由一动，瞎子无论如何也是瞎子，这一下身后暗算，恐怕难以防备。瞎子一受算计，二可轩当时就得马仰人翻，难说有几个挡横的，都是中看不中吃，平常摆个样子，吓吓普通青皮，还能对付。如今一则史禄那边人多，明着不是对手，二则史禄在这城里是有名的恶霸，提起来谁也有个耳闻，一看是他，当然谁也不敢惹他，这一堆就成了废物。事情已然闹到这种样子，更非口舌能了，心里才一着急，那杆枪早就到了。

不用说拿枪的这个主儿，恨不得一枪过去，把瞎子扎个透明的窟窿，就是史禄那班人也是同一心思，全都盼着这一枪把瞎子一下子扎死，好找回方才丢的面子。

就在两方面全都把眼瞪得跟包子一样的时候，眼看那杆枪离着瞎子脊背不到半尺，猛见瞎子一声喊嚷："好家伙！这个地方怎么漏风？"嘴里嚷着，脚底下不闲着，拧腰一提身，滴溜一转，那杆枪就扎空了，恰好手一揄，两下一碰，枪尖子正扎在"报君知"上，铛的一声响，真跟打了一声金钟一样，响声震出去多远去。

怔小子满以为这一枪准可以扎瞎子一个透心凉，好在人前露脸，好在这一堆里响"蔓儿"，万没想到瞎子未卜先知，比有眼的还灵，一枪硬会没扎上，不由恼羞成怒，一咬牙，一使劲，一拧手里枪又往瞎子喉咙扎去。

瞎子刚站稳，枪就到了，瞎子这回话也没有了，一闪身，枪从左肩头过去，又扎空了。瞎子一翻手，把大枪用单手揪住，这才说话："孩子们也太淘气了！你们家里拿饭喂着你，就为把你拉扯大了，没事满街扎空枪的吗？有人生没人养的活畜类，要不叫你们知道厉害，你们也不知道马王爷三只眼！别拿走了，留着换槟榔糕吃吧！"嘴里说着，单手一拧，往里一拽，怔小子两枪没扎着，还舍不得撒手，使劲往怀里一夺，瞎子一松劲儿，一摆手，枪倒是夺出去了，脚底下不吃劲，腾、腾、腾，倒退出去有三五步，还是没收住，扑咚一声，一个仰八叉摔到地下。那杆枪子，不偏不歪，正扎在自己左肩头，饶是皮粗肉厚，扎进去有一寸多，连滚带爬，连哼哼带哎哟，拉枪跑了回去。祝四儿心里这份痛快，差一点儿没叫出好儿来。

再看瞎子把"报君知"收在口袋里，把马杆儿往地下一顺，自言自语道："阴天打孩子，闲着也是闲着，干脆咱们凑会子热闹也好。可是人心不齐，别回头再把吃饭的家伙丢了，交给谁我也不放心，干脆怎么来个牢靠的！"一边说一边拿手摸，摸来摸去，摸到门口儿有一个拴马桩，三尺长五寸见方有块青石条，埋在地下大概也有一二尺，在上边凿着一个碗口大小的圆窟窿，本为穿马缰绳用的，就见瞎子摸了一摸，拿右手一个中指，插在窟窿里往上抠了一抠，纹丝没动。大家不由一笑，瞎子把眼一翻，左脚横着一踢，二次单指一抠，喊声"起！"那块石头就跟灯草相似的，随手而起。

瞎子这一下子不要紧，连旁边那些不敢叫好的主儿都叫了好儿了。又见瞎子把青石条往旁边一摆，跟着跑过去把马杆儿报君知全都拿了起来，拦在方才那个石头坑儿里头，然后又摸着那根青石条，往坑上一扔，便把东西压在里面，这才一搓手，跟着一点手道："来吧！这就不怕你们这些兔崽子了！哪个是有骨头的只管过来凑凑热闹！"

问了两句连一人搭话的都没有，瞎子爽得破口骂上了："没事找事，有事不干事，我把你们这一班东西，整着不得死的邪骨头！你

我应当在没过去的时候，跟他先说一声儿就好了，这个不能怨他。

　　这一心平气和，再一看瞎子就跟没这回事一样，又点了点头自言自语地道："大概许不是人吧？我许是杵在石头上了，不然怎么又不言语了。别是这块地方儿八成不干净吧，趁早儿走了吧!"一边说着，一拄马杆儿，铛的一声"报君知"响，两只脚一活动，便哧哧哧走下去了。

　　祝四儿逮过了苦子，哪里还敢再拦，又不知道人家姓什么叫什么，也没法子叫人家，只好官称呼直在后头喊："先生! 你留步，我还有话要跟你说呢。"一任祝四儿喊哑了嗓子，瞎子也跟没听见一样，一阵风相似，哧、哧、哧，比有眼的走得还快。

　　祝四儿一看喊是听不见，拦他又不敢，眨眼之间，跑得连影儿都看不见了。

第三回

学艺心热大肚子约法二章

祝四儿看了这个情景，只好长叹一声，无精打采，走了回来。虽然没把瞎子找回来，所幸就是这一班光棍青皮，也全都跑得没了影儿，连二可轩里常来听唱的人，也一个没有了。

门外那些看热闹的，一看已然没有热闹可看，便也全都散去，屋里只剩下那个弹弦子的和那个唱手小桃花，还有几个就是柜上养的那几个打手，心说这倒不错，乱七八糟，闹了半天，买卖也吵散了，他们也跑了，真是万恶的光棍！走到台边向弹弦子的道："袁大爷，你看今天够多热闹，幸亏有这位瞎大爷出头管了这档子闲事，不然还不一定要闹到什么样儿呢！"

弹弦子的姓袁，跟小桃花据说是亲父女，来到这二可轩日子并不多，也不过就是一个多月。平常袁老头儿好说好笑，有时候小桃花唱了一段，他便插科打诨地说一段，并且非常滑稽，总是招得大家一笑。

因为他为人和气，祝四儿这班人也都爱和他说笑，今天从进门到如今，却是一言不发，低着头仿佛是在想什么心事，看祝四儿走进来说了这么两句，便微微地笑了一笑道："这个原不算什么，走江湖，卖艺的，难免常遇见这种事，什么地方没有流氓土棍，我们只不招惹他去好了，怕事也怕不了那么多，瞎子也是多事，今天他在这里，可以给我们挡了这一水，明天谁能保他们吃了亏不再来？到

搂我这几根老骨头，在你们手里找个棺材本儿。"

说着一抖手，叭的一下子，那条鞭便像懂得事一样，在这群人每一个人鼻子尖儿上点了一点，大家都觉得鼻子尖儿一凉，用手一摸，鲜红鲜红，这才觉出鼻子尖儿上有点儿疼痛，不由全都哎呀了一声！彼此一看，顿时大乱。

这拨儿人里头，领头的当然还是小耗子没皮象的史禄，是个首领，原想在二可轩借着大家的力量，以乱里乱，把小桃花抢到手里就走。可没想到，半路途中，出了这么一个瞎子，跟着一阵捣乱，把好事搅散，自知不敌，带了这拨儿人跑回家去，一边走一边想，自己在这徐州城里，虽不能说是天字第一号，无论如何，也算有了自己这么一个人物，如今要是叫一个瞎子给欺负得望影而逃，以后这城里还混不混？可是真要跟人家动手，又绝敌不过人家，想来想去，才想起这么一个主意。今天这件事，完全坏在小桃花身上，不是为了她，如何会丢这么大的人？现在瞎子惹不起，小桃花一个卖艺的姑娘，大概不至于惹不起她，不如趁着他们还没回店，带好了弟兄，半路邀截。只要能把小桃花抢到家里，什么瞎子不瞎子，倒没什么关系。把主意想好了，带好了大众，在道儿上一等。

果然不多一时，车轮的声音到了，史禄心里高兴，抖丹田一声高喊："好你个小桃花，竟敢勾结外人，搅乱本处地面儿，对不起，我今天要给本地除害，别走了！"呼噜一声，全都蹦了出去。单刀、铁尺、花枪、木棍、短锤、方铜、圆棒，把这个车给围了。赶车的一害怕，鞭子撒手，人就掉在地下。史禄一看，心里十分高兴，抢过去，一伸手把车帘儿扯下，跟着往里一探身，嘴里还嚷："小桃花，小姑娘，不用害怕，跟我回家，少不了你的好处！"一边说，一边往里摸，叭的一声，这个嘴巴史禄就挨上了，出其不意，一哆嗦，差点儿没掉在地下！睁眼凝神仔细一看，险些不曾把真魂吓出窍去。本来先前亲眼得见，小桃花是坐着车到的二可轩，如今埋伏正是小桃花父女回店必由之路，又准知道他们父女回去绝不能步行，一定

208

是坐车回去，所以一见车到，不问青红皂白，赶过去就把车给围了。

等到过去一掀车帘，嘴里还不干不净，说的全是找便宜的话，千拿万准里头坐的就是小桃花，以为无论如何，还跑得了一个小姑娘、一个老头子？可他就忘了要真是小桃花的车，那袁老头子跑到什么地方去了？难道说父女两个，全都挤在一个车厢里头不成？就因为这一大意不要紧，这个苦子就逮上了，一见车到，不问三七二十一，一声断喝："好你个小桃花，竟敢勾结外人，搅乱本处地面儿，对不起，我今天要给本地除害，别走了！"喊完了，一声暗令子，呼噜一声，全都蹦了出去，单刀铁尺，花枪木棍，把车就围了。

这个赶车的，也是坏骨头，他原认识史禄，平常他可惹不起，今天一瞅这个神气，准知道史禄这是认错车啦，他准要一说这个车可动不得，再一说车里是什么人，史禄胆子再大点儿，他也不敢动。也因他平常伤人太重，恨不得他能遭报，心里才觉乎痛快，明知道他满嘴胡说，再过去一揭车帘子，里头这个主儿绝不能答应。他不但不道字号，反而假装一害怕，故意哎呀一声，掉在车下去了。

史禄这时候色迷心窍，哪里还有工夫考查里头坐的是什么人，是不是小桃花。他是一概不管，抢过去一伸手把车帘儿扯下，跟着往里头一探身，嘴里还不闲着，扯着嗓子一喊："小桃花，小姑娘，不要害怕，跟我回家少不了你的好处！"一边说，一边往里探着身子，用一只手往里摸，万也没想到里头坐车的一声不言语，看着史禄半个身子已然探进车厢，鼓足了劲，一翻腕子，伸开巨灵似的大巴掌，叭的一下子，整个儿五根钢条一样的手指头实啪啪打在史禄脸上。

别瞧史禄打人的功夫没练成，挨打的功夫，他倒有点儿经验，这一巴掌，打得半边脸火烧火燎，手指头一挨腮帮子，他就知道不是小桃花了。小桃花的手跟水葱似的，就是打上，也是绵软的，这跟火通条打上一样，不是楚霸王，也是悍张飞。不过他虽然明白是看错了车，上了赶车的当，他却以为这只是不是小桃花而已，无论

209

如何，自己带的人多，怎么样也得找回这个面子来。

他往后一撤身儿，正要喝令大家一拥齐上，来个以多为胜，恰好车上人也正往下来。这一露脸不要紧，史禄吓了个亡魂乱冒，准知道这个嘴巴不但白挨，面子找不回来，而且一个说不好，还得接连二本挨打。

原来车里这个人，不是别个，正是徐州城叫得起来数得着的头等混混儿小英布彭立。这个主儿，不但武学好，而且财大势大，比起他来，差着足有十号八号儿，平常讲究走动官府结交衙门，说软论横，全有特别出色的地方。尤其一身好功夫，比起自己，给人家提鞋都不要，万没想到今天日子不利，太岁当头，抢大姑娘没抢成，反倒惹了阎王爷。

这一吓可真非同小可，说打不敢打，说跑不敢跑，讲打别说自己一个，就是自己这一堆全都算上，也不够人家当一顿点心的，简直就叫白饶。脚底下虽然明白，可以往回开跑，不过人家知道自己老窝在什么地方，跑得了和尚跑不了庙，找到家里去也照样完不了。于是既不敢打也不敢跑，用手捂着腮帮子冲着人家发怔。

谁知事出意料，彭立打了一巴掌，本来还憋着一肚气，及至低头一看，挨打的是史禄，不由扑哧一笑，双腿一蹬，从车厢里头，蹦到地下。史禄一看，准知道坏了，光棍不吃眼前亏，赶紧嘴上说好的吧，才参着胆子，强挣扎着叫了一声："老瓢把子……"

底下话还没容自己往下说，彭立哈哈一笑道："我还当着什么人呢，竟敢无缘无故，把我截住，拿我当了什么小桃花，要把我带回家去拜天地入洞房。我可真受不了，才给了一巴掌，怎么没有想到是兄弟你。不用你说，一定是兄弟你又看上谁了，打算把她弄到家里去取乐。这个倒没有什么不可以，本来唯大英雄能好色，楚霸王还爱虞姬呢，何况你我？不过兄弟你倒是看准了再下家伙呀，这幸亏是把车帘子扯下来了，才分出你我，不然把车轰了家去，咱们这个天地可就拜得太热闹了！这是笑话，方才一时失手，伤了兄弟你，实在对不过，现在也不说了，既是兄弟你口口声声说什么小桃花，一定错不了是个呱呱的'老果'（女人），不要紧，我可以帮助你一臂之力，咱们把她得到手里，送给兄弟你，不过事儿完了之后，我也想借重兄弟你给我办一点儿事儿，不知兄弟你能点头答应不能?"

这几句话，简直出乎史禄意料之外，真是连做梦都没想到做这样好梦，不但不怪自己罪过，反要交个朋友，那就叫一步上天梯，那焉有不答应之理?

当下一边点头一边答应说："只要你老人家不见嗔怪，任凭指使，滚汤赴火，在所不辞!"

彭立把大指一挑道："好朋友，我先帮你，什么小桃花呀，大概还没有来，兄弟你算头一阵，在前边一迎，能得手我就不出头，如若费事，我再露面打接迎。反正无论如何，今天也要把小桃花弄到兄弟你的家里就是了。"

史禄一听，简直就是做梦，乐得连自己姓什么都快忘了，当时答应，二次藏好，彭立仍然上车往前边去了。

工夫不大，袁老头儿带着小桃花父女一路步行而来，史禄一看心里反痛快了，连那堆保镖的一个没带，真是造化到了，想什么有什么。心里一高兴，二次喝喊把袁老头儿父女围住，以为一个老头子、一个大姑娘，自己这边好几十口子，全是年轻力壮的小伙子，还不是手到擒来。

又没想到袁老头儿是个黑功夫，一抖手从腰里扯出一条怪蟒相的家伙，信意一抢，没偏没向，每人鼻子上挨了一下并且都见了血，这才知道不好。就在大家一乱之际，猛听身后有喊嚷："史兄弟不用害怕，小英布彭立前来帮你!"

话到人到家伙到，彭立已然甩去上身的衣裳，青绸子裤褂儿，十字袢，丝鸾带，大掖把搬尖洒鞋，腰挎弹囊背插把弓手里一条昆铁二郎夺，雄赳赳气昂昂把袁老头儿挡住。

袁老头儿连话也没说，姓甚名谁也没问，一甩手手里龙头鱼鳞软杖就地一裹，就奔了彭立双腿。彭立提身一纵，软杖从脚下划过，袁老头儿一抖手，使个"玉带缠腰"，照着彭立腰上裹去，彭立一立手里夺往上一迎，袁老头儿一抖手正缠在夺上，往里一较，彭立单手戳住了夺，那只手从弹囊里掏出一个混铁弹儿，两个手指头一搓，奔了袁老头儿面门。

袁老头儿软杖缠在夺上，一看弹儿到了，知道不好，躲弹儿得丢软杖，不舍软杖，难顾面门，因为距离太近。就在这一犹疑，弹儿就到了，噗的一声，正中左额角。袁老头儿一晃两晃，撒手软杖，翻身栽倒。

史禄一看太高兴了，一声"上！"呼噜一声，五六十个青皮混混儿，又把小桃花围上，小桃花一看一跺脚，一转身便往道旁边一块石头上撞去。猛听一声"报君知"响亮，有人喊嚷："哎哟！我瞎子遇见鬼打墙了！"

史禄一听心里一紧，小桃花一听心里一松，当时可就不再往石头上撞了。回头一看，正是瞎子赶到，从心里一高兴，可就忘了顾忌啦，不由脱口而出喊了出来："瞎师叔您快来吧！我爸爸已然受伤，被这一拨儿土匪给打躺下了！"

瞎子一听，微微一笑，一抡手里马杆儿（明杖），大家全都吓了一跳，原来他拿马杆儿往地下一戳，单胳膊一用力，呼的一下子，人就悠起来了，一拄两拄，一悠两悠，真比人飞还快，霎时就到了这堆人的面前。

这些人里头，史禄带来的，方才全都领教过了，知道瞎子不是好惹的，谁不害怕呀？全都往后一退，唯独小英布彭立，他既不知道瞎子是何如人，又没见过他的真能耐，正在兴高采烈，一照面儿就把袁老头儿用独铁丸打倒，以为在史禄身上卖了力气，两个人有约在先，自己给他办了事，不怕他不给自己办事。

可没想到方庆大功告成，忽然从半中腰跑出来这么一个瞎子，相貌既不惊人，况且又是残废，只是纳闷儿为什么史禄这班人，一见他的面儿，就跟耗子见了猫儿一样，浑身骨头都软了。自己在徐州府里是数一数二的汉子，真要叫这么一个无名少姓残废瞎子，一手儿功夫没见着，就让他给唬回去，以后就不用再充人物字号了。心里往上一撞火，不由怒喊一声："哪里来的五官不全胆大狗辈，竟敢跑到你家大七爷面前逞能卖乖，难道你眼睛瞎了，心也瞎了？耳朵也聋了？就不打听打听大太爷是怎么一个人物？既是狂妄无知，我可要对不过，不管你是残废不是残废，我可要手下无情，结果你这条苦命！你要明白利害，趁早儿别管闲事，从什么地方走来的，还滚回什么地方去，我还念在你是耳目不全的废人，饶你多活几天，倘若你敢延迟一会儿，再打算逃命，可就不易了！要依我以往的脾气，本没有这些废话跟你说，还是那句话，总因你是没眼少户的人，杀你如同踩个蚂蚁，并算不了什么光棍体面，这就是你家大太爷一时慈悲心肠，你别不知好歹，一定要往死路上找！"

彭立这里一阵道叫，瞎子就跟没有听见一样，等他把话全都说完，这才微微一笑，把白眼珠子往上一翻道："哟！哟！我瞎子真是时运不济，不但遇见鬼打墙，还听见鬼吹牛棒子，真是有点儿邪魔歪道！不过这一套鬼话，说得倒也有点儿意思。我是瞎子，是天生来的，我也不愿意什么都瞧不见，假如我要是有眼睛的话，今天能够目睹眼见，看看活鬼是个什么样儿，岂不大开眼界？可惜我没有这么大的造化，只能听见，却看不见。据我这么瞎想，这个鬼还真是不坏，他就知道我活在阳世三间，简直是受罪无穷，打算找个河沟儿跳下去，又找不着什么地方有水；打算上吊，又够不着歪脖儿树；打算抹脖子，人家到铺的掌柜，怕我穷极生疯；打算借着这块铁片儿，出去为非作歹，找到没人地方，断道伤人，又怕给我瞎子家里上三辈儿招骂。因为这么一来，我瞎子就太苦了，吃的阳间饭，做的阴间人，真是活着没意思，要死没门路，难得鬼会有人心，看出我的苦处，打算超度超度我，那真是我的造化到了，没什么说的，咱们别给脸不要脸，就求这位善鬼您给我找一条道儿吧！可是有一

213

节，我活着苦了一辈子，死的时候，我可不能还受罪，要是不叫我死便罢，真要有心超度我，可得一下子舒舒坦坦地死，只要叫我一难受，对不过我可不领这份情；再说句不受听的，我瞎子可是心狠，难免逮住了这位善鬼，我们一块儿并骨，不怕就是死了，游魂丧荡，也有个伴儿不是？"说完了这句，白眼珠一翻，不住往彭立脖子上头瞧着。

彭立是徐州府出了名儿的混混儿，也不过就是练过几年好功夫，加上走动宽，眼皮子杂，便享了大名。要论起江湖道上那些门道，他可不大清楚。要是久走江湖的人，一看瞎子的来派，以及说话的神气，也就应当明白，这个绝不是普通瞎子，多留一点儿神，虽不能说一点儿伤不受，至少也能保住性命。无如一向唯我独尊惯了，哪里听得进这些双关的话去，当时不但不醒腔，而且觉乎这个瞎子，特已不知好歹，不由心火又往上一冲，哇呀呀一声怪叫道："你这个瞎东西，好心好意饶你不死，你反倒没结没完了，这也是你命中注定，该当今日今时死在我的手里，也就没有法子啦！众位弟兄，哪个过去把这个瞎鬼捆上把他弄走？"

一言未毕，从身后蹦出来一个，身高体胖，年在三十左右的汉子，手使一对八棱紫金锤，向彭立一欠身道："大哥用不着跟他怄气，兄弟吕宏，愿把他拿来给您解闷儿！"

彭立一点头，只说了一声："小心点儿！"吕宏答应一声，一轧双锤就到了瞎子面前，双锤一磕，当啷啷一声响，然后提右手锤一指瞎子道："瞎东西，你既敢出头露面，来斗我们弟兄，当然你是个线上的朋友。明人不做暗事，你姓什么，叫什么，你也告诉告诉我成吗？"

瞎子一听一摇头道："不行！我又不打算叫你拿我立祖，告诉你干什么？"一句话没说完，吕宏的右手锤就到了。这吕宏不但武学不错，在江湖上跑的日子也不少，瞎子一露面儿，他就看出绝不是真瞎子，再一听说话，更知道必有绝技在身。原不想出去，不过吃着人家姓彭的，穿着人家姓彭的，到了时候不敢上场，怕是叫姓彭的寒心。所以彭立才一发问他便自告奋勇，跑了出来。他准知道瞎子能耐只比自己高，绝不比自己低，故此出去之后，一边假装问话，一边早用力把锤攒足了，话没三句，陡的一锤，他想着无论如何，出其不意，轻重也得叫瞎子受上一点儿伤。

锤去的劲头还真大，单臂用力，往上一掼，锤头就奔了瞎子胸口，眼看离着不到半尺就砸上了，心里方在一喜，又往上一加力，这把锤带着风就送过去了，就听瞎子嚷："可了不得！大概是大头鬼，拿脑袋撞我来了，那可不行，那么死挂不了号！"嘴里说着，提身一转，真比风还快，咻的一声，横着出去有丈数远近。吕宏这锤空了，因为用力过大，连自己身子也往前一冲。恼羞成怒，就把自己那股子小心劲儿全忘了，往前一纵身，到了瞎子面前，这回连话也没有了，一分手里双锤，一左一右，便分向瞎子两太阳穴上砸去。

瞎子又一嚷："哟！怎么两边都来了，我可要宾天！"嘴里嚷着，往下一坐腰，双锤全从脑袋上过去，磕在一起，铛的一声响，连吕宏两只胳膊都觉得有点儿麻了。一咬牙一坐腕子，不等瞎子往旁边闪，立双锤照着瞎子头顶砸去。

这回瞎子仿佛是急了，一边哟哟，一边喊："可真厉害，躲得了上头躲不了下头，这下子可要挨上！"嚷得快，锤去得更快，就听扑咻一声，小桃花一跺脚一闭眼，准知道瞎师叔完了，自己父女两条命也完了。恍惚之间，又听得哎呀一声、扑咚一声、当啷一声，睁眼再看，鲜血蹿出来有三尺多远，死尸栽倒！一听哎呀的声儿，不像瞎子声儿，扭回头一看，可不是瞎子依然拄着马杆，神气十足地站在那里，旁边却是躺着死尸一个。

仔细一看，不是别人，正是方才拿锤的那个金锤将吕宏，双锤也扔在地下了，脑袋也漏了，一赌气子伸伸腿咧咧嘴死了。小桃花不由心里高兴，怪不师父在一起谈起来，都说瞎师叔有特别机关在身，今日一见，果不虚传，三招两式，谈笑之中，就弄倒了一个。

看将起来，今天这个阵仗儿，有赢没输。当时心里一痛快，不由脱口而出喊了一声："好，真痛快！"

小桃花这里觉乎痛快，史禄跟彭立那边可就太不痛快了。论能为本事，自然是彭立高得多，论眼力见识也是彭立胜强十倍，自从瞎子一露面儿，虽说自己先有一点儿瞧不起瞎子，究属听得多见得广，一会儿工夫，就看明白了瞎子不是等闲之辈，如果他是个真瞎子，不向热闹地方去找他的生活道儿，反跑到这旷野荒郊四外无人的地方来干吗？由此可见，这个瞎子即使不是小桃花他们一路，也绝不是普通瞎子。

刚想到这里，吕宏心粗胆大，想在人前露脸，一挺腰他就跑出去了。彭立虽知道他不是瞎子对手，不过看他已经出去，第一不好驳他的面子，再者想起吕宏就是不济，也得有个十招八招，才能分得输赢。等他出去过一过手，也让大家看一看瞎子是怎么一个路子。等他实在不行，再出去不晚。

谁知他这一大意不要紧，吕宏就这么委委屈屈把条命搭上了。过去两个照面，双锤一抡，明是照着脑袋砸去，实在是分为一左一右、一上一下，锤就递进去了。史禄看着高兴，这手锤使得太好太快，躲得过上头躲不过下头，瞎子这回准得挨上，自己好好一局事，被瞎子搅得不轻，这个没什么说的，只要瞎子一躺下，过去亮家伙，帮着吕宏把他一刹，一则出气，二则也可以露一手儿。才想到这里，就听瞎子："可了不得！躲得了上头，躲不了下头，我要挨……"一个挨字才出来，锤就到了，猛见瞎子往下一矮身，上头锤一空，瞎子用马杆一托吕宏的腕子，吕宏这只手往上一撞，奔了自己天灵盖，瞎子往下一落马杆，锤正砸在吕宏脑袋上了，扑哧一声，是吕宏脑袋碎了；哎呀一声，是史禄吓得出了声儿；扑咚一声，死尸栽倒；当啷一声，家伙掉在地上，滚到了一起，鲜血带脑子蹿出去足有三尺多远，差点儿溅了史禄一身。

史禄一害怕，脸上一变色儿，人就缩回去了。彭立看得明白，心里不由有气，骂了一声好小子，虎头蛇尾，算个什么英雄？看这爷们儿的，想着一回头，从一个大个子手中接过兵刃，是一对月牙戟，迎空一晃真是灼灼放光，家伙一磨一蹭，当啷啷一声响，用单戟一指瞎子道："你六根不全的残废，你敢逞强伤害人命，懂得事的趁早跟我一走，去打这场官司，算是你的便宜，倘说半个不字，对不过，我要你这条狗命，给我好朋友抵偿！瞎子，你扔家伙打官司吧！"

瞎子一听，微微一笑道："今天可真是邪行！怎么今天都叫我遇见了，我一个没眼少户的人，被鬼打墙迷住了，难道真把方才那个冒失鬼给打死了？怎么又出来一个荒唐鬼？别瞧我是瞎子，我还是真没听人说过鬼跟人一堂打官司的，我还真是头一回听见这么个新鲜事哪！我可不能让鬼给我吓回去，有什么我得见识见识才行呢。"

彭立一听，干脆这个瞎子，不是侠客，就是义士，反正是个成名的英雄，故意假装耍笑，路见不平，多管闲事。要不是为着史禄这一堆，又死了一个吕宏，不怕找个台阶，也不犯跟他比武。赢了他，不过是个瞎子，输给他这个跟头，就栽大了！事出两难，还是跟他一斗的为是，至不济自己带的人多，还可以跟他来个以多为胜呢！想到这里，不由怒喝一声道："既是姓彭的再三给你留面子，你怎么一点儿不懂，非要找死不可，总是你的禄命到了，须怨不得你家彭大爷，别走了，接家伙！"呼的一声，双钩带风相似，一把钩横推，一把钩劈脑门儿。彭立本来功夫不错，再加又急又气，家伙去得又快，小桃花两只眼都直了。

这时候袁老头儿已然苏醒过来，盘腿儿坐在地下，看他们两下比试。彭立一落双戟，小桃花便向袁老头儿道："爸爸，您说是我师叔赢，还是那恶霸赢？"

袁老头儿一笑道："你那师叔，那是成了名的侠客，像这种鸡毛蒜皮，算得了什么？焉能禁得住你师叔撒疯？今天这些小子算是赶在点儿上了，你快看，这就分上下手了！"

小桃花一看，彭立两支戟实在使得不坏，一推一拿，全都使的是地方儿，眼看瞎子要不好躲，不知父亲为什么还如此说，屏气凝神，往对面再看，彭立戟已然够上了步儿，差着不到二寸，只要再稍微使劲往里一推一切在瞎子脖子上，猛地一急，差点儿没喊出来。就见哧地往下一坐腰，身子矮下去足有半截儿，那支戟就走空了；上戟一空，下戟横着往里一兜奔了软肋，瞎子右手马杆没动，左手"报君知"往上一提，就听锵的一声，直冒火星儿，戟正砍在报君知疙瘩儿上，瞎子破口骂道："什么东西？这是你爷爷传家宝，你爸爸要拿着拿着玩儿我都没给。你觉着你是隔辈儿人是怎么着，砍碎了，我也不用算命了，你妈也不用守着啦，你也没人疼啦，什么东西，胡动乱动，不要脸的下贱种子，我今天非管教管教你不可！"

　　说着拿起马杆前三后五，东六西七，上下左右，乱这一打，瞎那么一抽，彭立这个气就大了。这个瞎子不但讨人厌，说出话来，尤其不是东西，今天非要跟他拼个死活，不能算完。想到这里，话也不说了，舞起双戟，如同风车儿相似，或上或下，或前或后，或进或退，或左或右，舞了一个风雨不透。

　　瞎子那边也好，这边进，他那边锵的一声，这边退，他那边锵的一声。只见双戟一道白光，如同急风暴雨，再听报君知就跟热锅栗子一样，叮叮当当响个不住，你来我往，打了足足有一个时辰。眼看太阳已经落山，就要黑将上来，两个人还是不歇不停，也无胜败，不过彭立已然有点儿透喘。

　　正在酣斗，猛听瞎子哈哈一笑道："姓彭的难得你这么个青皮混混儿！怎么连个眉眼高低都看不出来，老太爷我是让着你，不然的话，小子你早就投胎转世去了。既是你不懂什么叫进退，一味找死，也许是恶贯满盈，鬼把你绊住了；也许是你祖宗有灵，怕你所为不法，难免身受国法，脖子上受那一刀之苦，所以才把你绊住。既是这样，爽得我成全成全你吧！有冤的报冤，有仇的报仇，你们自了恩怨去吧！"

说完了，这才一响"报君知"，抢起马杆儿，就听嗖、嗖、嗖一阵声响，彭立可就不成了，心里也明白了，也晚了。猛听瞎子又是一声喊道："姓彭的是你逼我，不是我逼你，对不过，我可要借你闯蔓儿了！"

彭立一听，就知道不好，打算撤家伙再走，那是焉得能够？只听锵啷啷啷两声，两支戟磕飞了一对，瞎子横手一抡，又是扑咚一声，然后才听当啷啷一声，横手里马杆，照着双戟上一砸，只听当啷啷一声响，彭立两只膀子全都发木，虎口一震，手一松，双戟飞出去一对儿。知道要糟，赶紧斜身子跨步，意思是斜着一闪，就可以离开马杆儿了。

他可不知道这个瞎子手里头实在太高，这里磕出双戟，翻腕子横着一插，正在彭立迎面骨上，彭立连哎呀一声都没喊出来，身子往旁边一歪，扑咚一声，倒在地下，如同倒了半堵山墙相似。他这里一个人倒了下来，那边才听当啷啷一声，原来是震飞了的双戟，这才落到地下发出来的声儿。

瞎子打倒了彭立，哈哈一笑道："我说是鬼打墙，一点儿都不错，果然是鬼打墙，这才打倒了一面儿，我瞎子也豁出去了，卖一卖力气，我把这四面儿全都打到了，省得叫你闹这道鬼魔颠倒。"

说完了这句，一晃手里马杆儿，又要弄史禄这一拨儿，这些小子哪里见过这个，一看彭立躺在地下，声儿都没有，生死不知，凭那么大的能耐，全都不是瞎子对手，自己过去更是白饶，干脆一个字——跑。把彭立往这里一扔，谁也不管不顾，翻身转脚后跟，一溜烟似的，跑得没了影儿。

瞎子一看这些土棍，全是王八搬西瓜，滚的滚，爬的爬，不由哈哈又是一笑。这时候小桃花已然走过来了，才叫了一声："师叔！"瞎子把手一摆，又冲地下躺的彭立一挤眼儿，姑娘明白，底下话就没说出来，急忙又退了回去。

这里瞎子却拉着马杆儿，晃到彭立面前，用手里马杆儿不住在地下乱戳一阵，离着彭立脑袋太阳穴相差到不了一寸。这时候彭立虽然双腿已折，痛彻肺腑，究属他也是成了名的混混儿，始终是咬着牙连一哼都没哼，躺在地下，看得清楚，听得明白。

可气自己那一拨儿人，平常吃着自己、喝着自己，没钱的给钱、没衣裳的给衣裳，见了自己，垂手侍立，连个大声儿都不敢出，说出话来，恭维自己，不是义士，就是侠客，伸大拇指，挑鼻头子，什么有福同享，有罪同受，不怕刀山油锅，滚汤赴火，绝不能有一点儿含糊，自己也认为他们是有点儿血气的样子。谁知到了今天，不过是叫人家打伤了两条腿，也还不至于当时就死，来人也不过是个瞎子，他们居然把自己往这里一扔，不管不顾，这叫什么朋友？要是今天死了，自无话说，倘若逃出活命，像这拨子东西，绝对不可再叫他们进门。

又一想这个瞎子，手里一根马杆儿，竟会破了自己双戟，实可称为世上高人。可惜自己无福已然成了仇人，否则要是能够跟他交个朋友，也不枉自己练了半辈子功夫。

正在想着，瞎子往前一来，不由灵机一动，心想我跟瞎子原无宿仇，今天这节事，完全是从史禄身上而起，何妨哀求哀求瞎子，把这些事全都推在史禄身上，求瞎子收自己做个徒弟，岂不是毕生之幸！

想到这里，正赶上瞎子用马杆儿在地下一阵乱抖，赶紧咬了一咬牙向瞎子道："老爷子，我已然知道你是怎么一个人物了，我年轻无知，交了一帮狐朋狗友，任意胡为，现在已是追悔不及，没有什么说的，你老人家得大发慈悲，饶了我从前一切的罪名，你收留我给你当一个小徒弟，我必能痛改前非，学做好人。老爷子，你收了我吧。"

瞎子一听，又是哈哈一阵大笑道："嗬！可了不得！人人都说可别遇见鬼，这种东西最不好惹，明着惹不起你，他用暗的、硬的惹不起你，他还会使软的，我是倒了霉了！怎么会叫鬼给迷住了，恐怕今天是要凶多吉少！"

　　说到这句，用手一拍脑门子，无意中把脑袋上一顶帽子碰了下来，露出头发，彭立看得明白，看瞎子的头发，当中一绺儿，完全是红的，不由心里一动，仿佛听什么人说过，江湖上有这么一位，可是一时又想不起来。正在寻思，瞎子又唱了："鬼鬼鬼，悔悔悔，从前觉得时时鬼，如今觉得处处悔，与其现在处处悔，当初何必时时鬼？莫要悔，莫要悔，除去心鬼就没鬼。天灵灵，地灵灵，奉请值日功曹，速退妖鬼！功曹何在？"

　　彭立一听，这可真是太好诙谐，身上甚疼，事真可笑，就在他哭笑全不是意思的时候，瞎子这里才喊完，便听石头后面哟哟两声，从里头蹦出一个人来。袁老头儿这时已然缓醒过来，一眼便已看清，急向姑娘喊道："铁妮儿，可不用担心思了，你安伯父也赶来了。"

　　姑娘一看，这时候虽然天气有点儿黑了上来，却还看得清楚，只见出来这个人，跟瞎子倒真是一对怪物。年纪看着也就在四十多岁，可是这一身的打扮，足有六十岁以上了，大脑袋，细脖子，长胳膊，大肚子，两只短腿，一双大脚，身量儿可不高，往高里说，也就有上四尺，两只三角眼，一大一小，蒜头儿鼻子，鼻孔朝天，短眉毛，拧着花儿，大嘴岔儿，厚嘴唇，两只扇风的耳朵，有胡子不多，上七下八，焦黄发干，满脸油泥，一身破烂，穿一件青不青、蓝不蓝的旧布大褂儿，上头除去补丁，就是窟窿，敞着脖纽儿露出又黑又细的脖子，二纽上还挂着一个须梳儿，腰里系着一根酱紫的凉带儿，上头挂着烟荷包、眼睛套、跟斗褡裢儿、扇子套儿、筷子口袋、笔筒儿，还有两块破玉，一把解手刀儿。底下是白布巾衣儿，已然成了灰黄二色，脚下是两只官样儿靴子，头里打了包头儿，后头添了后跟儿，可底子还是雪一样白，一手拿了一根乌木三镶的旱烟袋，一手拿了一本破书。

　　要是乍一看，真像哪座坟里跑出来的陈死人，简直说不上是怎么一个人物。听父亲说他是姓安，忽然想起父亲时常提起，有个多年好友安长泰，这个人已然够了侠客身份，在大江南北提起神机秀士大肚子侠客安长泰，真可以说是无人不知、无人不晓。

这个主儿不但武学已够侠客，什么刀枪拳脚点穴推拿水旱马步，样样都到极点，就是他的文学，也足称得起是个奇才，经史子集、诗词歌赋，固是无一不精。就是琴棋书画、吹弹拉唱，亦然无不精通。尤其擅长先天八卦，能够推算过去眼前、未来之事，都能推测逆料如神。对于针灸医药，也有特别心得之处。入过考场，中过秀才。因为天生不羁之才，不愿从功名里找出身，从此不再应考。

兄弟安长吉，却少年得意，中过举，点过翰林弄了个榜下即用知县，现在陕西做官，他却告诉兄弟，老人在世，所以栽培你我，是愿意你我弟兄承继余荫，克绍箕裘，为的是光宗耀祖，一是怕你我一个有起色的没有，把先人辛苦挣来的功名家业，一旦毁在你我之手。现在老天有眼，兄弟少年发迹，总算对得起老人栽培的一片苦心，不过我想，做官不在大小，总要上对得起国家，下对得住人民，能够这样，才对得过祖宗。

兄弟年纪很轻，已然做了老百姓的父母官儿，一仗老人余荫，二是兄弟福泽，你我自己亲兄弟，我做哥哥的当然不能奉承你。你的才华是有的，心地也还厚道，只要肯有虚心下气，事事打起精神，扛起肩膀，虽不一定要拿老百姓当作儿女看待，也要把他们亲同手足。无论百姓有了任何一件事，找到了你，你也要平心静气，替姓张的想完了，再替姓李的想，必要使得双方全无丝毫怨恨，必要是全境百姓说句公道，那才不愧国家养上一场。年轻的老百姓，叫他们各有所业，境内无游手好闲之徒；年老的老百姓，叫他们各归所养，地方无哭天喊地之惨；年幼的不可使其废学，家贫的不可令其行险。

法要严而要宽网，但能感化给他自新之路，不可便引条例，使其身陷大辟，追悔难赎。税要薄而刑要轻，钱粮地课，国家正税，自不许人民捏报躲避，但是也应依据收成丰歉，倘若故报凶馑，借逃正课，那是必须秉公追讨，不得图好官职名，辜负国家倚畀之意。真要遇上天灾人祸、旱涝飞蝗、厉疫凶灾、赤地千里、颗粒未收，虽是州府催缴，急如星火，也要安慰百姓，据情力争。即使触怒上司，违忤天颜，能留则留，不能留就当挂冠而去，甚至为了百姓，身受国法严责，即使流配万里身陷囹圄，只要心安理得，不独不算耻辱，祖宗有知，还要含笑地下，对于上司，既不必学那卑污之辈，不管百姓死活，一味奉迎为上，也不必事事傲上，求取清高之名。官阶既有高下，礼仪自有尊卑，一心应以其非为主，不可先存私见，为民请命，但得成功，虽略下身份也无不可。若是午夜夤缘，只为个人升官发财，那就是名教罪人，公理蟊贼，百姓自是笑骂诅咒，地下父母，也必转侧不安。

对于属员，行要圆而旨要方，大小都是国家的官，不过在制度上分个大小，谁比谁也不矮，能够收起架子，使他们知道亲近，才能谈说下情。一件事知道了底里细情，办起来自然便宜，倘若眼睛长在头顶上。

对于属吏，总觉我能使其升迁蹭蹬，神气既拒人千里之外，声色更惹人切齿五衷，下情自是不能上达，并且还会使人由怕生恨，由恨生仇，大家合计，同毁一人，任你再是精明能干，自己眼睛总看不见眉毛，毁害你眼睛的，还就是自己的眉毛。等到明白，悔之已晚。

还有做官的，除去应当支领年薪月俸之外，而不该向老百姓要一个钱的，但是不要钱只是不贪，也是本分。并非不要钱就是好官，我常看见听见有些官向人夸耀说，这件事不管他办得如何，反正我总没有要钱。在他以为没有要钱，便是天高地厚之恩、生死骨肉之惠，便一意孤行，胡来胡搞，这种人比贪官还要坏，兄弟你书比我读得还多，肚子里比我还透彻，这些当然你都了然。我似乎是话太多太赘，不过父母生下你我两个，我对于功名原本无心，天幸兄弟，已然有了这种为国效劳、为民造福、为祖宗增光的机遇，我是你的哥哥，自应有这几句话跟你说，愿你记在心里，拿出良心来去给老百姓，做一个好父母官。我从此以后，便绝了这科第的念头，专心击剑学武，你去给百姓造福，我去替百姓除害，异途同归。

你做一个好官，我做一个良民，并且告诉你，我要仗着这口宝剑在外头做出悖理的事来，你可以大义灭亲，用你这个官把我除治了，替百姓杀去一个贼。你要是倚着你这个官，做出丧心的事来，我绝不客气，要用我手里的剑，除去你这个官强盗。言出我口，入于你耳，各怀凛惧，不要对不起父母祖宗。今天话说到这里，明天我们便分道扬镳，各行其是。

说完了这一套话，任安长吉一再劝留，他却执意不听，第二天拿了他心爱的一把小宝剑竟自出门去了。一晃儿在江湖上闯荡了有十几年，到处行侠仗义，济困扶危，赈贫纾难，除暴安良，又遍访名师好友，研讨内外武功，一身兼长数门技艺，落了个美号是神机秀士大肚子侠客。

安长泰在江湖上，足可以称得是数一数二的英雄，并且这个人一向是疾恶如仇，不管对方是怎么一个势派，只要是行为不正，叫他抓住了证据，无论你墙高万丈，手下多少羽党，他是一概不问，非把元凶首恶置之死地，他绝不能善罢甘休，并且心狠手黑，说得出来，他就办得出来，办事从来不懂什么叫留后手儿。不过有一样特别好，一身的本事，要是遇见安善良民，或是从来没有练过一天武学的主儿，他是绝不动武，并且比别人还要加倍的和气。尤其是最好闹着玩儿，不拘事情如何紧急，不怕就要动手杀人，他也是说着笑着，绝无疾言厉色。有许多人真猜不透他是怎么一个脾气。

他有一个特别嗜好，就是性喜山水，每到一个地方，如有名胜景致，他必要登临盘桓些日子。跑了半辈子，中国有名的地方，实在到过不少。

还有一样，要论他的能耐，夜晚走进人家，偷取黄白之物，真可以说是像在自己家里一样，探囊取物，手到钱来。但是他自从出

224

世以来，他就没有干过这么一件事，他所有的花费，全仗着他画的一笔好画、写的一笔好字所换来。

小桃花知道他一向是在川陕一带，不知怎么今天会在此处发现，并且看他的神气，似乎是跟瞎子一块儿来的。自己不敢多问，走过去行了一个礼，叫了一声："安伯父！"

安长泰把头点了一点，却向瞎子道："瞎东西，你既是把这样癞狗制在这里，还不把他赶紧除去，叫我出来，莫非要叫我替你把他除去吗？也好，我就替你代劳吧。"说着话，一抢步便要奔地下躺的彭立。

瞎子一伸马杆儿把他横住道："大肚子老弟，你先等一等，要制死这么一块料，还得烦出这么一位侠客来，那也未免太小题大做了。我找你出来，另是一件事。我们这次到这里来，不是为的女儿做的事吗？不是少着一个帮手吗？我一看见我们这个侄女儿，这不是天假其便，现成儿一把硬手吗？所以我才找你出来，至于倒着这块料，虽然行为不对，却还罪不至死。我现在已没了火气，不拘是谁，被我遇见，只要他没有当时被我看见有取死之道，我绝不要他的命。这块料我已然看了他半天，倒还没有到那恶贯满盈的地步，可以饶他一条活命，只看他自己肯其改悔不肯了。等我先发放了他再说咱们的。"

说着便走到彭立面前向他道："姓彭的，要据你今天所作所为，青天白日，断道劫人，就该把你弄死，给世上除害。不过这件事情，你只是路过，并非由你出头，并且我在这里，听人谈论，你虽然交友太乱，行为不检，也还没有什么太违人道之举，特意网开一面，暂饶你这条活命。如果不知改悔，再要犯在我的手里，要活不易。你方才受我一棍，已然把你骨节儿震开，回去之后，如果找个不明医理的大夫，给你乱一诊治，轻则残废，重则必死。我既是饶了你的死命，再便宜便宜你，爽力把你的伤治好了，省得多受活罪，你把眼睛闭上。"

彭立这时候已然听明白了，老头子就是南北驰名的大肚子侠客安长泰，杀人不眨眼的恶魔王，只要他一过来，自己这条命，当时就完。心里焉有不害怕之理？再想这个瞎子既是跟安长泰在一起，一定也是一个出名的高人，自己练了半辈子武艺，觉得自己很是不错，到了人家手里，三招未过，差点儿没有把命送了！看起来自己就叫一点儿能耐没有。可惜自己已然伤了两腿，成了残废，这辈子就算完了。如果不是这样，这两位里头，不拘拜了哪一位，当个老师，自己将来也可以略有一点儿寸进，可惜……万没想到，瞎子既拦住了安长泰，不叫他伤害自己性命，而且还要给自己治伤，从心里这一感动，真不知道自己是哭是笑，感激得几乎流出泪来，只把头微微一点，瞎子叫自己把眼睛闭上，自己赶紧闭了吧！

这里才把眼睛一闭，觉得腿上叭地又是一震，这一疼真是透入脏腑，不由哎呀一声，疼得出了一身汗，一时忘神，急得往起一甩那条伤腿。及至甩出去了，自己才想起伤腿如何能甩，可是已然甩出去了，心里方在一惊，谁知丝毫未觉痛楚，还以为是被震得木了，再伸一伸，依然一点儿也不觉疼。这才明白，瞎子确有绝技，一杆子能够震伤，一杆子还能治好，又是感激，又是惊奇，又是害怕，又是佩服。好在腿已不疼，身上又没有别的伤，一骨碌爬了起来，可就拜上四方了。先给瞎子磕，又给大肚磕，然后又给袁老头儿磕，连小桃花他都磕了一个头。一边嘴里还说："多蒙二位侠客不取彭立的性命，彭立我是感恩不尽。想我彭立自幼喜武，请了无数教师，交了无数朋友，学了几年花拳，实以为自己行了。虽没敢胡作非为，究属难免有伤天理的地方。如今二位侠客感化过来，才知天之高地之厚，所学所练，连挨打都不够格儿！这位侠客我已知道他老人家，就是安大侠客，只是还没有请教你老人家怎么称呼。请问你老人家尊姓大名？小子我回家之后，写上一张纸条儿，早晚看看，也叫我添一点儿警戒。不知道你老人家可肯得告诉小子我吗？"

瞎子一听，把眼一翻笑了一声道："你这小子，打听这么清楚，还打算约出两个好朋友找我们算这笔账吗？我瞎子既敢拉账，就不怕要账，等我告诉你，你全记清了吧，这位是安长泰，你既有耳闻，我也就不用多说了；这位老头儿他姓袁，你知道江湖上有个玲珑妙手袁明健吧，就是这位老人家。他们二爷也是江湖道上成了名的侠客，在四川一带吃镖行的老"葫芦库"（首领也），七星旗袁明伟就是他们二爷；这位姑娘也不是什么唱手，她是袁大侠的小姐，袁二爷的侄女，小七星铁骨蛾眉袁陶华。这次到这城里来，一是有点儿小事，二是听说这里有许多古迹，打算选胜登临，但是因为朋友太多，怕要露出真面目，惹出多少闲事，这才假装江湖卖技之流，所为是遮掩耳目。没有想到竟有大胆的东西，敢到头上来寻野火，真也就算是眼瞎心也瞎了。可笑你还是个练把式的，连我是个残废人，居然都会不认得，也真是太大意了。我要不自己道叫道叫，大概你也不知道我瞎子是怎么一个人物。我告诉你吧，我姓夏，我叫煌佼，有个外号是瞎黄雀海底捞针……"

彭立一听，不由哟了一声，原来这位瞎子就是夏煌佼啊！在天目七残里头，岁数就是他小，能耐可就是他大，想不到今天也叫我遇见了，无论如何，我也得拜上一个老师，也不枉今天挨了这一马杆儿。想着便向夏煌佼道："原来你老人家，就是夏七侠，我小子总算有幸遇见您。夏侠客，您要是看我行为可杀，您就把我杀了；要是肯其饶我，您就得把我收下当个徒弟，不怕学个一手两手，我总算没白练。您要不收我也不杀我，我是一头撞死，省得活着也没味儿。"

小英布彭立说完了，瞪着两只眼，看着天目七残海底捞针夏煌佼。只听得夏煌佼哟了一声道："可了不得！我瞎子未曾出门就占了一卦，今天日子不好，怕是难免要闹出一点儿小事故，果然卦不虚占，从出门到现在一点儿好事没有遇见，什么妖精邪祟，都叫我一个人遇见了。我姓夏的混了一辈子，老了老了，还要丢人吗？这个我可得跑。"

说到跑字，一手拉马杆儿，一手打小锣儿，"报君知"铛铛铛三声响，双脚一点地，一溜烟样，只见前面一条白影儿，三晃两晃，踪影不见。彭立一把没揪住，知道瞎子要跑，一句话没有说出来，瞎子果然跑得连一点儿影儿都没有了，这个头也白磕了，这个师父也白叫了。

这种事如果要是放在一个没有骨气的人身上，一看瞎子已然走了，要是一灰心，也就听其自然，随其他去，自己站起来回家，可也就完了。但是彭立，可是大大不然。因为他本是个血性汉子，而且是有天生的聪明，不过是交友太滥，走入歧途。一向以为自己足可称得是个英雄，又加上在这一方，横行霸道，真没有碰过钉子，这才越闹胆子越大，以为天上玉皇是王一，他就是王二，万没想到今天遇见这个瞎子，一棍子打去了他五百年的道行，究属他是得天独厚，这一棍子会把他打明白了，这才想起拜瞎子为师。及至瞎子一走，他不但不说瞎子狂傲无知，反倒自责自己冒失，跟人家这个瞎子，不过是头一天见面，虽说方才短道截人，不是自己主动，究属也不能把自己洗刷清了。人家既是侠客的身份，焉能就凭自己一说，硬把方才自己目睹眼见响马行当儿，忘个干干净净，还能收下自己当他徒弟，那是焉得能够？这当然不怨人家瞎子眼瞎心狠，实在是自己做的事太差次了一点儿。这么一想，反倒心平气和。忽然又一想，自己也是糊涂，这里现放着还有两个人呢，何必单单看上这个瞎子。瞎子装疯卖傻，拿起腿来跑了，剩下还有大肚子侠客神机秀士安长泰，至不济还有一个玲珑妙手袁明健呢，别看方才自己能够打倒袁老头儿，一则是自己这里人多势众，二则出其不意，使暗器赢的人家，要是较真儿了，自己还真不一定能是袁老头儿对手。

这两个人里头，当然以袁老头子差一点儿，不过这个安长泰也是出了名的奇人。瞎子不收自己，大肚子也未必肯收自己，这种事一点儿把握没有，可就得看自己的运气了。

想到这里，便往前抢了一步，双腿一弯，便向安长泰跪了下去。

话还没有说出，安长泰早已哈哈一笑道："你这个小子，大概就是这个脑袋不大值钱吧，怎么满地乱捣蒜呢？八成儿我许猜着了，你叫瞎子一马杆儿，把你打明白过来了，也想着要往人里走了。一定是打算拜瞎子没成，人家跑了，你又看上我了，打算拜我为师，给你领个道儿，把你引进正途去。你这点儿心思倒是不错，我这个人不像瞎子难卖难买，只要你肯其诚心向上改过自新，我必要好好成全成全你。不过有一节，你的平素为人，我虽然知道得不大详细，可是也略有耳闻。你这个人除去交友太滥门路不清之外，倒还没有什么大恶昭彰，今天饶了你的性命，倒是没有什么不可以。至于说是收你这个徒弟，咱们可是还得考究一下，不能就是这样含糊其词。要叫我收你这个徒弟，也可以说是不难，你得去给我办一点儿事，只要能够我怎么说你怎么办，回来之后，我就收你做个徒弟。你要是不能去办，当然就是拜师之意不诚，我也不能勉强你，你爱干什么你干你的去，我可是不能当你的挂名儿老师。这话你听明白了没有？"

小英布起初因为瞎子海底捞针夏煌佼当面一推辞，抹头一跑，心里很是难过，想着这些侠客，一定都差不多的脾气，瞎子不收，大肚子也必不收，虽然说出来，心里可有点儿打鼓，没想着如果大肚子也不答应，只好是拜袁明健了。万没有想到，自己这里才说出来，他那里已经认可，虽没有当时磕头认可，听那话语，绝无拒绝之意，这实出意料之外。当下也没听全说的是什么，赶紧跪倒磕头，嘴里还说着："师父，师父，你老人家，不拘有什么事，只管吩咐，弟子我没有不去的地方，就你老人家吩咐吧。"

安长泰道："你先起来，现在你还不能就叫我师父，因为我还没有收你这个徒弟，我这个人说话算话，绝不会欺骗人，也不许人家来欺骗我，说到哪里定要办到哪里。现在我可以告诉你到什么地方去办些什么事。第一件这位袁老英雄，跟这位姑娘是怎么一个人物，你大概也明白了，最好你先给去找几间房子，使他父女二位有了安身之所，一切衣食，都应由你担负，也许十天半个月，也许三月五月，必有办法。你要愿意，你就奉养些时；你要不愿意，也可以当面说明，我再另想法子。"

彭立不等安长泰说完，便连连道："这个算不了什么，不用说是三月五月，就是他老人家在我家里住一辈子，我都愿意奉养，并且绝不能有一点儿亏待他老人家之处，这个您可以放心。您就说第二件吧。"

安长泰道："第二件，可就比这个麻烦多了。我有一个仇人，现在正想要和我为难，他唯一的拿手，是他家传有一口墨鱼刀，只要把他这口刀得过来，我就不怕他了。我可以告诉他的地名儿，你赶紧去到那里，不拘用什么法子，把他这口刀盗出来交到我的手里，这件事就算办完了。只要这件事办好，我一定收你这个徒弟，绝不能骗你。可是有一节，有刀的这个主儿，可不是无名少姓之辈，去到那里，也许得手，也许把命饶在里头，你要胆小害怕，可以不去，我再另找别人，我可不强抱怨。"

小英布一听，不由倒吸了一口凉气。其实他是听错了，他心里想着，这个可叫难题。姓安的是出了名的侠客，自己的能耐，要是跟人家比起来，简直叫相差天上地下。比方说他不认识自己，自己却和他有仇，打算摘下他的眼罩儿，趁他一点儿防备没有的时候，找好了机会，夜晚走进他的家里，不管使的用的，只要是他家里的所有，偷出来一件，就算自己成功，恐怕就是这样，都不一定能够办到，因为他闯荡江湖几十年，实在是成名不易。

虽说在自己家里，等闲不易出事，可是在他自己，绝不能那样忽略大意，随时随地都要安上一份小心，否则这么多年，他在江湖道上伤人不少，难道就没有一个心粗胆壮的朋友，到他家里去斗他一下？

这还说的是趁他不备，自己施展全力冒险而行的话。现在这是他叫自己去的哟！自己并且盗的又是唯一心爱形影不离成名露脸的

230

墨鱼宝刀，必要更加昼夜守护，不用说是自己一个人深入他的家里，就是多约上十位八位比自己能为大武艺高的朋友，怕也无济于事。

他以盗刀为名，拒绝收留自己，既不伤害自己的面子，又可以显出来他的大仁大义，真是姜属老的辣、沟葱白儿长，这个法子实在不坏。在自己意思，不过是因为从前经师不到学艺不高，打算另拜一个师父，多学一点儿惊人艺业而已，高的作揖，矮的磕头，在自己算是卑躬屈节，格外下了身份，谁知他倒自尊自大抬起架子来了。看这个神情，当然是拜门无望，趁早儿不必往下再说，好在他也不亏我也不短，说两句客气话搪过去也就完了。

想到这个，才要想两句什么言辞，把安长泰敷衍两句，自己就可以走了，猛听远远一声"报君知"铛地一响，跟着就又有人唱："劝世人，莫毛包，和为贵来忍为高。霸王不忍垓下死，张良纳履在圯桥，留侯名儿传千古，只因拾鞋一弯腰。为人要学警人艺，莫辞辛苦莫自骄……"

声音又尖又响，顺着风儿，一字一字全都送到彭立耳朵里，不由头发根儿一竖，激灵一个冷战，好似一盆凉水从头上泼了下来，从脑到胸口一凉一清，顿时便想起自己几乎一时不忍把事闹糟，方才那几句唱，明是海底捞针夏煌佼，怕自己一时意念不坚，失去这个机会，故意把这唱出来，所为提醒自己的。这份热心，实在是可感。

再者自己却也是一时糊涂了，安长泰人家是成了名的侠客，他要是从根上不愿收自己，本可以像夏煌佼那样一走了之，并没有什么不可以，又何必打什么赌，叫自己去盗什么宝刀。既是打算拜他为师，就是他的徒弟，不用说他叫自己盗刀另有用意，即使一点儿什么意思没有，以师父指示一个徒弟，这也算不了一件什么大事，做徒弟的也应当奉命唯谨，不该托词不去。

再说自己对于安长泰虽是慕名已久，知道人家是侠客，拜他为师，有益无损，可是人家对于自己，并不知道有这么一个人，行为能耐如何人家全不知道，师徒如父子，岂能太已草率？叫自己盗刀这一层，可以说是有几层意思，看看自己的机智，试试自己的本领，品查品查自己的人格，然后才能决定是收还是不收。

以这种情形看他，刀能到手不能到手，还在第二步，无论如何，也得考究一下，那倒是真的。在这种情形之下，无论如何，也得试验一下，自己怎么会完全想到难易上头而不去这一趟？

如果不是夏大爷提醒，这件事可不太糟了。幸而还没有说出来，便赶紧向前一抢一屈膝道："老爷子，我明白您这是要考徒弟一下，按说徒弟有天大胆子，也不敢偷你老人家，不过长者命，不敢辞，就请你老吩咐指示，什么地方什么时候，怎么一个盗法，都请你老人家当面说明，徒弟虽然明知能力不行，可是也得努下子力，叫你老人家看看徒弟倒是值您一收不值。"说完了站起来，在旁边垂手侍立静候发话。

安长泰微然一笑道："你的心灵，原不真诚，本可收回前言，各奔东西，可是你神志清明，挽回太快，我也不便出乎反乎，还是依照先前所说，限期三天之内，不拘什么时候，不拘什么地方，也不管你是一个人，或是另约朋友帮忙，只要把我那仇人的墨金鱼鳞宝刀，得到你的手里，我不但收你为徒，而且还要助你成名。这口鱼鳞宝刀，就送给你作为防身之物，第一手儿我就先教你这一套刀法作为见面礼。如果过了三天，不能把刀盗去，多说不如少说，少说不如不说，我走我的，你走你的，天南地北，各自东西，我也没有你这个徒弟，你也不必有我这个老师，一天云雾散，就算没有这回事，你看怎样？"

彭立一听，老头子说得太绝了，可是当面也不必驳他，便笑着向安长泰道："老爷子，你怎么吩咐我怎么办，恭敬不如从命，我就依着你老人家，三天之内，在您面前逗个笑脸儿。不过有一节，这口刀是怎么一个盗法？这口刀放在什么地方？您老住在哪里？从什么时候起到什么时候止，都请您指示明白，徒弟好有一个准备。并且还得求你把这口刀赏供徒儿先看一眼，也好见识见识，别回头费了半天劲，再弄个劳而无功，那才怨呢！"

安长泰哈哈一笑说："你这小子，趁早就不用认我这个师父了，你怎么看出你的师父会这么不地道呢？既说叫你盗刀，当然得跟你说清楚了，只要你能照着我所说的办到，无论到了什么地步，我也收你这个徒弟。按说既是打算拜我为师，应当跟我回到我的家里，指给你地方，告诉你期限，你能盗了去，自无话说。不过，离我住家太远，你又没有打算到我家里去，倘若一个到了日子，刀没盗走，白叫你跑一趟，岂不是更对不起你了？徐州虽是你的家在这里，可是我不能到你家里去，还是那句话，你要能把刀盗走，我当了你的师父，就是住在你的家里，我看也没有什么不可；如果盗不出刀来，到了那个时候，我是怎么走出你的大门，那岂不是难为我吗？我家里去不了，你家里又不便去，现在我倒有个法子，既不在你家里，也不在我家里，离着这里城墙马路不远，那里有个亭子，名叫快哉亭，是当初宋朝一代名儒苏东坡他老先生在这徐州读书的地方，现在年久失修，里头很是荒乱，轻易也没有人到那里头去。我想咱们这件事，既是不愿意叫别人知道，不如就找到这个地方，我看倒是不错，你说怎么样？"

彭立听了一听摇头道："你说的这个，我可要大胆驳回。不管这回事情成与不成，我既有心要拜你为师，绝没有师父到了徒弟门口，反到旷野荒郊的，将来叫人家听见了，一定要责备徒弟太不懂得尊敬长辈了！依我之见，徒弟家里虽然房屋不算宽绰，破瓦房也没有几间，无论如何怎样屈尊你老，也要请你老到家里去住上几天，就是这个办法可是不行。"

安长泰笑了一声道："你觉得要是住这个亭子里屈了你，你就可以不必拜我为师，要是你认为还可以凑合的话，咱们还就是这个地方，别的地方我还是不去。至于说是到你家里去的话，等你把刀到手之后，我不用请必去，凑巧还许住上三年二年呢！现在可是办不

233

到，这话你听明白了没有？我还没收你这个徒弟呢，头一回说话，就碰你的钉子，我这个徒弟，收不收都算两可，八十岁留辫子，大主意还是你拿，好在现在八字儿还没有一撇儿呢，要打退堂鼓并不算晚，你就痛痛快快地说吧。"

彭立一听，这位大肚子侠客说出话来，不大讲理，自己一片好心，弄不好倒许弄僵，莫若别招他老人家生气，快哉亭就快哉亭。想到这里，便笑了一笑道："师父你老人家说得是，快哉亭就快哉亭，不过什么时候去？咱们是怎样定规好了？省得把宝刀盗到手里，你老人家要是一个不认账，那我岂不是白费了力气？"

安长泰呸地啐了一口道："别在这里说废话了！不用说对你这样一个草包，用不着费这么大的心机，你也不打听打听姓安的什么时候说过话不算？既是叫你去，当然就得有个办法，到了时候自会告诉你。现在最要紧的，你还没有办呢，我告诉叫你把他们哥儿两个找个地方先安置下，你还没有办呢！"

彭立道："这个算不了什么，别的没有，要说家里安置住几个人绝不费难，并且这所房子，还准保合乎他老人家心思。离着这里不远，有个地名叫祁家巷，那里有徒弟一所小房子，里头现在并没有人住，房子虽然不多，可是地方宽敞，也雅静清亮，回头先同你几位到我家里住上一天半天，等我派人把那里打扫打扫，再请他老人家搬过去。再派一个丫头，一个老底下人，烧烧饭洗洗衣裳，准保他老人家在那里能够满意。"

才说到这里，旁边袁明健却笑了一声道："安大哥，我们父女承你的情，给我找着安身之所，这位彭大哥，也是慷慨好交，对于我一个素不相识的人，居然肯得如此帮忙，实在使我感激。并且听你们二位方才所谈，一个打算拜师，一个打算收徒，眼看你们二位就是师徒了，更是可喜可贺！不过有一节，这位彭大哥跟你是个初识，对于你为人性格，还有许多不大了解的地方，按说你既是打算收他当徒弟，你就该开诚布公，有什么说什么，不应该这样藏头露尾。

彭大哥还是年轻气壮，叫你说收他为徒，他这一喜欢，反倒把正事忘了。大概话也没听明白，就糊里糊涂地全答应了。这件事我却有点儿不以为然，无论如何，你对于一个徒弟，总不该是这样。"

彭立听了，还不得明白，安长泰却笑了一声道："噢！怎么样老袁你看出什么来了？可见得这个年月，没有钱是一步也行不开呀，我这假徒弟，不过就是答应给你几间房住，还没有答应养你一辈子呢，你就把心变了。你倒说你看出什么来了？"

袁明健道："你先不要说废话，你肚子里那些坏水，除去跟你徒弟那样的老实人去使，到了我这里却就使不开了。我就问你，你说了半天，叫你徒弟到什么快哉亭去盗刀吧剑吧，这把刀现在什么地方？这把刀是不是你的刀？要是你的刀，你为什么不拿出来给他看一看？这种事你觉得你办得不错，其实里头缝子太多，除去你那个徒弟有点儿喜欢得迷糊了没有听清楚，你就忘了，你一上车时怎么说的了？你不是说你有两家仇人，手里有口刀吗？叫你徒弟去把这口刀盗回来，你就收他当个徒弟吗？怎么说来说去，你那个朋友也没有了，反倒变在你的身上了？这件事我可是有点儿不大明白，到底是你呀，还是有个朋友啊？你这个徒弟是拜师心切，你说什么他就答应什么，究其实他也不知听明白了没有。我是一碗水往平里端，既不向着老师，也不向着徒弟，这件事无论如何，你得说出个正点来，否则真像你徒弟所说，白费回子劲，临完你再来个不算，可就把人家孩子耽误了。话要说在头里才是话，你还是说明白了的好。"

彭立在旁边一听，心说对呀，我师父先说的是另一位朋友，怎么说来说去，会说成他老人家自己了？这事可是透着有点儿乱。要不是这位袁老爷子旁观者清，我还是真没理会这一层。如今且看他老人家是怎么说吧。一心里正在想着，却听安长泰哈哈一笑道："你这个老家伙，真是爱多管闲事，还说不向着他呢，这一来把我的戏法儿全给抖搂得底儿掉了，这还有什么意思？我看这个孩子，特别心浮气躁，所以才想出这么一个主意，打算试他一试，根本我就不想到快哉亭去，叫他一个人去上三趟五趟，等他想过味儿来，问到我我再告诉他，我这个徒弟就可以不收了。现在叫你把底儿一泄，那还有什么意思？得了，徒弟我也不收了，快哉亭也不用去了，咱们算是一天云雾散好了。"

彭立一听，当时就急了，赶紧叫了一声："师父，你老人家先不用着急，你叫徒弟到什么地方去，徒弟必到什么地方去，以后绝不再粗心了。"

袁明健道："你先不用着急，你这个师父，平常就是爱闹着玩儿，直到如今，胡子都白了，还是这种脾气。这回事既有我在场，无论如何，也得让你拜了这个师父。"说着又向安长泰道："大肚子，你倒是打算怎么样办吧？不要叫他为难了。"

安长泰一笑道："这算是吃人家的嘴软，房子还不一定住得成住不成，已然替人家卖上力气了，想不到偌大的一个玲珑妙手，就是这么一个路子，看起来圣人所说及其老也戒之在行，真是一点儿也不差了。这个徒弟收与不收，还是得看他能够办得到我的事办不到！"

袁明健道："你要打算叫他去办，还是得说出一定的地方、一定的时候，不能说了不算。要是按着你的指示，他实是办不到，当然没话可说；要是按着你说的他全办到了，你要故意玩笑，不把他收下，那时候不用说他，从我这里说就叫办不到。你现在当着我，就把怎么办说出来吧。"

安长泰道："既是这么说，大丈夫说话，如白染皂，我也不用再等了，现在就说出来，他要完全办到，不拘如何，我必收他；他要不能办到，废话没有，他干他的，我干我的，可是不许你从中再来捣乱。就是捣乱，我也绝不能收。彭立，现在你可以听清楚了，我有一个仇人，他手里有一件传家之宝，名叫墨鱼宝刀，你想认我为师，必须把这口刀盗在手里，亲手交给我，我就收你这个徒弟；你要是办不来，咱们也没有废话可说，只当咱们彼此没有今天一次见

236

面。你可记清楚了，我这个朋友，就住在这徐州城里，他姓甘，双名无邪，有个外号人称神手金刀三宝无敌。他手里就有这么一口墨鱼宝刀……"

彭立没等安长泰说完，便哎呀一声。安长泰道："怎么样？你觉得惹不起他吗？你要是怕他不要紧，咱们所说的话算是没说不就完了吗？"

彭立道："不是，这句话不是那么说，弟子既是拜你老人家为师，你老人家叫我到什么地方去，我就可以到什么地方去，我是谁也不怕。不过有一节，你老人家方才提的那位神手金刀三宝无敌甘无邪，据我听说，也是当今数一数二的英雄好汉，怎么会跟你老人家有了什么过节儿？这可是据我说，你老人家要是真跟姓甘的确有什么过不去，你老人家可以说明白了，不怕由徒弟出头，多约上几位朋友，给你老二位说合说合，彼此可以化敌为友。因为你老二位全是当代成了名的侠义，合之双美，分之两伤。无论如何，不要给江湖上留下话柄儿，要是根本没有什么过节儿，那就更不必说了……"

彭立话还没有说完，早听安长泰冷笑一声道："嗷！原来你跟姓甘的是一手儿呀！这个怪我鲁莽了，既是这样，当然叫你办的事，你是不去了，我也不敢再劳动你，你去交姓甘的，我去斗姓甘的，彼此各不相犯，从此就算谁也不认识好了。"说完又是冷笑一声。

彭立一听，知道他是全都猜错了，便赶紧叫道："师父，师父，你老人家先不用生这么大的气，你不拘叫徒弟到什么地方去，徒弟必去就是了。不过这位姓甘的，他究竟住在什么地方？他那口刀是个什么形式？一共你给我多少天的期限？你全都说明白了，叫徒弟什么时候去，徒弟一准什么时候去就是了。"

安长泰一笑道："既是你愿意去了，当然都得告诉你，哪里能够叫你去乱撞呢？他住的地方，方才我已跟你说了，他就住在快哉亭里头，他这回也是走到这里，他并住不了多少天，事情一完，他就

237

要离开这里，以后再要找他，可就大大不易了。所以怎么这个日限，也不能太多，今天不算，从明天说起，初十、十一、十二、十三、十四，给你这五天日子，无论如何，要在这十五以前，把这口刀盗到手里。过了日子，或是盗不出来，咱们是另说另讲。至于他那把刀的形式，跟咱们普通用的鬼头刀差不多，刀头比鬼头刀还要宽一点儿，足有四寸四五的样子，长可没有鬼头刀长，从刀尖到护手盘，也就是三尺往里，这口刀最容易认。普通的刀，越是好刀，越是又白又亮，唯独这口宝刀，却是漆黑如墨，一点儿亮光没有，远看仿佛是块铁片，非到临近，不容易看出来。这把刀由头至尾，全是一层乌光波纹，一闪一动，就跟鱼鳞一样。在刀环那里，有一个透明的窟窿，就像鱼眼一样。越往下越细，到了刀把儿那里，非常之细，便像一条鱼尾。在顶儿上有一个回头双岔钩儿，用的时候，按簧就能伸开，不用的时候，往回一卷，便成一个圈儿，用尾巴一钩鱼眼，可以扣在腰里，跟裤带一样使唤。这口刀可以斩金切玉，吹毛过发，削铜如粉，碎铁如泥，杀人不带血，入水不留湿，并且迎风知响，善报吉凶，古人所说大环、巨关，咱们没有赶上，也没有见过，要是据我看，也不见得比这口刀高得过去。"

彭立听完，不由把舌头一伸道："老爷子，照你这么一说，这口刀咱们偷不回来。"

安长泰道："那为什么？"

彭立道："你可知道这口刀在姓甘的身上带了有多少年了？"

安长泰道："这个虽说不一定准，反正在他身上带了也有三十多年了。"

彭立道："这就是呀，姓甘的原就不是无名之辈，他这口刀，在他身上带着这么多年，你都曾知道那么详细，他本人还有不知道吗？不用说他的能耐，徒弟不是他的对手，即如你老人家所说，这口刀已是通灵宝物，闻风知响，善报吉凶，就是这一手儿就先不好办，费了九牛二虎之力，还没得到他身旁，他那里一有响动，他还有不

238

明白的吗？那一来不但是宝刀不能到手，碰巧连人也得坏在那里。这件事可以先商量好了，不然力气也卖了，苦也吃了，功夫也卖了，临完是白受一回罪，刀也到不了手，师父也拜不成，一个弄不好，皮肉还要受伤，那可不是玩的。"

安长泰哼了一声道："要照你这么一说，我还得给你写个保条呢，你忘了你是要干什么了，行侠仗义，什么事不许遇见？这是你听我说了，才有这些预备，倘若我也不知道，你也不知道，遇上了这么一件事，咱们应当过去下手，难道你还要都把他打听清楚才敢动手，试问有那个工夫吗？干脆这么说，姓甘的身上有这么一把鱼鳞宝刀，你要能够把它偷回来，交到我的手里，我就收你做个徒弟；你要是偷不来，或是不敢去，五天以后，你干你的，我干我的，咱们是各不相犯。这话你听明白了，去也在你，不去也在你。"

彭立一听，这个师父要吹，赶紧满脸赔笑道："师父你老人家不用生气，都怪徒弟没有出息，既是你老人家这么说了，盗得来要去，盗不来也去，就是能耐不济，死在人家手里，也绝不能有一句怨言。好在今天是不算，你老人家陪着袁师伯跟袁小姐先到我的家里，等我先把他们二位安置好了，从明天起再说盗刀的事就是了。"

安长泰道："既是如此，咱们走吧。"

彭立一打招呼，那些赶车的又全都回来了。彭立告诉从人，先把死尸弄开，受伤的人搭回去给医治，并且吩咐今天这里的事，一个字不许对外人提。从人答应，车把式套好，赶车的一摇鞭，咕噜一阵响，车走如飞。地势不远，工夫不大，就到了彭立家里。

第四回

宝刀初扣快哉亭群雄收徒

　　彭立把三位让了进来，先把姑娘袁陶华送到里面，找人谈天休息不提，这里彭立又叫下人打水沏茶、漱口、洗脸、喝茶、谈天。

　　安长泰对于方才在外头那一套话，仿佛忘了一样，一个字都不提。彭立也不好意思再问，说了会子闲话儿，家人摆上饭来，一边喝着，一边吃着。

　　老头子袁明健三杯酒一下肚，话也来了，精神也来了。搁下酒杯，满脸带笑地向安长泰道："大肚子，咱们说点儿正经的，你这是从什么地方来？你要到什么地方去？究竟有什么要紧事没有？"

　　安长泰把怪眼一翻，向袁明健道："你说的这话，按说我可以不必理你，不过看在你这大年纪，真要不理你，你不是太下不来台了吗？我告诉你吧，我这回来别的事没有，所为的就是这个盗刀报仇而来。别的事任什么也没有。"

　　袁明健道："并不是我上年纪有点儿话多，实在咱们这些年的朋友，不能不细细问一问你。你要是跟姓彭的闹着玩玩，倒也没有什么可说，你要真是跟姓甘的为难，不但你的徒弟要问你，我也得问你。姓甘的是出了名的英雄，你也是成了名的汉子，你可是为了什么要跟姓甘的过不去，你是非说不可……"

　　一句话没说完，安长泰把眼一瞪，用手一碰酒杯道："姓袁的，你太啰唆了！我姓安的愿意跟谁过不去，就是跟谁过不去，什么叫英雄，哪个叫汉子，我是一概不懂，彭立。咱们说的是五天，五天之内，你要能够把刀盗到手里，我是绝对收你为徒；如果五天到了你没有办到，你干你的，我干我的。话是说完了，五天后咱们还是这里。我还有事，告辞了！"说到辞字，双脚在地下一点，一个反提，从帘子穿了出去。帘子板儿吧嗒一响，彭立赶紧跟了出去看时，连一点儿影子都没有了。提身上房一看，也看不见一点儿踪迹，跳下房来，无精打采，走到屋子里头，只见袁明健依然坐在那里喝酒吃菜，仿佛没有这回事一样，一见彭立进来笑了一笑道："怎么样？他走了吗？"

彭立道："可不是走了，他老人家身手真快！"

袁明健扑哧一笑道："他连廊子都没走出去，你却追到墙那边去了，可不是他遇见你才能跑得快吗？"

彭立一摇头道："这话我有点儿不信。"

袁明健道："你要不信，你就再出去看一看，只要出屋门转身一回头，就可以追着他了，用不着跑到墙那边去找他。"

彭立依然不信，真的一个箭步又从屋里纵了出去。他这里才一掀帘子，就在帘子上唰的一声，掉下许多尘土，弄了彭立一个满头满脸。彭立怕是迷眼，就在他乍眯的时候，嗖的一声响，从廊子底下抱柱上头纵出一条黑影，一纵两纵，便像一个小燕儿一样，早已纵过墙头去了。

彭立这才明白，他头一次并没有纵出去，借着往外纵的劲儿，往上一长身儿，两只手揪住了檩条儿，两只脚一蹬柱头儿，身子一贴一绷，整个儿横在上头。这也是一种软功夫，名叫"贴墙功"，又叫"墙壁功"，没有真正的气功，那就办不到。

小英布彭立叫安长泰都给闹糊涂了，一看人家的功夫，实在是真高，自己不用说是完全学到那个样儿，准要是能够练到有了一半儿，自己便算于意已定。现在人是走了，再待会子，也是没用，不如回到屋里找袁明健商量，这个老头儿比自己那位未来的师父可是和气多了，并且看样儿对于自己很是协助，干脆细细地问上一问，也许能够得一点儿底里深情。

想到这里，也不追了，也不等了。翻身回到屋里，先向袁明健一笑道："老前辈你老说得一点儿不差，我师父他老人家，头一回确是没走，这回他老人家可真走了。我对于他老人家，虽是还没有烧香磕头，无论如何，也是我的老师定了。他老人家既是那样差遣了，无论如何我也得走这一趟，不怕到了那里，被获遭擒，受了人家算计，也是我情屈命不屈，没有什么可抱怨的。你老人家，也是当代成了名的老侠客，我知道您有几种绝艺，生平不肯传人，你老人家，要是看我还不算是过于愚笨，请师传给我一手儿两手儿，这是后话，现在还提不到。你老人家暂时先在这里住着，不拘您想用什么，您可只管言语，但在我力量能够办到，我是必办。

"日子一长，您老察出我确不是完全不可教诲，那时您再传我一手儿两手儿绝技，现在我是绝不麻烦您。您就在这里住下，我再拣两个老实勤谨的下人来伺候您。至于我那师姐，已然告诉你的侄儿媳妇，叫她悉心陪伴，您是更可放心。我师父他老人家既是那么说，我今天晚上就奔快哉亭，先探一探路子，然后想法子下手。在这三天里头，我总要想出一个办法，把这口宝刀给盗了过来。不过一节，我师父他老人家所说是真是假，这位甘侠客是否真住在快哉亭里，我却不得而知。要是依我拙想，这件事也许是我师父他老人家故意要试探试探我，这位甘大侠未必会在这里。

"再者彼此既都是侠义之交，怎么会结出什么仇怨？即便真正有仇，我师父他老人家，武学高强，岂不会面找甘大侠对手比试，何必要我去干那偷偷摸摸的事？照这几层看来，可见其中必有他故。我跟你老人家，见面时候不多，并且又有今天白天那么一个过节儿，虽说你老人家，宽宏大量，不记这些小事，可是我总觉得十分不安，本来有许多话，要和你老人家讨教，现在也不敢交浅言深，只等我到快哉亭走过一遭再说吧。"

说到这里，却把眼看着袁明健不再说下去，脸上却露出十分为难焦急的神气。袁明健一任彭立再三唠叨，却始终不发一言。桌上原本放着有纸有笔，袁明健拿了一支笔，只是一阵乱画。彭立等了半天，也仿佛满没听见，也没看见。画了又涂，涂了又画，临完却把张纸揉了一个球儿放在手里一阵乱搓。

彭立一看，一点儿什么也探听不出来，觉得再说下去也是无用，便懒洋洋地向袁明健行了一个礼道："你老人家今天累了一天，现在时间已然不早，不便再多打搅你老人家，请你安歇，明天我再来领教吧。"说完便转身向外走去。

袁明健这才站了起来笑了一笑道："一切打搅，我也不说客气话了，咱们明天见吧。"一边说着一边往外送。

彭立走到门口一拦道："你老人家请回，无须客气了。"

袁明健用手一推彭立的胳膊，彭立就觉自己手掌里，似乎是塞过一样东西来，使劲一捏，正是那个纸团儿。不知是有心是没心，也没有多问，随手接了过来，又说了一句："你老人家安歇吧，要用什么，您只管言语，这里有的是下人，咱们明天见吧。"

袁明健双拳一拱，说声："不送。"便自退回。

彭立一边往外走，心里一边想，这个纸团儿，绝不是一点儿缘故没有，等到了自己屋里再说吧。

往常彭立住在内宅，今天因为袁陶华住在后边，自己便奔了书房。底下人跟进来，沏了茶，打了洗脸水，彭立一摆手说："没事了，你们回去吧。"底下人退了出去，彭立这才把那个纸团儿铺展开了，就着灯下一看，只见上面字是有大有小，有正有倒。顺着一念，完全念不上句子来，心里想着这个纸团儿原来一点儿用处没有，自己还瞎猜了半天，这才是没事找费事，疑心生暗鬼呢。想着便打算随手扔去，可是还有点儿不放心，又拿起来看了一遍，忽然灵机一动，先找大字的念，居然成了话，又把小的念了一念，敢情正是自己要知道的事。心里不由大喜，又把那些颠倒的，顺着字儿一念，益发明白，原来是这么一回事，这一来痛快可达于极点了。

那大字写的是："未免令师生疑，阅后请付丙丁。"

小字写的是："老稚穷途，辱荷关垂，感且不朽。承以老马嘱导崎岖，为报知遇，原当披沥以告，唯令师此举，本有寓意，故使君入玄中，谊属同门同道，自应代守秘而勿宣。以君极亢爽，且待我至厚，实不忍君坠雾中，用竭所知，聊报厚惠。只以令师机警谲诡，恐其人未远离，耳属垣墙，倘如听去，必将改弦易辙，局势更张，益复变幻不测，故用笔代舌示取缜密，并恕适间之简怠。"

正字写的是："无邪与令师，原出一系，道且同心，交共生死，欢合水乳，何有仇视之说？同游古越自是实情，栖鹤苏亭，尤非虚语，唯窥窃神器之说，则是为词闪烁，当系另有曲衷。君可肆意一行，不必略存顾忌。倘能得心应手，当或敲砖引玉，一日而得双侠师，寸心可为三宝贺，谨之！勉之！此诚千古难逢之良遇也。"

倒字写的是："无邪学兼天人，股神入化，所短者尚不能尽去气关耳。乘其所短，即是己长，劫其关隘，不难庆功。勿须畏缩，功有所成，尤须记识，此共混迹人尘，时在三昧游戏，幸勿交臂失之。令师最重然诺，为时五日，不可迁延逾限，可用矛攻盾，随大败续，不失意外之获。努勉以进，备酒敬待，阅后请灭笔迹，免贻口实而致遗憾。健白。"

彭立看完，这才明白了一半儿。原来这位老人家是故意和自己开玩笑，要试试自己胆子的意思。这一来倒是可以放心大胆去一下了。又想到袁明健也是在江湖上成了名的人物，怎么现在会落到这一步，以此例彼，这位老人家恐怕也是别有用意。好在他是住在自己家里，随时还可以留神查考，暂时可不忙，最要紧的就是这快哉亭一行。

据袁明健字上所说，甘无邪和安长泰不但没有仇怨，而且还是极好的朋友，此去当是有益无损，只要把胆子放得大大的，到了那里，只要能够见着那口宝刀，不管明抢暗偷，总要把它得到手里，那时就不怕姓安的再赖了。倘若能够由姓安的再认识那姓甘的，不必说收我做个什么徒弟，随便能够传授我几手儿功夫，这一辈子就用之不尽了。

今天闲着在家，也是一点儿正事没有，不如先到快哉亭去探听一下，记得上月里有个从南京来的一个和尚叫什么元文的就住在那里，城里人请他说法，自己还去过的，只不知现在他还在这里不在。便假装去拜这个元文和尚就便打算一下，也许能够问出一点儿什么道理来。

想着便把那张纸条儿又细看了一遍，上头的话，差不多都记住了，这才把纸团儿放在嘴里，一阵乱嚼，觉得已然烂得不能再成文字了，吐在地下。又把身上的衣裳脱了下来，换了一身青绸子裤褂儿，薄底儿鞋，绢帕罩头，外头套了一件青绸子大褂儿，腰里围上三节亮银鞭，带好了两只"英雄胆"。

这种暗器，是自己琢磨出来的，每对一大一小，大的重四两，小的二两多一点儿，仿佛是揉的铁球，却是椭圆而不是正圆的，两个里头全都掏空，装上一个小铁球，铁一碰铁，当啷啷发出响声。因为暗器里头本有飞蝗石、鸭卵石，跟这种暗器形式相仿，只是那两种全是石质而非铜质，并且里头也都实而不虚。他用这种暗器，不但是改了钢的加了分量，而且里头挖空装上小铁球，往外一打，就得带响。

按说暗器，本为是人家猝不及防，自己才好得手，里头一带响声，才一发手打出去，里头哗啦一响，对方早就有了准备，错非实有拿手，恐怕是劳而无功。

彭立用这种暗器的心思，就是为叫人家知道自己能为高、武艺好，打出暗器，都和别人不一样。只要你手疾眼快，就可以躲得开。躲不开要是打伤，轻者残废，重则丧命。可是打伤了你，你还没有法子说个不对，因为人家打出来的暗器，都带着响声儿呢，谁叫你躲不开，当然没有什么可埋怨的。

这种暗器，跟铃铛和哨子的一样，使这种暗器的主儿，当然就得说是手里真有两下子，不然就不能使这种家伙。彭立把兵刃暗器也预备好了，其实自己明白，拿着这种东西，到了那里，也是一点儿也用不上，不过是备而不用。

彭立到了门口，告诉家人，自己出去看个朋友，一会儿就回来，一则中枢街离着快哉亭没有多远，二则地理又熟，虽是黑夜，走起来并算不了什么。又加上夜深人静，走起来反倒特别宽敞松快。一会儿工夫，便到了快哉亭。

原来这快哉亭，名字虽是一个亭子，而实在并不只就是一个亭子，是靠着一座小山、一个水池的一座小庙。庙的后院有一个土坡，上头有个亭子，才是快哉亭。因为传说从前苏东坡老先生曾经在这亭子里读过书、作过诗，地以人名，这快哉亭就传了出去，反把这座小庙的正名字给扔开不谈了。

彭立是本处生本处长，当然对于当地的地理是熟的，虽然安长泰告诉他甘无邪是住在快哉亭，但是一到门口，便想起甘无邪绝不能住在快哉亭，因为当时的天气，还不到炎热，绝没有一个人会在四面通风的亭子里的。说不定也许是甘无邪跟这庙里和尚认识，来到此处，是借住在这里，只是究竟借住在什么地方，却不敢说一定。

其实庙里的和尚，平常有个认识，找他一问，自能明白，不过这个时候，自己是来盗刀的，绝没有把人家叫醒了问清楚了再偷人家的。事情既是到了这个时候，说不能只好是尽着自己力量能办到什么地步吧，要按袁老头儿纸条儿所写，只管硬干，绝对出不了毛病，不如就便来他一下子。

想到这里，抬抬腿，伸伸胳膊，浑身上下不绷不吊、不松不懈，又摸了摸兵刃暗器，一点儿毛病没有，趱步蜷腿一拧腰，纵上庙墙，单胳膊跨墙头，往里头一看，东西南全都漆黑，只有北大殿里头还有灯光，并且隐隐听见仿佛有人还在说话。彭立就没敢从前头下来，蹑足潜踪，提着一口气，从边墙绕到正殿的房山上，正想往后房檐上蹦。忽然心里一动，这样不大妥当，倘然甘无邪没有在这殿里，而真是住在了后院亭子里，自己往后头一望，无异他在暗处，自己站在明处，那样一来，不用说是盗刀，恐怕还要吃亏，这可不能不慎重一下。

这么一想，没敢打从后坡走，反倒奔了前檐，矮着身子，施展出"狸猫过枨"的身段，从瓦枨横着走了过去。到了前檐，伏下身去，侧着耳朵一听，屋里说话的声音，反倒大了："师哥，你看咱们师父这两天也不是怎么了，白天睡一天，晚上出去一夜，子午功夫也不用了，早晚佛也不拜了，香也不烧了，经也不念了，尤其可怪的是自从我到这庙里来，也有十多年了，从没见咱们师父天黑出去过，这回足有半个来月没有在庙里睡觉了，这不是怪事吗？"

又听一个说："师父出去不出去，回来不回来，这倒不要紧，我是觉得奇怪的，师父一向总是喜笑颜开，对于你我向来没有申诉过一句，就是做错了事，至多也就是说一句'下回不许再这个样子'也就完了，唯有最近这十来天，也不知是哪一点儿心思不顺，不对的自是不对，就是对的也不对了，只要他老人家一起来，直到他老人家再出去，这一天里头，不定得挨多少回骂呢。你说这是怎么一回子事？他老人家向例不是这个脾气、这个样儿的，难道是受了什么病啦？二师叔一走半年多也没回来，要有他老人家在这里也好一点儿，倒是可以问问他老人家，到底为的是什么呀，咱们两人谁敢多说一句、多问一句？这可真叫人着急！"

彭立一听，是庙里两个小和尚闲谈，跟自己的事无关，正要转身奔后头，又听先说话的那个啪地一拍巴掌说："师哥，你说到这里，倒提了我的醒儿了，师父在前半个月，还是有说有笑，一点儿也没改样儿，就是有一天，咱们才吃完了晚饭，师父还说叫咱们两个早点儿练晚功，到了子时，还要教咱们练什么'飞砂掌'，咱们还没有动身，忽然大佛座子后窗户那里吧唧一响，师父就进屋里去了。咱们也跟了进去，看见师父仿佛是拿了一张纸条儿，正在看呢，看

247

见咱们两个进去，慌着忙着揉了一揉就揣在袖子里头，脸上颜色就不对了，仿佛犯了什么心事，话也不说了，皱着眉在屋里走了有二三十个来回。

"后来告诉咱们，'飞砂掌'过了几天再练，今天不教了，并且还说，从明天起，不拘是谁来找师父，都要推说师父前一个月就到五台朝山去了，现时不在庙里。来人姓什么叫什么有什么事来找，都要问清楚了。来人哪里口音，什么长相，也要记明白了。如果来人要问师父什么时候回来，就说在一个月以后，准可以在庙里等候了。

"说完这话之后，师父收拾收拾告诉咱们出去办一点儿事，一会儿就会回来，他老人家就走了。这也是从来没有的事，他老人家白天都没有出去过，何况夜里。咱们两个守了一夜，天快亮了，他老人家才从外头回来，脸上颜色，更不好看了，到了快黑才起，起来就问，有什么人来过没有。说明了没有人来，他老人家底下也没有话，吃完了饭，又跟咱们说，昨天事没办完，还要出去，他老人家又走了。如是一连就是六天，他老人家饭也吃少了，脾气也越来越不对了，天天问的说的也还是那几句话。咱们两个还说师父是受了什么病了，怎么会这样疑神见鬼？自己说是有人来找，始终也没有见着一个生人。

"你说也怪，在第七天的晌午，外头有人叫门，你正在厨房洗碗，是我出去开的门，这个人还是真没见过，挺高的一个身个儿，焦黄的一张脸，最叫人见过一面就不会忘的是他那一脑袋头发，虽然有块绸子包着，四周围依然可以看得很清楚，真不知道他是怎么长的。不但根根粗硬，而且就像咱们使的大枪上'血挡'（枪头下的缨子，安装的缘故，并不是为它好看，因为彼此拼命动手，倘若一枪扎在对方的心口上，一拔枪，血喷出来，能够溅自己一身一脸血，又怕血顺枪杆流下来，胶黏住自己的手掌，因此才有这么种御血的设备，名叫'血挡'。还有血挡全是猩红颜色，一则为是跟人血顺色，二来为表示自己这杆长枪，是时常在喝着人血。到了戏台上，黑的、白的、红的，甚至于还有花的，那只是为了鲜活热闹，并不是真凭实据，等于有人脸上画个葫芦——孟良，描个蝴蝶儿——张飞，真是能有那个长相吗）一样的红，俩焦黄眼珠子，一脸的糟面疙瘩，在左腮上，还有一个疤痕，仿佛是块刀伤，穿着一身青绸子衣裳。背着一个长包裹，说话的声音，就像常到咱们庙里下棋的那个曹淡菊曹师爷一个样，可比曹师爷嗓子响亮。

"我一开庙门，他就要往里闯，要是没有师父的话，我也就叫他进来了，既是师父嘱咐再三，我当然不能放他进来了。我可又不敢得罪他，拦住问他找谁，他把两只三角眼一睖睖，还哼了一声，跟着又一乐。他这一乐，真是比哭还难看呢。乐完了冲我说：'你们这里是不是珞珈寺？你们这里有一个俗家姓骆的老和尚没有？'

"我知道师父娘家是姓骆的，还真叫师父猜着了，我想这个主儿，凭他的长相儿，说话的神儿，一定不是个好惹的，见了师父，不知是福是祸。再说师父也告诉过我了，哪里能够一点儿不留神哪，我就照着师父告诉我的跟他说，我们这里前些日子倒是有个姓骆的老和尚，现在可不在这里了。

"他一听就急了，眼犄角儿都快瞪开了：'什么，姓骆的走了？什么时候走的？到什么地方去了？还回来不回来？你的话是真话是假话？'

"我一看他那样儿，更觉出有毛病了，哪里还敢跟他说实话，我就假装不耐烦地告诉他：'你这个人也太自以为是了，我跟你素不相识，姓骆的在我们这庙里又不是什么大不了的人物，他不过一个担水烧饭的，你既在找他，当然是有事，我又何必瞒着他诓骗你干什么？你要问他到什么地方去了，我倒是知道一点儿，无妨告诉你，他临走的时候，说他许过一个什么愿，得到五台山区朝山拜佛，连去带来，至多有一个月足够，朝山拜佛完了心愿，还要回到这里。

"'他已然走了半个月了，如果他要说的实话，大概再有半个月

249

二十天就可以回来。不过他的话靠得住靠不住，我可说不定。还有一件，你这一来，我还真想起来了，他临走的时候，还告诉过我们，他走之后，如果有人来找，托我们问问来人姓什么、叫什么、住家在什么地方，问他有什么事。如果找他心急，可以告诉来人到五台山去找他，要是还有什么要紧事，一个月后，他仍回我本庙，请来人到时再来。

"'这是他托付我的，我也这样告诉你，你愿意到五台山去找他，也可以，愿意在这里等他也可以。至于你的尊姓大名愿意告诉我就告诉我，不愿意告诉我就拉倒，省得我还得多添麻烦，还得给他记着。至于你找他什么事，我想用不着问，因为你们的事，你们自己去办；告诉我了，我既替不了他，也对付不了你，说不说也没多大了不得。'

"那个'活血挡'一听，脸上那层黄忽然紫了一阵子，我想他也许听我说的太不合他的心了，后来又平定下去，冲我点点头说：'谢谢小师父！打搅你半天，实在对不过！他既是那样说了，我就在这里等他十天半个月，到了时候，他不回来，我再去找他，免得路上错过。'

"我一听说他要住在这里等着，我心里倒有点儿慌了，因为师父再没有说出叫我留他在这里住的话，况且听他的口气，和师父那种神气，二位绝不是什么好朋友，碰巧从前还有过什么过节儿。师父明在庙里，既不愿意见他，我怎么倒能留他在这里住呢？

"我正后悔我这句话说得不对，待要想句什么话拉回来，他却没等我说，他倒先说出来了：

"'小师父，从前这庙里我来过，不但来过，而且我还很住过不少日子。这庙里房并不多，现在既是你们师徒几位在这里一住，想必已然没了余地，我却不必打搅，我知道你们后头有间亭子，那个亭子虽然名目是个亭子，却和普通亭子并不一样，有窗有门，也像一间小房一样。从前夏天我也在那里住过些时，现在虽非夏天，尚还不冷，我想如果里头没有人住的话，便想暂借那间亭子一住，并且我白天不在这里，只是夜晚有个安身之处也就是了，只不知小师父是不是还要问一问令师，是自己便能做主？'

"我一听这个家伙庙里地方比我还熟，益发知道师父不见他定是有事，他要在亭子里一住，居高临下，比在别的屋子里还要瞧得着，岂不比住在庙里还要麻烦。可是这时候我已然想起话来了，便笑着向他说：

"'既是施主和我们庙里人熟识，住在什么地方也是一样。不过那个亭子已然被本地县官做了临时收取银粮的地方，虽然夜里没人在这里，究属公文东西都放在里面，外人进去，终有不便。至于其他的场子，原本无多。师父又好结交官府，时常有些人要到这里来什么诗会棋会酒会，一来就是很多的人，住在里头似乎也不大相宜，这还是我的意思。要是提到我师父，不怕施主笑话，我那师父却是有些势利心，他结交官府赔茶赔火，并没有一点儿便宜，他却招待得非常有劲。如果换个普通人再要是身上穷一点儿，不用说在庙里住不行，寻常找他说句话他都不大高兴理。施主身上有的是钱，何必跟他怄那么多气？什么地方不是一样住。施主要是肯听我的话，城里城外多得很，何妨找间宽适的房子暂住，那个姓骆的，大概不久便回，施主找好房之后，可以再给我一个信，等他回来，我叫他去找施主就是，不过是多花几个钱，还可以落个痛快。这不过是我的意思，施主如果不乐意，等我师父回来，我必定替施主把话说到了，只要我师父点头，什么事也好办。施主明天再辛苦一趟，就可以听见准信了。'

"我这样一说，他听了点点头道：'既是这样，那我就不必到这里来了，等过个十天八天我再来探问吧。'他才说到这句，忽然一阵鸾铃响，从庙后忽然跑出一匹马来，这匹马浑身雪一样白，骑马的浑身也白似雪。这匹马我真没有见过，走起来连一点儿声都没有听见。眨眼之间，便到我的面前。

"我才看清楚，上头骑马的原来是个姑娘，年纪至多不过二十岁，穿着白绸子衣裳，头上却是一块红绸子包头。一手提着马鞭，本是风驰电掣一般就要过去，走到面前向我这里看，忽然鞭子一扬，那马便像四条腿钉住一样，站在当地，那个姑娘先看了那个'血挡'一眼，跟着用鞭子向我一指道：

"'小和尚，你师父在庙里吗？你见了他，告诉他一声，云龙山黄茅岗步青云前来问候他，过一两天还要到庙里给他请安！'

"说完这句，一抬手叭的一鞭子向空中一打，那马便放开四蹄，当时跑得连个影儿都没有了。再看那个'血挡'，自从见了那个姑娘之后，脸上颜色忽然又变了青的，向我瞪着眼道：

"'你可认得这个女子？她是怎么跟你师父认识的？你师父是谁，姓什么叫什么快说，快说！'

"其实我真不认识那个姑娘是谁？可是我一听云龙山步青云，忽然记起，师父不是跟咱们提步家五龙二秀，在现在侠义途中，可以算是数得着的人物了吗？其中更以步青云紫云两个算是班头魁首。步青云是川边啸凤山雨花寺独忍神尼的嫡传弟子，要讲剑术可以算得有数的人物，她有一匹好马，名叫雪梨花，真是日走千里见日，夜走八百不明，并且善知人意。步青云从川边回到徐州的时候，除去坐船之外，全是这匹马驮载回来，却没有一点儿劳乏的样儿，因此人送这匹马一个外号是铁龙驹。

"步青云手中剑坐下马，在大江南北享了大名，她父亲步凌霄在凤阳开镖局子多年，字号是万安镖局，手底下伙计，都是好手。本人眼皮子又杂，又好交朋友，南七北六，提起万安步家，可以说是无人不知、无人不晓。伙计出去，只要把镖旗子一括，没成气候的毛贼小寇，是没有胆子动；成了名的英雄，是不好意思动。步家镖足足走了三十多年从没有翻过船闹过事丢过脸。可是同行里便有人气他不过，自己又不好公然出头，便想暗地毁他。

"有一回步家保了一百万漕饷送到淮安，跟踪的是步凌霄第三第五两个儿子，一个叫金锤镇苏淮步飞虎，一个叫银锤镇三江步玉虎。这两个虽然年纪不大，可是手底下全都说得下去，带的伙计也都是老伙计，并且从凤阳到淮安既非远道，又没山没寨，想着绝不能出事。谁知镖出去第二天，跑趟子的趟子手气急败坏回来一报百万漕饷在万花渡失事。劫镖的并且就是一个人，非常年轻，往多说不到三十岁，北方口音，手里拿了一样兵器，大家全都认得，其形仿佛是只大手，手里头有一根大穿钉，可以来回动。拦住镖车非要留下一半儿不可，任是镖局子人说了多少好话，一点儿面子没有。两位少镖主实在没了法子，才过去动手。

"连两个照面都没有，不但家伙出手，而且全部带伤，步飞虎伤了一只胳膊，步玉虎大腿上挨了一下重的。劫镖的劫镖之后，并不把镖车赶走，却向两个少镖说，他本不是劫镖的，只因万安镖局两个字名头起得太大，只要肯把镖旗子上万安两个字改为不安，他就把镖银退回，不然就找人跟他比个高低上下。

"步凌霄一听，就问这个人可曾提出名姓，伙计说名姓叫力劈五虎平万安。步凌霄一听，这不是真名实姓，看他这种神气，一定是背后有人指使，心里为难可大了。二虎虽然没有什么特别高的本事，普通二三十个人绝不至于出事，如今才两个照面，就受了重伤，来人手下太高，镖局子这班人就是比二虎强的去了也是白去。真要是外约朋友一帮忙，从此万安声名一落千丈，这碗饭就叫不好吃了。正在为难的时候，恰好外头有人进来说两位姑娘来了，不管怎么烦，自己的女儿多年没见，忽然来了，还有不见之理吗？

"两位姑娘进来之后，一看步凌霄脸色非常难看，步紫云还以为老镖主不愿意她们来呢，当时就要走。青云心细说是不对，得问清楚再说。一问之后，才知道为这个事，步青云冲着紫云一使眼色道：'噢，原来为的是这个，要依我说，还是赶紧收了的好，父亲这大年岁，再干也没多大意思，我们两个来得不是时候，在这里也帮不了你，我们还是回去吧。'说完了两个一转身就出去了。

"步凌霄这个气可就大了，别人看不起自己还有可说，连自己女儿都看不起自己，未免太难一点儿，干脆豁出去了，无论如何，也得跟劫镖的斗下子，真要不行再卷旗子关门不晚。当下把镖局子所有好手，全都集在一起，先说了一套鼓励的话，然后这才整队而出，离着万花渡还有半里多地儿，猛见尘土飞扬，踩盘子小伙计回来报：'镖主大喜了，原镖夺回，劫镖的已然伤重身死。'步凌霄一听，简直有点儿莫名所以，仔细一问，原来那二位姑娘怕是明说出去，父亲绝不放去，才故意使的诈语，说是回家，出店之后，找跑趟子的伙计一问，这二位姑娘就下去了。

　　"到了那里，劫镖的果然还在那里，一看是两位姑娘，当然更不放在心上，说话之间，难免有些过失的地方。两位姑娘也不生气，拿话一挤他，他才说出真名实姓。原来是关东独脚大盗玉格格。两位姑娘一听也有点儿担心，因为听人说过，关东大盗玉格格十分扎手，在他手里死的官兵差役已经不知多少，他手里的家伙，两位姑娘认得，那叫龙头抓，叫俗了叫判官笔，不但善咬对手兵器，而且还能隔远点穴，很是厉害。

　　"依着紫云要两个人一起齐上，青云不愿意，叫她妹妹旁边看着，自己持剑上前。玉格格也是艺高人胆大，没把两位姑娘放在心上，又欺她使的是短兵器，正想用抓把穴道点住，要笑完了，再下杀手。谁知他却走了眼了，这位姑娘手里是一口宝剑，可以说是削铁如泥，才一递手，就叫姑娘把抓削折。那时他打算走已是不易，何况他还恼羞成怒，打算过去用重手法伤人。他还没到临近，步紫云一看姐姐成功，心里一高兴，暗器就打出来了。

　　"她使的暗器叫散花针，跟袖箭筒子一样，里头装满全是钢针，上头喂有毒药，专破硬功夫。咔吧一响，玉格格出其不意，针又太细，等他看见，再打算躲，就叫办不到了，打了一个满脸花，哎呀一声，就剩了瞎蹦了。

　　"步青云照胸一剑，似是栽倒，步紫云还说下手太快了，应当问

254

问他是谁指使出来的。步青云说问他也没有用，他这一死，使心的也白使了，问出来更不好办，碰巧就许是同行好朋友干的。伙计一说经过，步凌霄自是化愁为喜，当下把镖送到地头，回到镖局给二虎治伤。

"依着步凌霄这个买卖不干了，步青云说凭什么不干呢，以后你只管放心，都有女儿呢，有什么事自有我们去办好了。在这镖车上多插上一面旗子，写上我们两个名字，以后不拘有谁劫镖，只要赢得了我们手里的剑，镖就是他的了。

"步凌霄经女儿一劝，心又活了，二次又干起来了。可是镖车上又多了一面旗子，那旗子是白缎子做的，上头有两块云彩，一对宝剑，那就是她姊妹的名字。后来虽有几次闹事的，只要她们两个一到，原镖取回，从没失事。

"江湖上青云那匹马跟那面旗子，便给她起了一个外号叫铁马银旗，紫云叫散花魔女，两个人名头可就大了。后来听说紫云嫁了一个姓贾的，是个念书的。青云却是立志不嫁，打算奉养父母终老之后再去投奔她的师父独忍神尼去。

"前几天咱们师父念叨她来着，没想到第二天就遇见她了。我听她一字号，跟那个血挡子一问，我就明白了一半儿，赶紧就想了一套话跟他说：'你问这个姑娘啊？那可是大大有名，我们这里大人小孩儿差不多都认识。她方才不是已经说过她叫步青云吗？她的外号我也告诉你吧，叫铁马银旗，从前是保镖的，现在在家里当小姐。她和我们不过是认识，并不太熟，倒是跟你我的那个姓骆的和尚，仿佛很有交情。姓骆的在庙里时候，她倒是常来，到了一起，不是说刀就是说剑，也不像个姑娘！真格的，这位施主，你问我的话，我全说了，我还没有请教你尊姓怎么称呼呢？'

"他一听我所说，脸上仿佛更不对了，一会儿青一会儿红，一会儿白一会儿黄，简直都快开颜料铺了。末了定了一定神向我说：'我姓丁，单名一个隆字，不瞒小师父说，我也是个练把式出身的，我也有个外号。'说着用手一指他脑袋上的头发说：'我叫红毛大圣，小师父搅了你半天，我也该走了，那姓骆的回来，你叫他等我，我十天八天以后，一定会来找他。'

"说完转步如飞，一晃儿便不见了。等进来跟师父一说，师父脸上先是发愁，后来忽又略现笑容，告诉我以后没什么事，都要特别多加一番小心。那个姓丁的再来，对他更要不卑不亢，万不可忍不住气跟他过手。那个人手底可是又黑又狠，并且有怨必报，从不服低。说完之后又告诉我，庙后那个亭子里，从今天起，无论早晚，不许再去。如果不听倘若出了事情，师父可是顾不了咱。其实我看那个姓丁的，也不见得一准便怎么样，可不知道师父为什么那么怕他。"

彭立听着，心说惭愧。这徐州府里住着这么多的能人，自己竟会一个不知，自己还自命是练把式的呢！就是这庙里这个元文和尚，也就不是什么寻常之辈，只不知怎样和姓丁的结的冤仇？如能看他们过手，那才是开眼的事呢！

至于步家兄妹，虽是早已闻名，却是始终没有见面。如果最近能够一见，真是向平心愿。后来又听说老和尚不叫小和尚到后头亭子里去，心里又是一动。这个亭子当然就是快哉亭了，为什么本庙人不叫到本院子里去呢？这可真是有点儿怪事。

再往下一听，先说话的那个小和尚道："这就难怪了，昨天晚上，我到后边去取晾的衣服，才一转过大殿，便见亭子上仿佛有一道火光，先还疑心是你，可是方才明明看见你在前头，第二你又不吸烟，弄火干什么？我怕是进来了歹人，赶紧过去一看，任什么也没有，可是窗户里头，有一股很浓的酒味，这事真怪，咱们这庙里，连一个喝酒的没有，这股子味儿，可是从什么地方来的呢？越想越觉可怪，我怕你害怕，回来之后，也没跟你说。你现在这一说，我才明白，大概师父一定是看见了什么，怕是说出来你我害怕，所以才不叫你我到后头去。我想怎么练了一身功夫，一直也没有地方可

256

以施展，如今有了这么一个茬儿，咱们何妨今天再到那里看看，你我全都带上兵刃暗器，要是有点儿什么动静，咱们远远给他一下子，岂不就把他惊动走了？"

那一个道："不成，不成，师父不叫咱们去，必是有事，究竟是怎么回事，咱们全不知道。倘若暗器出去，打的是个好人，师父回来，咱们说什么？人家要是真是有能耐，也打不着，反给师父丢脸。要依我说，咱们趁早儿别找闲事，赶紧上劲练功夫，碰巧不久就可以用得着。"

再听那个不再说话了，听到这里，心里又是一动，听这两个小孩子所说，大约亭子里确是有人住了，只不知住的是不是甘无邪？既是这样，趁着时候还早，自己赶紧进去看看再说。

想到这里，便不往下再听，蹑着脚步儿，从前檐绕到后檐，抬头一看，离着房坡还有一箭多地方是亭子，除去一些短小山石之外，更没有一点儿什么，非下去不能看清，只好一提身纵落地下，把身子一伏，几步便到了亭子旁边。

这时候心里真是说不出一种什么滋味儿，又等了一等，一听亭子里一点儿声音没有，二次长起身来，缓缓出了一口气，把身子贴近亭子窗户，一听亭子里头仿佛是有酣睡声，心中略为一宽。到了亭子门前一看，亭门大开，依稀可以看见里头，亭子正中间是一张石桌，石桌上头黑乎乎一大堆，也不知是人是东西，又不敢掏火折子去亮儿，只好是一点儿一点儿往里边蹭。

到了桌子临近，一听呼声正从石桌上发了出来，心里又惊又喜又是愁，喜的是甘无邪果然是睡在这里，惊的是略有响动，自己难免被获遭擒，愁的是墨鱼宝刀究竟是藏在什么地方。自己这样瞎摸，怎能摸得到？一个不留神，不但前功尽弃，还许有性命之忧。

略一凝神，忽然想起，临来时候袁明健也曾告诉自己，叫自己只管放胆去做，绝不至于有什么事，何妨就大着胆子硬来一下子，至不济提起师父，也许不至有性命之忧。想着便精神一壮，站起身来，用手在桌子边上一摸，谁知太容易了，手才一到，便摸着一样东西，好像是个刀鞘。心里一高兴，用力往外一撤，谁知纹丝没动，仿佛是挂在什么东西上一样，二次又一撤，还是没有撤出来，这才明白，大概是压在睡觉人身底下了，可就不敢再用力了。

一松手打算再想法子，猛听呼声一止，睡觉的往外翻身，跟着又是呼声大作。彭立这份高兴就不用提了，二次又伸手，想着这回一定可以到手了，谁知手往上一摸，那个刀鞘没有了，往里一探，摸着一个硬东西，仔细一摸，敢情是个手指头，吓得彭立心口怦怦直蹦，赶紧撤手，吓得出了一身冷汗，这回可真是一点儿主意也没有了。

忽然外头一阵小风吹过来，身上一凉，当时心里一阵明白，方才袁老头儿叫自己大胆做事，并且说是求一个师父可以得两个师父，我要真是把刀盗走，头一个师父自不必说，第二个师父已然栽倒我的手里，如何还能拜师？并且袁老头儿说得明白，师父跟姓甘的不但没有过节儿，并且还是极好的朋友，师父所说，未必是真，何不改个法儿，怎样惊醒姓甘的，当面把自己来意说明，他要是肯收留自己，那是再好没有；就是他不收留自己，说出自己苦衷，求他成全，听说他们脾气都是非常古怪，就许能够成功。

这样一想，越想越对，就是一样，怎么想个法子把他惊醒才好？想了半天，还是没有主意。一想时候已然不早，今天难得他在这里，明天就许找不到他也是麻烦，心里一着急，忽然又想起，自己既不偷他，又打算拜他为师，何必还要偷偷摸摸呢？干脆我把他叫醒了不就完了吗？

想着胆子一壮，先是小声叫了两声甘老英雄，呼声越大，只是不醒，提高了嗓子又叫了两声，还是一点儿动弹没有。彭立急了，一边过去用手乱推，一边喊道："甘老英雄，你老醒醒，你的宝刀我可偷走了！"

一句话才说完，桌上那人一起身一把便把彭立揪住道："好你个小贼，我等了你不是一天了，今天可把你逮着了。"跟着火折子一晃，一盏小油灯着了，虽不太亮，可是久在黑暗之中，也可以看清楚了，一看抓住自己的，是个干瘦老头儿，比自己师父长得还难看，心说怎么师父都是这个长相啊。才要想把自己预备说的说出来，老头儿恶狠狠地瞪了自己一眼道："你把我的宝刀先还给我，再说别的。"

彭立一听，吓了一跳，这个老头儿，敢情还会诳人，便赶紧一摇头道："老爷子你别跟我闹着玩儿，你的刀……"

说着一指桌子，意思是要说你的刀在桌上呢，谁知手指到处，桌上哪里有什么刀？这一惊非同小可，当时话也说不上来了。正在一怔，老头子早就气了，一声喝道："好小子，你们还敢二仙传道呢，我的刀你交给谁了？你们一共来了几个人？趁早儿说出来，我饶了你的狗命，不然我手下一紧，当时就叫你残废。"

说到末一句，彭立就觉腕子上如同上了铁箍一样，简直疼得要折，又不敢大声喊嚷，只得小声道："老爷子，我就是一个人，并且是头一次来，也不是偷你来了，我还有话说，你先撒开我，我绝不能跑。"

老头子呸地啐了一口道："趁早儿少说废话，把刀送出来，饶你不死，不然你死了，也是白费，刀我自有法子找回来。"

彭立心里又是一动，看这个神气，大约是自己进来时候，后头又跟着进来了人，自己没有留神，他却趁着自己跟甘无邪说话的时候，他把刀盗走了，这个东西，可是实在太可恶了，不过姓甘的绝不相信。

事情到了这个地步，怕也无益，不如干脆跟他实话实说，他要买这笔账，算是没事；他要一定不认账，那也是情屈命不屈，死在他手里，就死在他手里也是没有法子。想着便高了声音，把自己来意从头至尾一说，并说出自己确是一个人，一切都由甘无邪发落。

老头子听了却改了哈哈一笑道："你趁早儿少说废话，你说你没有同人来，那么我的刀到哪里去了？你要不说实话，我今天把你废了。"

说着手上一按劲，彭立便觉得百体俱解，热汗长流，真比上了大刑还要难受，可是他天生来的血性汉子，爽得连一句话都没有了。

正在两个相持之际，猛听窗外有人扑哧一笑道："姓彭的，你看桌底下是什么？"彭立一听，用眼往桌子下头一扫，桌子底下哈哈一声大笑，从底下一长身蹦出一个人来，手里拿的正是那口墨鱼宝刀。

彭立一看那个人不是别人，正是自己要拜没拜的师父大肚子侠客安长泰。这一来可把一个小英布给糊涂坏了，正要向安长泰行礼，安长泰却把手一摆道："先不用行这些个虚礼，你先把这把刀接过去，这是你师父给你的。"

彭立怔怔的也不知说什么好了，要说话还没说出来，甘无邪却大喊一声道："大肚子那可不行，你说了半天，我还没有答应，你怎么能够就把我的东西给人呢？"

安长泰道："你不是一直想收一个徒弟吗？我看这个孩子很是不错，况且又有底子，你就把他收下不就完了吗？就看他方才那一叫你，就可以看出他的光明正大来了，说了话不能不算，你就把他收下吧。彭立，我告诉你，我一辈子不收徒弟，可是你又那样拜师心诚，我才给你找了这么一个好老师，你快跪下磕头吧。"

彭立一听，很是为难，甘无邪道："大肚子你先等一等，人家拜的是你，又没有打算拜我，你为什么非要拉到我的身上来呢？这勉强的事，我却不愿意干。"

彭立一听这个老爷子也要不收，一着急顾不得什么，趴在地下就磕了三个头。甘无邪道："到底是被老东西耍了，既是要收徒弟，多几个人凑凑热闹也好，窗户外头帮忙的也可以进来。"

一句话没说完，外头有人答话："我们本来早要进来的，却因为你们谁是徒弟谁是老师还没有定规好，所以没有进来，现在该来道喜了。"

随着声音走进五个人来，前头是个老和尚，彭立认得正是本庙方丈元文大和尚。和尚后头是两位姑娘，全都是一身白绸子衣裳，红绸子罩头，长得燕瘦环肥，各有其美，心里想着大概就是步氏双秀了，只不知为什么黑夜之间会来到这里。姑娘后头就是那两个小和尚，也全都笑容满面跟着走了进来，由安长泰一引见，一点儿也不错。忙过一阵之后，安长泰才把事情一说。彭立这才明白，原来这个元文和尚，从前也是保镖的达官，后来因为仇家太多，才剃度出家，谁知仇人怀恨不已，依然追踪不止，这内中就是那个姓丁的为首。前些天听得朋友来说，他们很约了不少好手在内，元文既恐为盛名，又怕给地面儿上招事，于是也托了两个朋友四外一约人，甘无邪、安长泰、袁明健以及步氏双秀全都是他约出来的。

昨天才定好日子，就在本月十五日在云龙山南山脚下，彼此比试较量。昨天安长泰到二可轩去找袁明健不想遇见夏煌佼，约他也一起帮忙，回来走到路上，碰见史禄带人打劫袁明健。

彭立一出手，夏煌佼假装瞎子打倒彭立，安长泰出来一打圆场，夏煌佼溜走，安长泰怕是自己跟袁明健住处不便，便一同到了彭立家里，安长泰心爱彭立又知甘无邪有意收徒，这才想出这么一个盗刀的主意。

从头至尾一说，彭立这才明白，便笑着向那两个小和尚道："方才二位所说，大概也是知道我来了才说的。"

小和尚一个叫空静，一个叫明静，彭立一说，这两个人也乐了。当下甘无邪道："元文和尚，你约的人大概也就是我们几个了，咱们商量商量那天是怎么一个出手的法子，你们看好不好？"

元文还未及答话，院子外头有人喊嚷："你们这么热闹的场子，怎么不约我一约？可是我自己赶来了，大小也派我差事呀！"

随着声音走进一个和尚来，大家一看，不由齐声欢呼道："你这一来，大概是万无一失的了，这才是红毛会红毛，这倒有个意思，咱们明天就派人去给他们送信吧。"

只因这人一来，准保是云龙山头红云滚滚，黄茅岗上杀气腾腾，《铁马银旗》暂告段落。

附　　录

徐春羽家世生平初探[①]

王振良

在民国通俗小说作家中，徐春羽的名气不算大也不算小。他长期活跃于京津两地，其以《碧血鸳鸯》为代表的武侠小说创作，虽然无法与还珠楼主、白羽、郑证因、王度庐、朱贞木等"五大家"比肩，然亦据有一席之地。探讨民国武侠小说尤其是"北派"的创作，徐春羽总是个绕不过去的存在。台湾武侠小说研究专家叶洪生先生认为："徐氏作品'说书'味道甚浓，善于用京白行文；描写小人物声口，颇为传神。尝一度与还珠、白羽齐名；唯以笔墨平实，未建立独特小说风格，致不为世所重，渐趋没落。"其褒抑可谓中肯，堪称对徐氏之的评。

关于徐春羽的家世生平，目前学界所知甚微，各种记录大同小异，追根溯源均来自天津张赣生先生："徐春羽（约1905—?），北京人。据说是旗人。他通医术，曾开业以中医应诊；20世纪40年代至天津，自办《天津新小报》；50年代初，曾在北京西直门一家百货商店当售货员。"

今距张赣生氏所谈已有二十余年，可对徐氏家世生平之认知，大体仍停留在20世纪90年代初的水平上。而且现在看来，就是这仅有的认知，仍然存在着重要的失误。笔者以一次偶然，有了"接

---

① 原载2015年《苏州教育学院学报》第4期，略有删节，此为全文。

265

近"徐春羽的机会，因将前后过程琐述于下，或可对研究通俗小说作家的手段有所启发，同时兼就访谈考索所得徐氏家世生平情况做粗浅报告，以呈教于民国通俗文学研究的方家。

一、"发现"徐春羽

2010 年 7 月 16 日，笔者拜访天津地方文献研究专家高洪钧先生，见书桌上有巢章甫《海天楼艺话》，谈论京津文林艺坛掌故，颇有可资文史研究采掇者。7 月 27 日，笔者自孔夫子旧书网购归一册。7 月 31 日闲读时，发现有《徐春羽》一目，以徐氏生平资料罕见，因此甚是欣喜。今全文抄录如下：

> 吾甥徐春羽，少即聪颖好弄，未尝力学，而自然通顺。好交游，又喜济人之急。索稿者盈门，而春羽则好以暇待。每喜朋友相过共话，风趣横生，夜以继日，必待客去，始伏案疾书，漏夜成万言，习以为常。盖其精力饱满，不以为苦。人或不知也，其所擅为武侠小说。人亦豪爽，笔耕所入，得之不易，然到手即尽，居恒不给，燕如也。又传医学，悬壶问世，而不取人钱。能作细字如蝇头，刻竹刻玉，并能之。

旋即仔细翻阅全书，又见《周孝怀》目也涉及徐氏："诸暨周孝怀名善培……尝出资创《新小报》，约吾甥徐春羽主其事，氏亦时撰评论发布。旋以日寇入天津，不获继续。"

《海天楼艺话》由人民美术出版社出版，署曰"巢章甫著，巢星初、吕凤仪、方惠君、翟启惠整理"。又细阅该书序言，知整理者之一巢星初乃巢章甫先生三女。

2010 年 8 月 5 日，笔者通过"谷歌"搜索引擎，检索到人民美术出版社办公室电话，联系上《海天楼艺话》的责任编辑刘普生，又从刘先生处获知巢星初的电话号码。笔者立即拨电话给巢星初，简单说明意图之后，她热情地介绍说，徐春羽是巢章甫之表外甥（具体姻亲关系不详），但两家已多年不联系。因巢星初无法提供更多情况，笔者对此甚感失望。

8月12日，巢星初女士打来电话，说迩来询问其叔叔（在台湾）等，对徐春羽亦不甚了了，仅知其擅写武侠小说，在报纸连载时很是走红，常有亲友问他小说中人物结局，他多以"等着看报纸就知道了"来搪塞（其实他自己也不知道人物该如何结局）；又说徐工医术，会唱戏，善联语。巢星初还介绍道，她小时随父亲住天津市唐山道，河北大学数学系毕业后，在汉阳道中学教书，其间与徐春羽的两个妹妹——徐家二姐（嫁洪姓）、徐家四姐（嫁张姓）时常过往，但迁京后已失联多年。虽然所述视初次通话有所丰富，但徐家的面貌仍旧模糊不清。

8月16日，巢星初女士又来电话告知，徐家四姐曾住天津市哈密道利安里（具体门牌号码不详），并说线索得自新近翻出的信封，不知道循此追寻能否有所收获。

9月3日午后，笔者思忖到外面走走，就骑上自行车，直奔徐家四姐二十年前住过的哈密道，并期待着某种奇迹的发生。初秋的津城最是舒适，气温不冷不热，让人十分的惬意。因为事先核查过地图，故此顺利地找到利安里。这里的巷道并不长，只有二十几个门牌，从哈密道入口进去，前行三十来米右拐，再走三十来米就是河南路了。因徐家四姐的丈夫姓张，笔者就向住户问询利安里是否有张姓居民。问了几位年轻些的居民，全都不得要领；这时里巷转角处的院里，走出一位七十多岁的大娘，笔者马上迎了过去，问利安里有无张姓老居民，曰"有"。"爱人姓徐吗？"曰"是"。"年纪有九十多岁？"曰"对"……随着基本信息的不断重合，笔者已经按捺不住惊喜，接着发问："您与张家熟悉吗？住几号？"大娘麻利地跨了十几步，把我领到斜对面的利安里 17 号。"有人吗？"随着大娘的话音，出来位六十岁上下的先生。因为已有若干前期铺垫，笔者径直问道："您知道徐春羽吗？"曰"是我舅舅"。"您老爷子老太太都好？"曰"都好"。这位先生名叫张裕肇，其母徐帼英，就是徐春羽的妹妹，即巢星初所说"徐家四姐"。

2012 年 1 月 12 日，笔者与张元卿先生通电话，他特意提醒我说，在《许宝蘅日记》（许之四女许恪儒整理）中发现徐春羽的踪迹。当晚笔者就翻出许氏的日记，检索并析读有关徐春羽的信息。

2012 年 1 月 13 日，通过解读《许宝蘅日记》了解到，徐春羽的父亲徐思允，与许宝蘅是儿女亲家。许的三女许富儒（小名盈儿），嫁与徐思允之子徐良辅。在日记中，常出现徐良辅之子"传藻"的名字，根据日记中的各种线索，可推知其生于 1940 年左右。笔者对徐传藻这个名字，当时很是感兴趣，就打开"谷歌"搜索引擎，同时输入"徐传藻"和"电话"两个关键词，本来是未抱任何期望的随意之举，没想到收获的结果却令人振奋，在一份 20 世纪 60 年代初中国农业大学毕业生名录中，赫然列有徐传藻的名字，后面还附有联系电话。经过初步判断，1940 年左右出生，20 世纪 60 年代初大学毕业，时间上可以吻合，于是笔者给这位徐先生拨通电话，经过小心翼翼地核实，此徐传藻正是徐春羽之侄，他称徐春羽为"大伯"。

利用既有的些微线索，通过城市田野调查和网络搜索引擎，笔者每次都用不到十分钟时间，联系上徐春羽的两位近亲——妹妹徐帼英和侄子徐传藻，为初步解开徐春羽身世生平之谜找到了突破口。

二、父亲和祖父

徐春羽祖上世代业医。父名叫徐思允，字裕斋（又作豫斋、愈斋），号苕雪，又号裕家。徐思允生平脉络大体清楚，但细节则多难得其详。他生于1876年2月13日。① 1906年入张之洞幕府，任两湖师范学堂文学教员。1907年初，调充学部书记并与编译局事。② 徐思允有《忆广化寺》诗云："千金筑馆辟蒿莱，却锁重门未忍开。湖上清光余几许？春来风信又多回。事经变幻忘初意，土失雕镌定不才。此局废兴争属目，宁论吾辈寸心灰。"此广化寺即学部编译局所在地。1909年张之洞病危之际，徐思允至少两次进诊。张曾畴《张文襄公辞世日记》记云："十九中医进诊，前广西柳州府李日谦，号葆初；学部书记徐思允，号裕家，即徐士安先生之子也。"又云："廿日晚……畴与徐医进视问安。"1911年徐思允受聘京师大学堂法政科教员，主讲《大清会典》。

1912年中华民国成立，10月许宝蘅任北京政府铨叙局局长，徐以许的关系出任勋章科科长③。10月30日，铨叙局又呈请国务总理批准，以调局之徐思允、吴国光二员作为记名佥事分任办公。④ 其后，又外任安徽省宿县县长等⑤。1919年，徐思允拜在武术名家杨澄甫门下习太极拳，后又拜李景林为师学武当剑。1925年，为同门陈微明所撰《太极拳术》作序。嗣后经周孝怀介绍，成为溥仪之侍医。1931年溥仪出逃东北后，徐思允追随赴新京（今长春），充任伪满宫廷"御医"，并教授皇族子弟国文。溥仪的《我的前半生》、秦翰才的《满宫残照记》等书中，都留有徐思允的诸多痕迹。

徐思允不仅精通中医，还工于弈术，曾与围棋宗师吴清源交手。

---

① 民国乙酉正月十九日《许宝蘅日记》载云"愈斋七十生日"，据此可推知徐思允准确的出生日。又2011年6月29日徐帼英接受笔者采访时述，徐思允享年七十五岁，与日记所云正好相合。

② 1907年3月22日，任职学部的许宝蘅首次在日记中提到"徐茗雪"名字，24日亦称"徐茗雪"，再后则径作"茗雪""豫斋""愈斋"等，则22日或为两人初见，徐思允调京当在此前不久。

③ 2011年6月29日徐帼英接受笔者采访时述。

④ 中华民国北京政府《政府公报》，1912年第195期。

⑤ 2011年6月29日徐帼英接受笔者采访时述。

据许恪儒回忆，徐愈斋先生在东北"和吴清源下过棋，而且是当着溥仪的面"。这次对局发生在 1935 年，其时吴清源访问长春，曾与木谷实在溥仪"御前"对局。此棋下了三天，结果吴胜 12 目。结束的当天下午，溥仪又要求吴让五子，与徐思允再下一盘，任务是"吃他的子，越多越好"。结果徐思允死命求活，吴清源"大吃"的任务未能完成。关于这段逸事，吴清源的各种传记均有记述。

1945 年苏军进入东北，徐思允随伪满皇后婉容等，流亡至临江县的大栗子沟（今吉林省临江市大栗子街道），旋被苏军俘虏至伯力（今俄罗斯哈巴罗夫斯克）。1949 年获释至长春，5 月份回到北京。1950 年 12 月 13 日病逝。

徐思允国学功底亦自不浅，否则溥仪不会让他教授子弟国文。他与陈衍、陈曾寿、郑孝胥、许宝蘅等长期交游，陈曾寿《苍虬阁诗集》即收有与徐的唱和之作。又陈衍《石遗室诗话》卷十载：

> 忆庚戌在都，仁先与苕雪（徐思允）、治芗（傅岳棻）、季湘（许宝蘅）、仪真（杨熊祥）诸君，亦建诗社，各有和昌黎《感春》诗甚佳。函向仁先索其稿，唯寄苕雪《感春》四首，治芗则他作，季湘、仪真则无矣，当更求之。苕雪诗其一云："出门四顾何所之？不寻同乐寻同悲。人人看春不我顾，还归空斋诵文词。庄生沈冥少庄语，《离骚》反覆如乱丝。二子胸中感百怪，所以踪迹绝诡奇。忽然扶日跻昆仑，俄见垂翼翔天池。东风卷地野马怒，安得乘此常相追？"其二云："我悲固无端，我乐亦有涯。斗食佐史免耕屫，得借一室栖全家。官书不多日易了，旧业虽薄还堪加。文章豪横逞意气，草木幽秀舒精华。如今一事不可得，岂免对景空咨嗟？"其三云："立春二十日，日日寒凛冽。九陌长起尘，众卉焉敢苗。尔来日渐暖，又恐骤发泄。少年狂不止，老病苦疲茶。百鸟已如簧，飞花乱回

270

雪。劝君守迟暮，病发不可绝。"其四云："一年青春能几多？坐令千古悲蹉跎。夜烧红烛照桃李，日典春衣偿醉歌。百川东流去不返，泪眼长注成脩河。我从崎岖识天意，才见光景旋风波。去年看花载酒处，今年不忍重经过。一人修短尚难料，万物变化将如何？"四诗颇觉有古意无俗艳。

陈衍论诗眼界甚高，对徐思允"有古意无俗艳"的评价可谓不低。徐思允去世后，1952 年 8 月底 9 月初，许宝蘅曾整理其遗稿，写定《大栗子临江记事》（又作《从亡大栗子记事》）及《苕雪诗》两卷，其后许之日记仍断续地有补写《苕雪诗》的记载，未晓这些诗文稿是否尚存于霄壤之间。

徐思允有三子六女：长女徐仲英，长子徐春羽，次女徐珍英，三女徐淑英，次子徐××，四女徐帼英（属龙），三子徐××，五女徐惠英，六女徐兰英。徐淑英中国大学毕业，1938 年到延安参加抗日工作（化名李英），1949 年后曾任吉林省妇联副主任、长春市妇联主任，丈夫是东北流亡学生，曾任吉林省监委书记。据许宝蘅所记，徐良辅"原名百龄，其生父名有胜号明甫，系湖北军官，战殁，有叔名有德，安徽休宁人"，许恪儒则径云徐良辅"本姓汪"，可知其并非徐思允亲生，当是徐思允续弦夫人带来的。又徐思允在长春时，常给天津的家人寄钱（每月三百元），一般是汇至山西路修二爷（溥修）处，多由徐帼英去取。[1]

前引张曾畴《张文襄公辞世日记》，提到徐思允父名徐士安，应该也是张之洞幕府中人。恽毓鼎的日记中，留有"徐士安"之踪影，未知是否即徐思允之父：

（光绪八年五月）二十四日晴……申刻士安、蕴生招饮

---

① 2011 年 6 月 29 日徐帼英接受笔者采访时述。

天禄富，为予送行。座中方先生、道甫兄弟皆北闱应试者，尽欢而散。今早李方去看轮船，招商局"江表"船于廿七日开，即定于是日起身。

（光绪十二年四月）二十七日……十二点钟抵上海码头，命于升雇船，过拨行李，移泊观音阁。稍憩，往华众会剃头、吃点心……归船，见大哥字，知途遇陆彦备、徐士安、张楚生，约馀（余）在万华楼茶话，再续他局。

又徐振尧、王树连、张子云《测绘军人与辛亥革命》谈到，1911年10月11日辛亥武昌起义，当晚即成立了军政府，下设参谋部、军务部、政务部、外交部，10月16日又增设测量部，主要由湖北陆军测绘学堂学生组成，部长朱次璋，副部长徐士安。此徐士安或即其人。

三、关于徐春羽

回过头来我们再讨论关于徐春羽的几个问题。

一是籍贯，应是江苏省武进县（今常州市武进区）。此乃徐幅英接受笔者采访时所述，又徐思允《太极拳术序》末署"乙丑夏日武进徐思允谨序"，亦可佐证无疑。张赣生先生所说北京，或与徐春羽长期在京居住有关；又《许宝蘅日记》附录的《日记中部分人名字号对照表》记徐思允为"湖北人"，或因其曾在楚地工作致误。至于徐春羽生于北京的可能性，现在看来也几乎没有（徐思允调京时徐春羽已出生），更与旗人云云无涉。

二是生年，徐春羽诞于光绪三十一年乙巳十月二十一日（1905年11月17日）。据徐幅英述，徐春羽属蛇无疑，据此再前推十二年（1893年）或后推十二年（1917年），均与徐春羽去世时"未及六十"不合，与徐家姐妹的年龄差距也对不上茬口。至于具体之出生月日，是因为在 20 世纪 40 年代，每年徐春羽过生日都很热闹，故此徐帼英记忆深刻。张赣生所云徐春羽生年大体不差，但以证据不足存有疑问，故此在"1905 年"之前加了"约"字。至于后来的有些叙述，径书徐春羽生于 1905 年，亦应是源自张说，但不科学地省略了"约"字，因为似无人为此提出确据。

三是卒年，笔者采访所获线索无法得出准确结论。徐传藻说，其大伯徐春羽 1949 年后在北京开诊所，"镇反"时被逮捕入狱，后因病保外就医，然为其续弦吴氏所不容，走投无路之下重回监狱，未久即病死狱中；又说徐春羽住大乘寺 19 号（此与《许宝蘅日记》所载相吻合），吴氏住武定侯胡同。① 徐春羽五妹徐惠英则说，徐春羽解放后被捕，死在北京某模范监狱。② 而据《许宝蘅日记》，解放后较长一段时间，许宝蘅与徐春羽交往频繁，许家的人遇有头疼脑热等，多请徐春羽到家诊治。然自 1957 年 8 月 16 日"春羽来为宴儿复诊"之后，许家虽然仍是病人不断，但徐春羽在日记中却突然失踪，因推测其被捕在此后不久。至于徐传藻所云"镇反"恐不确切，很可能是"反右"。徐春羽之病逝，或在 20 世纪 50 年代末期。

四是生平，除本文前引零散资料所述，仍可说是未得其详。略可补充者仍是徐帼英所谈：徐春羽抗战前在天津市教育局工作，其间曾安排三妹淑英在天津的学校教书；徐春羽的住所在今天津市河北区的平安街上，紧邻平安街与进步道交口的王占元旧宅（今已拆除）；徐春羽兴趣广泛，多才多艺，通医术，精书法，会评书，善烹饪，尤其喜欢票戏，常找艺人（包括翁偶虹）到家中交流。③ 又徐春羽嗜麻雀战，每有报馆催稿，辄嘱牌局暂停，提笔疾书以应，然

---

① 2012 年 1 月 13 日徐传藻接受笔者电话采访时述。
② 2013 年 1 月 13 日徐惠英接受笔者电话采访时述。
③ 2011 年 6 月 29 日徐帼英接受笔者采访时述。

后又继续打牌。①

　　五是后人，徐春羽有一子二女。长女徐小菊，1949 年随四野南下，现居赣州；次女徐小羽，退休前在北京市海甸小学（原八一小学）教书；一子徐××，已去世。② 又据《许宝蘅日记》，徐春羽之子女有名小龄、小迪者，徐小龄或即其子，徐小迪或即徐小菊。

　　①　2010 年 9 月 3 日张裕肇接受笔者采访时述。
　　②　2011 年 6 月 29 日徐帼英接受笔者采访时述。

图书在版编目(CIP)数据

草泽群龙·铁马银旗 / 徐春羽著. — 北京：中国
文史出版社，2018.6

（民国武侠小说典藏文库·徐春羽卷）

ISBN 978 - 7 - 5034 - 9973 - 9

Ⅰ.①草… Ⅱ.①徐… Ⅲ.①侠义小说 - 小说集 - 中
国 - 现代 Ⅳ.①I246.5

中国版本图书馆 CIP 数据核字（2018）第 010338 号

整　　理：卢　军　翁小艺　金文君
责任编辑：薛媛媛

出版发行：**中国文史出版社**

社　　址：北京市西城区太平桥大街 23 号　邮编：100811

电　　话：010 - 66173572　66168268　66192736（发行部）

传　　真：010 - 66192703

印　　装：廊坊市海涛印刷有限公司

经　　销：全国新华书店

开　　本：720 × 1020　1/16

印　　张：18.25　　　字数：225 千字

版　　次：2018 年 6 月第 1 版

印　　次：2018 年 7 月第 1 次印刷

定　　价：55.00 元